변재화 판타지 장편 소설

환생판타지

카인

1

환생 판타지 카인 1

변재화 판타지 장편 소설

초판 1쇄 찍은 날 § 2001년 12월 17일
초판 1쇄 펴낸 날 § 2001년 12월 25일

지은이 § 변재화
펴낸이 § 서경석

편집장 § 문혜영
편집책임 § 박영주
편집 § 장상수 · 김희정 · 권민정
마케팅 § 정필 · 강양원 · 김규진

펴낸곳 § 도서출판 청어람
등록번호 § 제1081-1-89호
등록일자 § 1999. 5. 31
어람번호 § 제1-0183호

주소 § 경기도 부천시 원미구 심곡1동 350-1 남성B/D 3F (우) 420-011
전화 § 032-656-4452   팩스 § 032-656-4453
http://www.chungeoram.com
e-mail § eoram99@chollian.net

ISBN 89-5505-241-3 (SET)
ISBN 89-5505-242-1 04810

변재화 판타지 장편 소설

환생판타지

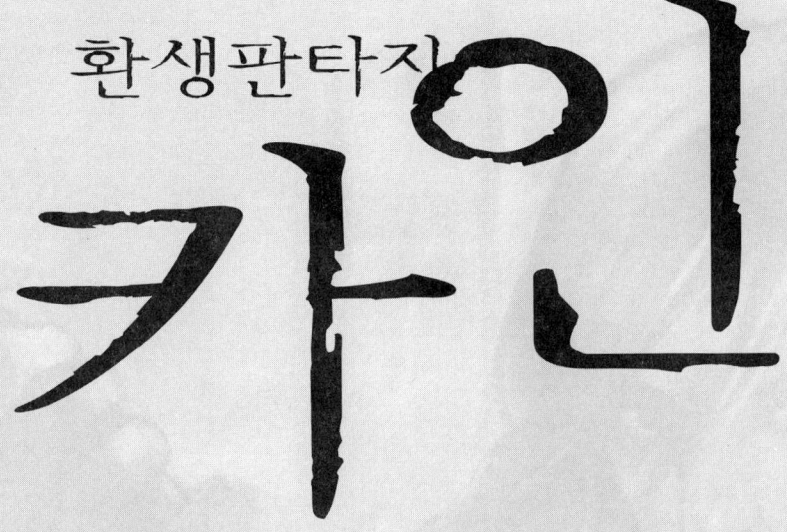

카인

Vol. 1

환생 그리고 새로운 시작

도서출판

청어람

목

차

작가의 말 _ 6

서장 _ 7

제1장 황제가 되다? _ 23

제2장 마법을 배우다 _ 133

제3장 무신들과의 만남 _ 221

작가의 말

『환생 판타지 카인』은 제가 처음 완성작으로 쓴 작품입니다

아무런 생각 없이 썼던 소설을 몇 번이고 실패하고 나름대로 준비했다고 여겨졌을 무렵에 쓴 글이지만 초짜여서인지 여기저기 어색한 부분이 많아 보입니다. 그래도 저 나름대로는 시나리오를 몇 번이고 새로 짜고 고치면서 상당히 애정을 기울인 글이기도 하죠. 선천적으로 게으른 저였으니 쓰다가 말곤 했거든요.

하지만 이 소설만큼은 끝을 내고 싶은 마음에 글을 쓰는 동안 많은 말썽을 피운 우리 집 컴퓨터와 우라지게도 힘 겨루기를 한 끝에 성공했으니 저의 감격은 말로 이루 할 수 없죠. 흠흠. 근데 제가 무슨 말을 하느냐구요? 저도 잘 모르겠습니다. 하고 싶은 말을 쓰라고 하니 제가 하고 싶은 말을 쓰는 겁니다. 사실 저는 어릴 적부터 역사에 관심이 많았습니다. 기억도 희미해진 초등 시절, 아니, 더 어릴 적부터였을지도 모르겠지만 저는 이상할 정도로 역사에 집착했던 걸로 기억합니다.

제 글 『환생 판타지 카인』은 제가 어린 시절부터 집착했던 역사를 부분부분 가미시켰습니다. 그래서 분명 판타지 물이지만 약간의 한민족적인 성향을 띠고 있고, 또한 저의 개인적인 생각과 만들어 상상으로 만들어낸 단군 신앙을 판타지 식으로 풀어 놓기도 했습니다.

제 부족한 글이 출판된다는 사실에 기쁜 마음으로 받아들인 출판 건이지만 여러 가지로 걱정되는 건 어쩔 수 없나 봅니다.

자료가 부족해서 어쩔 수 없이 판타지 성향이 강하지만 그래도 나름대로 환단 시대의 '한국(韓國)'에 대한, 저 드넓은 중원을 호령했던 고구려만큼은 아니지만 그래도 한때 드넓은 중국을 제후국으로 다스렸던 시대에 대한 환상과 우리 민족의 정신적 지주인 '환웅'과 단군에 대한 저의 작은 존경이 약간이나마 표출되어 있길 바랍니다.

서장

서장

현재 시각 11시.

그놈을 잡으러 갈 역사적인 시간이다. 일주일 동안 내 손을 요리조리 피해 다니며 벌써 세 명의 희생자를 낸 원귀 녀석을. 나는 생각만 해도 이가 갈리는 녀석을 떠올리며 무명의 한복을 걸쳤다.

부채 OK, 검 OK, 컨디션 베리베리 구웃! 오늘 넌 죽었어, 원귀. 감히 나를 3일 동안이나 고생시키다니!

"오늘 그놈 잡아 족치기 전에 집 안에 발 디딜 생각 하지 말아라."

집 밖을 나서는 나에게 아버지가 던진 말이다.

"걱정 마시죠, 아버지. 저도 그럴 생각이니까요."

나는 휘영청 뜬 보름달을 슬쩍 쳐다보곤 장포를 휘날리며 어두운 밤길을 걸어나갔다.

탁탁탁탁.

거기 서랏!

이렇게 소리친다고 선다면 바보겠지만 그래도 소리친다.

"크르르륵."

나는 지금 원귀를 쫓고 있다. 집을 나서고 바로 느낀 놈의 기운.

음기가 최고조로 달한다는 보름이라 그런지 기운이 더욱 강해져 찾기가 매우 쉬웠던지라 나는 놈을 빠르게 따라잡으며 조금 너른 공원이 보이자 부적을 날려 구석으로 몬 뒤 결계부를 날렸다.

"헤엑, 헤엑, 하악하악."

한참을 뛰었더니 목구멍까지 숨이 차 올랐다. 젠장! 달밤에 체조하는 건 내 습성에 안 맞는단 말이닷!

"크르륵, 재빠른 박수무당 놈."

삐아~직.

선량하기 이를 데 없는 내 마음을 악의 길로 향하게 만드는 발언을!

박수무당. 크윽! 저 원귀 녀석, 죽고 싶어서 환장했구나. 난 무당이 아니라 주술사. 엄연히 주.술.사.란 말이다. 왜 하나같이 만나는 귀신마다 날 박수무당이라고 부르냐구! 살풀이나 칼춤이나 추는 하등의 무당들과는 다른 주.술.사. 물론, 하는 일은 무당과 비슷하기는 하지만 잡신을 모시며 굿이나 하는 무당들과는 달리 우리 가문은 엄연히 육체파이며 직접 귀신을 때려잡는다는 말이다.

듣기 좋게 주술사라고 불러주면 좀 좋겠느냐만은 왜 하필 박수무당이냐고. 증말… 죽겠다.

내가 만나온 귀신들마다 날더러 지칭하는 말들 중 좋게 말하면 애기무당, 혹은 박수무당이라고 했다. 물론 21세기에 만연한 귀신들을 퇴치해 오는 것을 업으로 살아온 가문의 장남으로서(열네 살 때부터 귀신들을 때려잡아 왔다) 나를 주술사로 불러주길 바라지만, 크윽! 참자. 한낱 원귀가 무얼 알겠어. 잘난 내가 참아야지. 암. 참을 인이 세 번이면 살인도 면한다고 그랬다. 참자, 참어. 오도도독(이빨 갈리는 소리). 참자.

"이봐, 원귀 씨. 지금 상황 판단이 안 되는 모양인데, 난 널 잡으러 왔고 넌 지금 나한테 잽혔어(잡혔어). 내 아까운 수면 시간을 줄여가면서 널 잡으러 온 나는 기분이 몹시도 안 좋지만 지금 너한테는 두 가지 선택권이 있거든? 하나는 나한테 개기다가 기~냥 뒈진다. 둘째는 그냥 알아서 내 손에서 승천한다. 나는 후자를 권하고 싶은데 넌 어떻게 생각하지? 니 의견은 최대한 수렴해 줄게(싱긋)."

"크르륵~ 싫다. 나는 복수를 해야 해. 그놈에게 복수를……."

이렇게까지 좋게 이야기했건만 안 통하네. 쯧쯧, 조금쯤은 말이 통했으면 좋으련만.

역시나다. 난 이래서 원귀가 싫다니까. 말도 안 통하고. 이미 수백 년이 지난 원한을 어찌 풀겠다고. 끌끌. 역시 가슴만 아프도다. 불쌍하긴 하지만 살아 있는 사람을 위해서 죽어줘야겠어.

스르릉.

나는 장포 옆에 멨던 장검을 뽑았다. 으음, 한 번 보고 두 번 봐도 정말 훌륭한 검이다.

"한 번 보고 두 번 보고 자꾸만 보고 싶네~ ♬"

나는 장검을 만지작거리며 애창곡을 흥얼거렸고 곧장 제압부를 두 장 집어 들었다.

"♪~♬"

노래를 부르는 도중 타오르는 부적은 나의 손 움직임에 맞춰 원귀를 향해 쏘아져 들어갔고 나는 그 부적을 피하려 몸을 뒤트는 원귀에게 장검을 유연하게 휘두르며 놈의 팔을 뚫었다. 비록 영기 상태였지만 퇴마 기운을 가득 머금고 있는 청명검을 피할 수 있을 리 없으니 마음껏 휘두르자고. 암.

"그냥 곱게 승천해라. 응?"

나도 낼 학교 가려면 가서 자야 된단 말이야, 이 원귀 놈아! 마지막 설득조차 놈은 그냥 날려 버리고 오히려 나한테 엉겨왔고, 기브 앤 테이크의 신념을 성실히 이해했다. 나의 순진무구한 설득을 과감하게 차 버린 원귀에게 나의 아리따운 검날에 난도질당하는 영광(?)을 누리게 해 영체를 너덜너덜하게 만들어 명부의 길을 열어 승천을 거부하는 이 불쌍한 중생을 구제하려 강제로 밀어 넣어보려고 했지만. 쩝, 또 실패다.

강화 결계부 덕에 도망은 못 가고 있지만 그래도 짜증이 나는 것은 어쩔 수 없다. 벌써 다섯 번째다. 명부의 문지기인 저승사자들도 인상을 잔뜩 구기고 있는데 확 소멸시켜 버릴 수도 없고… 승천할 기회가 아직 남아 있는데도 저렇듯 개기다니 정말 짜증 나는 존재들이다. 확 봉인해 버릴까 보다.

쩝, 하지만 그랬다간 나의 아버지한테 죽도록 터질 것이 자명한 일. 오늘을 넘기면 나도 저 녀석을 명부로 돌려보낼 기회를 잃게 된다. 두세 번의 승천의 기회를 찬 녀석이니 마지막 한 번의 기회를 살리지 못하면 저놈은 윤회의 기회조차 잃고 저승 가장 밑바닥에서 영원히 구제받지 못하는 생을 보내야 할 것이다.

당연하게도 내가 맡은 원혼을 무사히, 그리고 원만하게 승천시키는 것이 주술사인 나의 임무다. 강제로라도 저 원귀를 명부로 집어넣으려고 무진장 노력했다. 하지만… 우씨, 또 실패다. 좋게 해주려고 해도 자꾸 저렇게 개기니까. 오히려 없던 열도 뻗치는 게… 우… 너, 자꾸 그렇게 개긴다 이거지. 크윽! 나 박장수 이대로 절대 포기 못한다 이거야!

검과 부적을 적절히 활용하여 보금의 기운으로 완벽히 열린 명부의 문으로 몰아넣기 시작했고 두 명의 저승사자들이 원귀에게 손을 뻗는다. 오옷! 그래, 조금만 더, 조금만 더 뻗어서 잡아채 버려라. 아아~ 젠장! 손 좀 뻗으라구, 이 아저씨야. 닿을 듯 말 듯하다가 안 잡히는 게… 으윽. 짜증 난다. 어억! 안 돼! 안 닿는다. 조금 더 밀어 넣자고 굳게 결심하며 다시 위협용 부적을 손에 집어 들었는데.

"얼렐레? 이놈 봐라?"

내가 깔아둔 결계를 깨고 도망가려고 이리저리 날뛰던 녀석이 안 되니까 결계를 펼친 나에게 영기를 토해내며 내게 공격을 해온다. 영체를 유지하는 것만으로 벅찰 텐데 참으로 독한 놈이로고. 저것 봐라? 아무것도 없는 허공을 왜 휘젓는다냐.

내 결계 땜시 잡히지도 않을걸. 그렇게 희희낙락하며 조소를 금치 못하던 나의 얼굴은 곧 당황감으로 한순간 일그러졌다. 찌익— 하는 뭔가 찢어지는 듯한 소리가 들리더니만… 오 마이 갓! 저게 뭐야. 분명히 저건 허공인데… 공간이 일그러졌다. 게다가 저 시커머쭉쭉한 불쾌한 공간은… 으윽, 소름 끼친다. 지금은 한밤중이지만 밤의 어둠이 아닌 공간이 왜곡된 듯 일그러진, 전혀 그 색을 짐작키 어려운 시커먼 어둠의 구덩이는 나로 하여금 잠시 동안 얼이 빠지게 만들었고…….

"이, 이런 멈춰!"

그사이에 원귀는 그 원 안으로 쏘옥 들어가 버렸다. 나는 그놈을 잡으려고 그 녀석이 있던 곳 앞으로 달려갔지만 벌써 구멍은 사라진 뒤다.

"끄아악! 빌어먹을 놈의!"

나는 분기가 탱천했다. 원귀 녀석이 그 구멍으로 사라지면서 나를 쳐다보던 눈빛.

노골적이고도 명백한 비웃음이었다. 19년 동안 그 누구에게도 꿀려 본 적이 없던 내게 저런! 찢어 발겨도 시원치 않을 노무시키. 카악!!

"명부의 문지기. 저놈 어디로 토꼈어. 말해. 지구 끝까지라도 쫓아가서 죽여… 아니, 소멸시켜 버린다. 어디야?"

나와 마찬가지로 멍하게 서 있는 듯 보이는 창백하다 못해 푸른 얼굴의 삿갓 쓴 이는 살짝 인상을 구긴다.

─차원의 문이다.

차원의 문? 왠지 의미심장하게 들리는 이 단어는 뭐여.

"그게 뭔데?"

─이 세계와는 전혀 다른 곳으로 통하는 길. 오래된 원귀는 이 세계 뿐 아니라 다른 세계의 차원으로 통할 수 있다는 염라대왕님의 말을 들었지만 직접 보긴 처음이군.

이계? 그 뭐냐 PC통신에서 한인기 하고 있는 판타지 소설에 등장하는 세계?

"호오, 그놈이 그쪽으로 토꼈다? 그거 재밌겠구만. 미안하지만 나도 그곳으로 보내줘. 저 원귀 놈은 내 손으로 잡아야겠어."

─곤란하다. 차원은 나도 열 수 있지만 약간의 제약이…….

"시끄러워 삿갓 쓴 문지기. 난 저놈을 잡아야겠어. 무슨 대가를 치르던 간에 잡아서 소멸시켜 버려야겠어. 감히 이 몸에게 그런 무례한 눈빛을 보내다니. 내 손으로 잡아 족치지 않으면… 크으~ 자자, 얼른 열어. 빨랑."

그런데 내 말이 뭔가 마음에 안 들었나 보다. 푸르딩딩이 삿갓이 인상을 팍 쓰며 나를 쏘아본다.

―내 이름은 운문(구름 무늬)이다. 자꾸 그런 식으로 부르지 말도록. 흠, 그리고 그대가 그렇듯 바란다면 열어주지. 하지만 후회하지 말도록.

정색하며 말하는 녀석을 보니 왠지 그만두고 싶지만… 그래도 그놈의 눈깔을 잡아 빼지 못하면 불면증에 걸리고 말 거다. 고로, 편안한 잠자리를 위해서는 고생이 좀 되기는 하겠지만 잡아서 족쳐야겠어.

내가 고개를 끄덕이자 삿갓 쓴 문지기는 입 속으로 무어라 중얼거리기 시작한다. 그리고 곧 아까 전에 원귀가 열었던 검은색 통로가 생겼다. 나는 원귀를 잡을 생각에 싱글벙글 웃으며 통로의 앞에 다가섰다.

―필요하면 명부개(冥府開)를 외쳐라.

"아아, 알았어, 알았다고."

―그럼 잘 가게.

뒤쪽에서 다른 문지기의 작별 인사가 왠지 영원히 헤어질 누군가에게 하는 인사말 같다고 여긴 것은 내 착각일까나… 에에… 또 약간의 제약이라니? 그게 뭘까나? 으음. 에라, 모르겠다. 들어가고 보자.

차원의 문이라고 했던 그 공간은 무척 어두웠지만 별로 무섭지는 않다. 뭐라고 할까. 어머니 뱃속에 들어가 있는 태아의 기분이랄까? 속이 약간 울렁거리고 어지럽긴 하지만 그래도 뭐, 버틸 만하다. 그런데 부모님한테 말도 안 했는데 이래도 되려나? 문지기가 알아서 연락해 주면 좋겠군. 어쨌든 으음, 원귀 놈 잡히면 죽었어. 뿌핫핫핫!

오옷! 드디어 빛이 보인다.

이계라… 어떤 곳일까나. 원귀 녀석을 잡고 나서 구경이나 하고 가야겠군. 어두운 통로 사이에서 간간이 보이는 푸른 하늘, 그리고 차갑지만 더없이 맑은 공기. 아아, 정말 좋다.

*　　　　*　　　　*

푸욱.

빌어먹을. 지금 나는 칼에 찔렸다. 누구에게? 바로 내가 쫓던 원귀 놈에게.

제엔장할……

"화(火)."

"크르륵……"

원귀의 가르릉거리는 목소리가 내 귀에 거슬렸다. 나는 타오르는 부적을 원귀 놈에게 집어 던지며 힘겹게 청명검을 뽑아 들었다. 빌어먹게도 내가 하루 종일 귀이부(귀신을 볼 수 있는 부적)로 뒤진 끝에 찾아낸 놈은 이미 한 아이에게 빙의된 상태였다.

내가 차원의 문을 통해 온 곳은 한 마을이었는데 그 마을은 지금 난리가 아니었다. 그럴 만도 할 것이 고작해야 일고여덟 살쯤 되어 보이는 꼬맹이가 사람을 갈기갈기 찢어 죽이고 있으니. 바닥에는 벌써 저원귀 놈이 죽인 시신들이 부지런히 쌓이고 있었다. 아직 순수한 영체를 가진 아이인지라 빙의의 영향력을 이기지 못하고 쉽게 몸을 빼앗긴 상태. 나는 이를 부득 갈았다.

"빌어먹을 놈! 아주 기고만장해졌구나. 죽여주마."

스르릉!

청명검이 울기 시작했다. 놈에게 찔린 복부의 상처에서는 끊임없이 피가 흘러나오고 있었지만 나는 지금 상처 따위에 신경 쓸 겨를이 없었다. 분명히 이곳으로 넘어오기 전까지만 해도 저노무시키는 다 죽어가고 있었다. 그런데 이곳에 넘어오기가 무섭게 완전 지 세상 만난 것처럼 이리저리 날뛰고 있었던 것이다. 나의 신기마저도 거의 반 이상은 줄어든 것 같았다. 하지만 그렇다고 저깟 원귀 하나 못 잡을 내가 아니었다.

주변에 잔뜩 얼어붙은 사람들. 나는 퇴마의 기운을 잔뜩 머금은 청명검의 검기를 뿜어내며 원귀에게 검기를 쏟아냈다. 봐주고 자시고 할 것도 없었다. 오늘 너 죽고 나 죽자. 나는 속전속결로 끝내 버리려고 피가 나오든 말든 기운을 잔뜩 끌어올렸다. 잘못하면 이곳에서 죽을 수도 있을 테지만 할 수 없었다. 억울하기는 하겠지만 어차피 이대로 가만히 있어도 출혈과다로 죽을 거다. 하지만 죽을 때 죽더라도 저놈은 죽이고 갈 거다.

"동(東)의 청룡. 수(水)."

쿠르르릉.

나는 주문을 읊으며 눈을 감았다. 대기와 대지에 있는 생명의 기운. 물이 방울로 화하면서 내 주변에 맴돌았다. 그리고 그 방울들은 점차 형태를 갖추어갔다.

용의 형상, 청룡.

내가 몸에 담고 있는 신수가 밖으로 몸을 드러낸 것이다. 내 몸을 둘러싸며 거대한 울음을 토해내는 신룡(神龍). 나는 호기 어린 미소를 띠며 용의 머리를 손끝으로 어루만졌다. 비록 본체는 아닐지라도 용의 눈은 언제 봐도 아름답다. 저 순수한 황금빛 눈동자만 보더라도 왠지 가슴이 편안해진단 말이야. 훗훗.

"원귀! 너, 죽을 각오해라."

나는 잠시 동안 상황을 잊고 용을 감상한 뒤 이를 한차례 갈곤 신형을 날렸다.

검은 정확하게 아이의, 아니, 빙의된 원귀의 머리를 노리고 있었고 청룡은 주변이 진동할 정도로 울음을 토해내며 청명검 안으로 빨려 들어갔다. 그리고 내 검과 청룡은 서로 화하여 원귀 놈의 목을 땄다. 다시는 회복할 수 없도록 만들어주지. 어차피 넌 평생을 어둠 아닌 어둠 속에 갇혀 지내야 하는 존재.

"네 죄는 지옥의 영원한 무의 세계에서 갚아라. 흐합!"

"키에에에에……!"

원귀의 단말마 비명 소리가 들렸다. 소름 끼치게 높은 소프라노 음성. 짜증스러웠다. 소멸되는 순간까지도 내 속을 뒤집는 원귀 녀석.

털썩.

나는 힘없이 무릎을 굽혔다. 피를 너무 많이 흘렸는지 현기증이 났다.

"명부개(冥府開). 나와… 푸르… 딩딩이……."

파앗.

딱 한 번의 섬광으로 으레 검은 두루마기를 걸친 푸르딩딩이가 나타났다.

─놈은 잡았나?

"…크윽! 잡았다. 소멸되어 버렸지만. 어쩔 수 없었어. 죽이지 않았음 내가 죽었을 테니까. 젠장, 그런 건 나중에 묻고 상처가 심해서 치료해야 되니까 얼른 문 열어."

—장이 상했군.

저 자식은 보면 모르냐. 짜증 나게 뭘 저렇게 멀뚱하게 쳐다보는 거야.

"알면 다행이니 얼른 문 열어! 읍. 쿨럭!"

빌어먹을. 갑자기 터져 나오는 기침에 입을 가렸다가 각혈하면서 튀어나온 피로 손바닥을 홍건히 적셨다. 피 봤다. 정말 선명할 정도로 붉은 피. 이런 일 하면서 많이 다쳤었지만 이건 무척 심각했다. 물론 이런 일을 하면서 죽을 각오는 하지만… 잘하면 정말 죽을 수도…….

"얼른 문 열어. 당… 장 병원 가… 서 치료… 받게 차원의 문인가 뭔… 가 당장 열… 란 말… 이다……. 헉헉……."

—못 연다.

"쿨럭쿨럭. 이… 임마! 지… 금 이… 순간에도 장난하고… 싶은 거냐……! 얼른 열어… 나 지금 몸 상태가 심… 각하단 말이……."

—미안하지만 너는 이곳에서 수명이 끝나게 되어 있다. 수명부에 그렇게 나와 있지. 나는 곧 죽을 자를 도와줄 의무가 없다.

무슨 소리? 나는 아직 살아 있는데… 나는 자꾸만 올라오는 핏덩이를 막기 위해 치유부를 꺼내어 태워 상처를 지혈했다. 그리고 잠시 통증이 가라앉자 놈에게 소리쳤다.

"크읍… 푸르딩딩, 나의 수명은 아직 멀었어! 잊은 거냐? 내 목숨의 길이를 잘 아는 네놈의 입에서 왜 그런 말이 나오는 거야!"

—네가 이곳으로 오게 됨으로써 너의 수명부(산 자의 수명이 적혀 있는 명부의 책)는 지금의 것으로 대체되었다. 내가 분명히 말했을 텐데… 약간의 제재가 있게 될 것이라고.

"자세히 설명해! 으읍."

푸르딩딩이의 말에 나는 버럭 소리를 질렀다. 그러다가 피가 또 한 번 역류했지만 그래도 나는 지금 그런 것에 신경 쓸 틈이 없었다. 내가 죽는다니……. 물론 이 상처를 계속 방치한다면 죽겠지만 우리 세계로 가서 신속하게 치료를 받으면 충분히 나을 수 있다. 그리고 수명부가 대체되다니, 이게 무슨 해괴한 망언이란 말인가. 나의 요구에 푸르딩딩이는 정말 냉정할 정도의 무심한 태도로 설명을 해주었다.

설명이 끝나자 나는 그게 말이 된다고 하는 말이냐고 소리를 지르고 싶었지만 소리 대신 터져 나온 것은 검붉은 색의 핏덩어리, 나는 몸을 구십 도로 숙인 채 계속해서 토해져 나오는 피를 뱉어냈다.

"…비, 빌어먹을……."

털썩.

나는 차가운 흙바닥에 자빠졌다. 푸르딩딩이는 나의 그런 모습을 냉정하게 내려다보고 있었고. 정말 정 떨어지는 놈. 나는 흐려지는 의식을 애써 바로잡기 위해 이를 악물었다. 망할. 이렇게 될 거였으면 절대 이곳에 오지 않았을 것이다. 아직 살고 싶었는데… 하고 싶은 것도 아직 많은데… 빌어먹을, 염라. 나중에 명부에 가서 뒤집어엎어 주고 말테다. 그리고 다시 살려달라고 할 거다. 아직 죽고 싶지 않으니까. 하고 싶은 것도, 되고 싶은 것도 많은 나다. 나는 푸르딩딩이의 눈을 쏘아보았다.

"…푸르딩딩이, 니가 내 혼을 명부로 인계해 가는 거지. 안 그래?"

─맞다. 나는 너를 인계해 가야 한다. 그리고 널 …할 것이다.

무슨 소리를 하는 건지 들리지 않았다. 눈이 자꾸만 스르르 감겼다.

"…무슨 소린지 안 들려……."

—널 …할 것이다.

안 들린다고, 멍청아……. 죽음이라… 상당히 편안한데? 이런 게 죽음이라면 뭐, 그리 나쁘지는 않을 것 같아. 나는 힘없이 웃으며 눈을 감았다.

수명부 명단
박장수 18세 사망.

…문(雯)은 수명부에 기록을 마친 뒤 완전히 식은 장수의 시신을 무심하게 내려다보았다. 장수의 몸에서 희뿌연 기운이 떨어져 나왔다. 그는 그 기운을 잡아채었고 점차 사그라들기 시작하는 장수의 육신을 바라보았다. 이질적인 것은 이공간에 존재할 수 없는 일. 재로 화해 사라져 가는 장수의 육신을 쳐다보다가 울고 있는 청명검을 바라보았다. 그의 눈길이 닿자 허공에 두둥실 떠오르는 검.

—이제 마지막 일을 끝내야겠군. 빨리 놈의 일을 해결하지 않으면 환(桓)의 검에게 미움을 받을 것 같군. 얼른 이 아이를 담을 그릇부터 찾아야겠어. 너도 너의 주인이 깨어나길 바라지 않느냐? 그럼 협조하시게나.

문(雯)은 허공에 들어 올려지기가 무섭게 뇌의 기운을 뿜어내는 검을 달래는 투로 말했고 청명검은 그 말을 알아듣기라도 한 듯 조용해졌다. 문(雯)은 드물게 미소를 지으며 청명검에게 무어라 작게 소곤거렸고 검은 가늘게 떨었다.

우우우웅.

그리고 그 속삭임을 마지막으로 문(雯)과 청명검의 형상은 점차 흐릿해졌다.

　또한 그들의 모습이 완전히 사라질 때 즈음 장수의 육신 역시 깨끗이 재로 화해 사라졌다. 그리고 깨끗하게 씻겨져 나간 자리에는 황폐한 바람만이 그 자리를 메우듯 불고 있었다.

제 1 장

황제가 되다?

운명은 소리없이 내게 찾아왔다.

그것은 내게 있어서 새로운 삶의 모험이었고,

그 모험은 내 평생 가장 아름답고 자유로웠던 날이었다.

―대(大)라이크란 제국의 황제

카이스 진 엘 가이칸의 회고록 中

황제
되
가 다

—즐거운 꿈을 꾸시길… 나의 왕이여.

누구……?

—찾아갈게요, 나의 주인님. 그동안만… 그동안만…….

누군가가 내게 익숙한 말과 태도로 나를 감싸 안는다.

나를 감싸 안는 것은… 어둠. 내게는 익숙한 빛이 아닌, 어둠. 지독
하게 순수한 어둠만이 있는 세계 속에서 나는 나락에 흔들리며 눈을
감았다. 그리고…….

"하. 하. 하."

나는 눈뜨자 보이는 낯선 천장에 한차례 허탈한 표정을 지었다.

여기가 어디냐. 주위를 둘러보면서 질린 표정을 지을 수밖에 없었
던 것이… 오옷! 천장에 달린 저것은 그 TV나 기타 만화에서나 볼 수
있었던 크리스털 샹들리에. 하나도 아닌 두 개씩이나. 또 바닥에 깔린

대리석 바닥과… 오 마이 갓! 지금 내가 누워 있는 침대는 거의 초호화 판. 방마다 가득한 화려한 장식품. 게다가 내가 입고 있는 이 하늘하늘 한 옷은……

꿀꺽.

본 적도 만져 본 적도 없는 실크. 베르사이유의 장미에서 자주 등장 하는 아주 멋들어진 낯선 방 안에 홀로 남겨진 나는 도저히 적응할 수 없는 풍경에 마른침을 꿀꺽 삼켰다. 으음… 그러고 보니 목도 마른데. 물 어디 없나?

나는 타는 목을 진정시키려 침대 바로 옆에 놓여 있는 만지기조차 겁나게 값비싸 보이는 컵을 집어 떨리는 손으로 물을 조심스레 마셨다. 화려함도 화려함이었지만 방의 웅장함이란 거의 나의 넋을 빼놓기에 충분했다.

여기가 대체 어디여. 나는 아주 기본적인 의문 사항을 머리 속에 떠 올리며 몸을 일으키려고 했다. 하지만 갑자기 머리가 깨질 듯이 아파 왔다.

"크윽."

나도 모르게 신음이 흘러나왔다.

"……!"

그리고 그때 누군가의 음성이 들렸다. 머리가 웅웅거려 잘 들리지 않았지만 분명히 사람의 음성이었다. 우씨. 드럽게 머리 아프다. 두통 에는 펜잘이 최곤데.

아후, 숙취도 아닌 것이 왜 이렇게 아픈 거냐. 젠장. 아픈 머리를 부 여잡고 욕설 아닌 욕설을 퍼부으면서 소리가 들린 쪽으로 고개를 돌려 보니 내 시야에 20대 초반의 아주 준수한 용모의 사내가 잡혔다.

물론 울트라 캡송 한 21세기 미남자인 나에 비하면야 조금 딸리기야 하지만 봐줄 만하다. 흠. 그렇게 나는 머리가 아픈 와중에도 사내의 미모를 판결하고 있었고, 사내는 뭔가 믿을 수 없다는 듯 나의 얼굴을 뚫어지게 쳐다보다가 이곳저곳을 뜯어본 뒤 홱 소리나게 뒤를 돌더니 밖을 향해 소리친다.

"어의!! 달렌 어의!! 얼른 들어오게. 폐하께서 깨어나셨다!! 어의!!"

이크! 귀청 떨어지겠다. 무슨 목소리가 그렇게 커. 침착하게 생긴 놈이 목소리는 드럽게 크네. 기차 화통을 삶아먹었나. 쯧. 어라? 그런데 아까 전에 저 녀석이 뭐라고 소리친 거지? 분명히 어의라고……?

그리고 또 폐하라고 부른 것도 같은데 혹시 여기에 나 말고 딴 인간이… 없잖아? 주변을 살펴본 나는 전혀 사태를 짐작할 수 없게 하는 사내의 말에 당황에 당황을 거듭하고 있었다. 분명히 이 방에는 나뿐이다. 있는 거라고는 화려무쌍한 가구들과 사람이라곤 저 남자 한 명. 도대체 이게 대체 어찌 된 일이야.

"…저기."

"예, 폐하. 신을 부르셨습니까?"

혹시나 싶어 말을 걸어봤는데 나를 저놈이 폐하라고 부르고 있다. 아주 당연하다는 듯이 말이다. 하! 하! 하! 분명 꿈이겠지? 그래, 꿈이야. 원귀 잡다가 죽은 놈 구제한다 치고 염라 놈이 명부에 데리고 가기 전에 보여주는 꿈일 거야. 하하하! 그럴 거…….

우르르르.

"폐하께서 의식이 돌아오셨다구요!"

"폐하!"

"폐하!"

이놈도 저놈도 나를 향해 폐하라고 부른다. 빌어먹을 놈의 꿈이라면 빨리 깨어나게 해달라고 나는 몰래 살도 꼬집어보았지만 아프기만 했다.

그리고 곰곰이 생각을 하며 내린 결론. 꿈이 아니다. 현실이라는 것이다(거참, 다 아는 사실을… 쪽팔리는구만).

"얼른 진맥해 보시오, 다렌 어의."

내가 생각을 정리하느라고 멀뚱히 앉아 있자 처음 봤던 사내가 조금 살찐 면상을 가진 중년인에게 어의라고 부르며 얼른 진맥해 보라고 독촉했고 다른 이들도 거의 비슷한 표정을 짓고 있었다. 중년인이 내 손목을 잡자 나는 가볍게 그 손을 뿌리치고 조용히 침대에서 일어났다.

"일주일 동안 의식을 잃고 계셨습니다. 이렇게 갑자기 몸을 일으키신다면 옥체에 좋지 않을 것입니다. 누워 계십시오."

"그렇습니다, 폐하."

몸을 일으키려는 나에게 속사포처럼 말을 쏟아내는 이들을 나는 지그시 쏘아보았고, 그들이 잠깐 주춤거리자 나는 당연하게도 숨을 크게 들이켰다.

"당신들, 누구지?"

그리고 당연하게도 나는 그렇게 물었고, 그 순간 방 안에 있던 이들의 입은 얼어붙은 듯 순간적으로 정적에 휩싸였다. 나를 쳐다보면서 설마 하는 표정을 짓고 있는 그들에게 친절하게도 다시 반복해서 들려주었다.

"당신들, 누구냐니까. 난 당신들 몰라."

"폐하!"

나는 정말 귀청 떨어질 정도로 커다란 목소리로 외치는 그들에게,

귀를 탁 막으며 폐부에 가득 공기를 집어넣고 소리쳤다.

"디따 목소리 크네. 시끄러워!! 귀청 떨어지겠다! 다 큰 인간들이 왜 자꾸 질질 짜고 난리야!"

정말 버릇없게도 나는 반말을 틱틱 내뱉고 있었다. 내 눈에 보이는 이들은 모두 나보다 나이가 많은 사람들이었지만 아직 머리 속이 혼란스럽기 그지없는 나로서는 절로 말투가 험악해지는 것은 당연한 것이었다. 내가 눈을 부라리며 그들을 노려보자 우는 목소리를 내던 그들이 움찔거리며 입을 다물었다.

"아무리 봐도 기억상실증 같습니다."

울고불고하던 무리들이 진정이 되자 푸짐한 몸을 가진 어의라는 남자가 입을 열었다.

그 말 한마디에 모든 이들의 시선이 모두 남자에게로 집중되었고 나 역시 그에게 시선을 모았다. 물론 난 멀쩡하다고 말하고 싶은 마음이 굴뚝같았지만 어차피 이곳이 어딘지도 모르고 내가 지금 어떤 상황인지도 모르기에 그냥 얌전히 앉아 있다가 저희들끼리 북 치고 장구 치면서 내린 결론에 적당히 맞장구쳐 주자고 잠정 결론을 내린 상태라 조용히 입을 다물고 있었다.

기억상실증. 머리에 충격을 받으면 기억을 몽땅 잊어버린다는 그 무시무시한 병. 물론 나는 기억이 멀쩡한 상태였지만 기억상실증 환자로 변모한 것은 한순간이었다.

"폐하께서 기억을 잃으셨다니, 그게 무슨……."

"의식을 찾으시자마자 하시는 말씀도 말씀이려니와 이런 경우는 간간이 있어왔던 일이고, 기록을 보면 기억상실증에 걸린 사람들 대부분이 머리에 강한 충격을 받은 일이 있었습니다. 폐하께서 머리에 강한 충격을 받으셨던 것을 접목시켜 본다면 기억을 잃으신 것은 확실한 것 같습니다.”

히야~ 저 혼자 말 다하네. 헤에… 저 뚱뚱이가 어의라고? 못 믿겠다.

“그, 그렇다면 폐하께서 기억을 되찾으실 방법은……”

“모르겠습니다. 그런 경우는 없었는지라 시간이 흐르면 기억이 되살아나실지는…….”

잘한다, 잘해. 멀쩡한 인간 앞에 두고. 내 옆에서 무어라 중얼대는 이들의 모습에 지루함을 느낀 나는 침대(맞겠지)에 누웠다. 헤에, 이거 되게 폭신하다. 손이 푹푹 빠진다. 오옷! 어깨가 묻히네. 나는 침대를 가지고 장난치다가 길게 하품을 했다.

후아암.

잠 온다.

꾸벅꾸벅.

“폐하, 졸지 마세요.”

코올… 으음. 나의 실수. 진짜 졸았다. 곧 나는 눈을 비비며 침대에서 일어났고 시선이 맞닿은 곳에 방금 전 처음 보았던 사내의 얼굴이 동공에 비춰졌다.

음. 다시 봐도 잘난 놈이야. 여자들이 아주 잘 따르겠어.

“여기가 어디냐… 는 우선 넘어가더라도 서로 이름이나 알자구. 당신 이름이 뭐야?”

나중에 생각해도 내가 왜 그렇게 말했는지 모를 정도로 아주 자연스럽게 내 입에서 반말이 튀어나왔다. 하지만 나는 방금 한 말을 후회했다. 내 말이 떨어지기가 무섭게 사내는 그야말로 충격받아 울고 싶어

하는 얼굴빛을 띠었기 때문이었다.

"폐하, 정말 소신을 기억 못하시겠습니까?"

"응. 몰라."

보통 사람 같으면 그 표정을 봤으면 조금 배려를 했었겠지만 내가 누군가.

"진정이십니까?"

나는 감정에 무진장 솔직하다. 당연히 모른다고 말하지 그럼 안다고 말해?

"모르니까 묻는 거잖아."

나는 단도직입적으로 그렇게 말했고 곧장 귀를 틀어막아야 했다. 내가 외모로 인정한 몇 안 되는 녀석 중 한 명이 인상을 일그러뜨리더니만 말 그대로 짜기 시작했기 때문이다.

아아, 젠장. 난 남자든 여자든 우는 건 제일 짜증 난단 말이얏!

"크흐흐흐… 소신의 잘못입니다. 소신이 미력하여 폐하께서 이 지경이 된 것입니다."

아예 통곡을 하는구나.

무릎을 꿇고 앉은 채로 눈물을 줄줄 흘리는 사내. 너무도 서럽게 우는 그에게 나는 복잡한 표정을 지으며 가만히 앉아 있을 수밖에 없었고 내가 애매하게 그를 쳐다보고 있자 아까 전에 울고불고하던 무리들 중 한 명이 나와 울고 있던 사내를 이해한다는 표정으로 달래주고 있었다. 그러면서 나를 쳐다보는데, 그 사내 역시 그와 비슷한 표정을 짓고 있자 짜증스러움이 가슴속에서 울컥 솟아올랐다.

나는 분명히 저들을 모른다. 나는 21세기 바른 청소년이고 고등학교 3학년이다. 그리고 본직은 퇴마업을 해오던, 조금은 평범하지는 않았지만 그래도 그럭저럭 평범하게 살던 청년일 뿐이다. 내가 기억하는 것은 원귀를 쫓아왔다가 수명이 끝났다는 푸르딩딩이의 말을 듣고 그대로 쓰러져 버린 것뿐이다.

"흐흑… 용서해 주십시오, 폐하."

혼란스러운 머리를 정리하고 있는데 옆에서 짜고 있는 녀석이 있으니 대빵 짜증스러웠다. 참고로 나는 우는 것을 아주 싫어한다. 왠지 우는 녀석들만 보면 짜증이 폭발하는 것이다.

"그만 좀 짜라. 사내자식이 왜 울고 난리야! 부모가 죽었냐! 고작 내가 너를 기억 못하는 것뿐인데 세상 다 산 놈처럼 울어대는 거야! 당장 뚝 그쳐! 한 번만 우는 소리를 내면 니 혀를 당장 뽑아버릴 거다!"

나는 으르렁거렸다. 결국은 그렇게 소리를 질러 버리고 말았다. 그 말에 끅끅거리며 울고 있던 사내가 멈칫거린다.

그래, 좀 진정해라. 그렇게 조용히 있으란 말이다. 머리 좀 정리하자.

사내는 내 고함에 잠깐 움찔거리는가 싶더니만 어느새 기대에 찬 눈빛으로 나를 쳐다본다. 방 안에 모인 다른 이들도 마찬가지.

"폐하의 앞에서 눈물을 보이다니, 이런 무례를… 하지만 기억을 잃으셨어도 그 성격만큼은 여전하시군요. 신 메르델, 폐하의 명령을 받들겠습니다."

아마도 나의 차가운 위엄 어린 눈빛에 정신을 차린 거겠지. 알다시피 나는 퇴마사가 아닌가. 수많은 귀신들과 싸우면서 가지게 되는 날카로운 분위기가 몸에 배어 있다. 그리고 사방신 중 청룡과 백호를 수족처럼 부리면서 가지게 된 그것은 박씨 가문의 일족 중 가장 강했다.

그런 나였다. 비록 지금 상황이 어찌 돌아가는지 모르지만 질질 짜고 있는 사내 녀석을 휘어잡는 거야 매우 쉬운 일이다.

메르델이라는 이름의 사내가 진정이 되자 나는 우선 거울부터 찾았다. 판타지 소설을 즐겨보는 나로서는 짐작되는 사항이야 있었지만 우선 확실하게 확인부터 하고 볼 일이라고 생각하고 바로 행동으로 옮긴 것이다.

거울에 비춰진 모습을 본 나는 울어야 할지 웃어야 할지 모르는 표정을 띠었다. 외모는 정말 잘났다. 앞서 질질 짜던 놈과는 비교도 안될 정도로. 나이는 나랑 비슷한 또래이거나 한두 살 많아 보이는 외모. 흑색의 윤기 흐르는 긴 장발의 머리칼과 깎아 만든 듯 섬세한 이목구비와 얼굴 선은 아름답고도 또한 남성다움이 밑바탕이 되어 무척 강인해 보였다.

이마를 친친 감고 있는 붕대도 보였다. 감겨진 붕대에서 희미하게 보이는 혈흔 자국.

막 정신이 돌아온 뒤여서인지 주변을 살피기에는 무리였지만 내 얼굴로 보이는 모습을 비추는 상당히 화려해 보이는 고가의 손거울과 좀 큰 원형의 거울에 순간 욕심이 들었다. 하지만 우선 내가 있는 곳부터 면밀히 살펴봐야 한다는 현실적인 생각이 앞섰다.

옆에서 폐하를 소리 높여 외치는 인간들이 있었지만 나는 소리칠 기운조차 없었다. 머리 속에 푸르딩딩이가 해줬던 말이 언뜻 기억이 났다. 내가 죽게 된 이유. 한 세계에 속한 사람이 자신의 세계와는 다른 곳에 넘어오려면 제재가 있다고 했다. 물론 말이 좋아 제재지 희생이나 마찬가지다. 대표적인 것으로 성별의 희생이나 외모의 변화가 있다. 그것도 안 되면 환생. 몸은 그대로 두고 영혼만 뒤바꾼다는 것이다.

지금 내가 겪고 있는 상황에 가장 가능성이 높은 것으로는 마지막일 거다. 하지만 분명히 푸르딩딩이는 내가 죽으면 명부로 데려간다고 했다. 혼이 떠돌도록 만들 수 없다면서. 그럼 그놈이 장난친 건가? 아니, 분명히 나는 죽었다. 지금 내 눈에 보여지는 얼굴은 내 얼굴이 아닌 다른 놈팽이의 얼굴이다.

　　그렇다면 대체 이게 무슨 일인가.

　　─나는 너를 담을 새로운 육신에 준 것일 뿐. 새로운 삶을 누리기 바란다, 환(桓)의 마지막 후예여.

　　어라?

　　내 머리 속에 울리는 이 목소리는…….

　　침대에 엉덩이를 반쯤 걸치고 있던 나는 다급한 마음에 몸을 벌떡 일으켰다. 주변에 있는 이들은 조용히 있던 내가 갑작스레 몸을 일으켜 주변을 두리번거리자 놀란 눈으로 나를 응시하고 있었다.

　　─상제(上帝)의 배려다. 내가 사라짐으로써 이계와 그대의 세계와의 길은 완전히 단절된다. 그 문을 열고 다시 돌아올지는 그대가 결정할 일이겠지. 그리고 그대의 검(劍)은 몸이 회복되는 대로 돌아갈 것이다. 장수, 수명이 끝나는 날 그대를 데리러오지. 잘 살아라. 그리고 그때의 흔적을 지우길 바란다.

　　푸르딩딩이다. 근데 어디서 들리는 거지?

　　나는 눈에 불을 켜고 녀석의 기운을 찾기 위해 주위를 훑었다. 하지만 아무리 집중하고 찾아봐도 그놈은 없었다. 암만 봐도 내가 깬 뒤에 맞춰 울려지도록 머리 속에 심어둔 전음이었는지 그 말을 끝으로 머리 속은 조용해졌다.

　　빌어먹을. 나는 낮게 욕설을 퍼부으며 다시 침대 위로 털썩 주저앉았다. 환(桓)의 후예? 새로운 삶을 살라니. 그리고 배려? 무슨 배려? 검을 돌려준다고? 그런 건 상관없어. 근데 왜 내가 이러고 있느냐고? 왜? Why!!

—염라 왈. 잘 살아봐, 멍청아.

—상제 왈. 이만큼 해줬으면 됐지. 또 뭘 바라냐.

나의 절규가 하늘까지 닿았더라면 분명히 그들은 이렇게 말하고 있으리라. 염라, 당신 내가 명부에 쳐들어가는 게 싫었던 거야? 그래서 염라 당신이 상제를 꼬신 거야? 니기미, 이 삐리리야!

"폐, 폐하?"

속으로 수십 번도 더 욕설을 퍼붓고 있을 때 메르델이라는 녀석이 조심스레 나에게 말을 걸어왔다.

당황스러워하는 표정. 하긴 그럴 만도 할 테지. 얌전히 앉아 있던 작자가 갑자기 일어나 주변을 둘러보며 살기 아닌 살기를 내뿜는데 누가 당황하지 않으리오. 게다가 속으로 욕설을 퍼붓는다는 게 실수로 입밖으로 아주 조금 새어 나와 버렸다.

글로 표현하자면 심의 삭제는 따논 당상인 심각하고도 오묘한(?) 욕이었는지라 나는 사내의 심정을 충분히 이해해 줄 수 있었다. 그래서 그놈과 비슷한 표정을 하고 있는 이들을 쓰윽 한번 훑어보고는 화제를 돌려야겠다고 판단했다.

도대체 어찌 된 일인지 모르겠지만 푸르딩딩이가 내게 남긴 간단한 말로 볼 때 나는 죽지 않고 새로운 몸을 갖고 환생한 것이다. 그리고 나의 청명검 역시 곧 돌려줄 것이라고 했다. 수명이 끝나는 날 나를 데리러 오겠다고? 그럼 나는 이 몸으로 이계에서 살아야 되는 거란 말이지? 판타지 소설에서나 나올 법한 일을 내가 겪게 되다니. 이거 재미있어해야 할지 아니면 슬퍼해야 할지 모르겠다. 푸르딩딩이가 내게 말을 남기긴 했지만 전혀 알아듣지 못한 상태고, 그래도 살아난 것만으로도 기쁜 일이니까. 그렇지만 우선은 내가 있는 곳에 대한 것부터 알아야 했다.

"나는 내가 누군지 몰라. 그러니 이해가 가능하도록 설명 좀 해주겠어? 내가 못 알아먹는다면 다시 이해 가능하도록 리바이벌해서 아주아주 알아듣기 쉽게. 응?"

우선은 현실인 것 같은데, 내가 이곳에서 살려면 대충 살아가는 데 지식이 필요했기에 간단하게 상황부터 알아보자 여기고 막 질문을 던졌다. 하지만 또다시 나는 이 말을 내뱉은 것을 후회했다. 이유는 간단했다. 그 말이 떨어지기가 무섭게 앞다투어 달려들어 내 앞에 부복하고는 속사포처럼 말을 쏟아내기 시작한 것이다.

어지러웠다. 그리고 그 뒷일은 기억 못한다. 다만 이런 결심을 한 것은 떠올랐다. 저들의 입을 틀어막아야겠다고. 그리고 그 결심은 충실히 이행된 것 같았다.

"조용히! 한 명씩 말해. 그리고 우는 놈 누구야? 자꾸 훌쩍거리지 마. 한 번만 더 훌쩍거리면 조져 버린다!"

…제국력 3144년 4월(나중에 알았지만 어쨌든).

나는 이계로 오게 됐다. 그리고 죽었다가 깨어났다. 또한 그 역사적인 첫날.

나는 하나의 교훈은 얻었다. 역시 목소리는 크고 봐야 해. 암.

"…그렇게 된 겁니다. 폐하, 아시겠습니까?"

끄덕끄덕. 알아듣고 말고.

몇 번이나 들었는데 바보가 아닌 이상은 다 알아듣지. 암. 충분히 알아들었다는 표정을 띠었지만 내게 설명을 하던 노인네는 그래도 안심할 수 없다는 표정이었다. 쯧쯧, 그렇게 사람 말을 못 믿어서야. 나는 노인네의 저 불신의 눈초리를 거두려면 내 입에서 그간의 긴 설명을 들었다는 것을 충분히 알리기 위해 설명을 간추려서 줄줄 밖으로 내뱉었다.

"그러니까 여기는 대륙 아틸란타고, 나는 가이칸 제국의 황제 카이스 진 엘 가이칸이고 나이는 21세다."

나이 두 살 더 먹었다. 제길.

"오오, 맞습니다. 그리고, 또?"

내가 말하기 시작하니까 눈을 반짝반짝 빛내는 노인네. 제길, 막 걸음마 시작한 손자를 쳐다보는 노인의 눈빛. 기특하다는 표정이 졸라 짜증 난다. 그래도 말한다. 젠장.

"그리고 나는 3일 전에 사냥을 나갔다가 암살자로 보이는 놈들에게 공격받아 낙마해서 머리를 다쳤고, 그동안 쭉 의식 불명 상태였다가 깨어났다. 맞지?"

끄덕끄덕.

약속했구만. 내가 말하면 아래위로 고개를 움직이기로.

나는 내가 깨어나면서부터 줄기차게 설명을 해대며 묘하게 화색을 띠는 노인네의 얼굴을 불만스럽게 쳐다보았다.

으음, 우선 머리를 굴려보자. 일단 내가 있는 곳은 아틸란타라는 대륙. 뭐, 원귀 놈 잡는다고 이계로 넘어왔으니 이곳이 이계인 건 확실한 거고 대륙 이름도 알게 되었다. 그리고 나는, 아니, 정확하게는 내가 들어가 있는 이 몸은 이 대륙의 반 이상을 지배하는 제국의 황제. 나이는 방금 언급했듯이 두 살 많다. 망할. 아직 10대였던 내가 20대로 돌변하다니. 나도 이제 노땅이다. 으… 어쨌든 황제라는 놈이 이곳에 누워 있었던 이유는 여우 사냥 갔다가 암살자의 공격을 받아 이놈과 동행했던 세 명의 기사들 중 두 명은 죽었고 한 명만 살아남았단다. 그놈이 저기 있는 메르델이라는 놈이고.

황제가 어째서 호위할 인간으로 3명밖에 데리고 가지 않았냐 하면 뒤에 줄줄이 매달고 다니는 걸 싫어하는 성격인지라 평소에도 정예 기사 몇몇 만을 등에 붙이고 다녔다고 했다.

망할 놈, 그러니까 죽지. 말을 들어보니 이 녀석이 요로콤 된 것도 그 뭐냐 판타지 소설에서 자주 등장하는 권력 싸움 같은데. 그래도 그렇게 나쁜 놈은 아니었던지 이렇게 다친 이유가 저기 있는 기사를 감싸려다가 이렇게 돼버린 거란다.

흠흠, 나쁜 놈은 아니어서 다행이야. 하지만 저 노인네, 자기를 리보아 공작이라고 불러달라고는 하지만 간단하게 노인네라고 부르면 더 편하지 않을까? 어쨌든 그 공작이라는 노인네가 내게 말했다.

"폐하께서 다치신 것은 이곳에 있는 가신들 외에는 아무도 모릅니다. 더불어 폐하께서 기억을 상실한 것조차도 말입니다. 또한 다행스럽게도 폐하께서는 황위에 오르신 지 고작 두어 달밖에 되지 않았던지라 귀족들과의 대면도 없었습니다. 여러 가지 사정이 있기도 했지만 정상적인 정사를 하려면 아직 일주일 간의 여유가 있으니 폐하께서 잊으신 기억도 되찾을 겸 곧 있을 정사를 생각하셔서 제왕학과 기본적인 학문을 아셔야 하지 않겠습니까?"

쓰읍. 저 노인네가 빙빙 돌려서 말하고는 있지만 한마디로 공부하자. 아니, 공부해야 한다는 강요 아닌 강요가 아닌가. 물론 내 뜻은 '싫다' 이거다. 18년 동안 학교에서 배운 쓸데없는 지식만으로도 골때리는데 또 공부를 하라고? 집안에서 내게 시킨 가주(家主) 교육만 해도 머리 속이 터질 지경인데! 내가 미쳤냐, 공부를 하게!

나는 단호하게 거부의 말을 노인네에게 던졌다.

"싫어."

하지만 안 통했다.

"싫어도 하십시오. 아니, 하기 싫다는 10가지 이유를 대신다면 생각해 보겠습니다만."

이유 열 가지… 대면 되지 뭘 쪼는 거냐. 장수, 넌 할 수 있다. 우선 생각해 보자. 이유 하나, 그런 거 다 아는데 또 배우라고? 날 뭘로 보나? 날 물로 보지 마! 둘, 귀찮다. 이 젊은 나이에 방 안에 콕 처박혀 있어야겠는가. 내 이상적인 남성형은 구릿빛 피부다. 잘생기긴 했지만 이런 허연 피부는 필요없다 이거다. 셋, 고로 나는 놀 거다. 그리고 네 번째, 으음… 많을 줄 알았는데 의외로 댈 게 없군. 그렇담……

"어흠, 당신의 나이를 보니 나만한 손자도 있겠는데 그 손자들은 공부하기 싫어하지 않나?"

이유를 대기 힘들다면 방법은 공감대 & 동정심 유발이다. 나만한 손자가 아니라 나보다 더 큰 손자도 있겠다. 그 손자가 크면서 얌전히 공부를 했겠어? 한 번쯤은 반항을 했겠지. '나는 공산당이 싫어요'를 외치면서 죽어간… 음, 이름은 기억 안 난다. 어쨌든 그 이름 모를 이처럼 '나는 공부하는 게 싫어요'를 한 번쯤은 외쳤을 것이다. 짱돌 안 날아왔… 휘익― 퍽! 음, 다행이다. 슬쩍 비켜갔다.

"제 손주는 14살 때 황궁의 과거 시험에 급제해 폐하를 보필하고 있습니다만."

뜨억. 판단 착오닷!! 14살 때 과거 시험을 쳐서 벌써 나를, 아니, 이놈의 일을 거들고 있었다… 이거냐? 빌어먹을. 조선 시대도 아니고, 제길.

"하하하… 대단한 손주를 뒀군. 어릴 때부터 영재 교육을 시켰나 보지? 얼마나 공부하기 싫었을……."

"무슨 소리를 하시는지. 그 아이는 식사하는 것보다 공부를 아주 좋아했습니다."

결정타다. 나는 힘없이 고개를 숙임으로써 온몸으로 '졌다'를 외쳤다. 노인네가 회심의 미소를 짓는 모습을 보며 나는 절망했다. 하지만 이대로 주저앉을 수는 없다. 나의 자유와 권리를 위해 '파이팅!'

그렇게 속으로 구호를 외치고 있는 내게 어느새 정리가 되었는지 방 안에 있던 무리들이 조용해졌다. 그리고 속으로 구호를 외치던 나도 조용해졌다. 이유는 노인네가 내게 건넨 하나의, 아니, 여러 개의 물건 때문이었다. 네모나고 두께도 장난이 아니게 두꺼운… 그리고 결정적으로 나무로 만든 종이. 바로 책이었다. 빌어먹을! 이걸 나한테 줬다는 건…….

"우선 이것부터 하셔야겠습니다, 폐하. 시일은 일주일. 그동안 최대한 황제로서의 위엄에 어긋나지 않을 지식을 다시 쌓으셔야 하니까요."

공부다! 그냥은 못해. 집에서도 공부하기 싫어서 산 타고 도망 다녔었는데 이곳에서도 한번 그래 봐?

내가 막 그렇게 생각하고 있을 때였다. 저 노인네가 눈치를 챘는지 나를 바라보는 눈초리가 심상치 않다. 쳇, 도망 안 가면 될 것 아니야. 저 노인네는 내가 이곳에서 사는 데 가장 큰 걸림돌이 될 거다. 강적이야, 강적.

쿠울.

"폐핫! 졸지 마십시오!"

으음, 또 졸았다. 나는 지금 공부 중이다. 머리 속의 혼란이 채 가시기도 전에 노인네가 내게 시키기 시작했던 것이다. 물론 노인네가 아닌 그보다 조금 더 젊은 사람들이 각자 정치, 문화, 신학, 역사 등등을 머리 속에 집어넣고 있었다. 지금은 역사 공부 시간이다. 가이칸 제국이 들어선 것에 대해서 말이다.

그런데 나는 역사를 배우는 동안 아주 겁나게 엄청 놀랐었다. 가이칸 제국을 세운 건국왕에 대한 구절을 배울 때 보았던 그의 이름. 정말 황당하게도 그 이름은 '김영진' 이었다. 분명히 영어로─아닐 수도 있지만─영어랑 무척 비슷한 글씨체였다. 물론 영어가 잽빵인 내가 그걸 알아보는 게 신기하지만 어쨌든 영어로 표현하면 아르미아 진 가이칸으로 밑에 쓰여진 글은 이 세계 사람들은 해석을 하지 못해 그저 고대어로 표시된 어귀였지만 분명히 그건 훈민정음, 즉 한국어였다.

내가 얼마나 기겁했느냐 하면 그건 하늘이 알고 땅이 안다. 세상에 만상에 확신하는 것은 아니지만 이 나라를 세운 게 한국인, 그것도 이계인(異界人)이라는 결론이 나온다. 정말 놀랄 노 자였다. 건국왕에 대한 설명이 나올 때 나는 궁금증에 눈을 빠릿빠릿 뜨고 들었지만 뒤로 갈수록 영 지루해서 학교에서 자주 했던 수면에 빠져들었다.

나를 가르치고 있던 작자 이름이 아마 프랭크 바담. 직위가 후작이었다고 했을 거다. 그는 40세를 훨씬 넘긴 듯 보이는데 나이에 비해 무척 생기가 있어 보였고, 또한 정직해 보였다. 한마디로 죽더라도 바른 소리를 할 것 같은 충신으로 보인다는 거다. 이 남자를 붙여둔 노인네 역시도 목에 칼이 들어와도 황제에게 할 말은 다 하고 살 것 같고. 으음, 내가 지금 무슨 생각을 하는 거지.

바담 후작이 나를 쏘아본다.

"안 잤어. 그저 잠시 눈을 감고 있었……."

나는 궁색하게 변명했다. 하지만 내 변명이 끝나기도 전에 후작의 눈빛이 싸늘해졌다.

으음. 위험해, 위험. 나는 몸을 뒤로 살짝 뺐다.

"폐하, 제가 몇 번을 말씀드렸습니까. 역사란 과거와 현재의 대화로써 과거에 있었던 역사적 사실을 바르게 이해하고 검증하고 결론짓게 하는 지표가 되는 겁니다. 가이칸 제국을 다스리실 폐하께는 필수적인 과목으로써 이 과목을 습득하지 않고서는 폐하는 황제라고 하실 수 없습니다. 고로……."

길게 이어지는 저 잔소리들. 나는 신음을 흘렸다. 아아, 나 죽고 싶어. 벌써 몇 시간째인가. 대낮부터 시작된 공부는 밖이 어둑어둑해질 때까지 계속되고 있었다. 이건 가주 수업보다 심하면 심했지 못하진 않아. 우짜스까나.

"쫑알쫑알……."

으윽! 도저히 저 잔소리만큼은 못 들어.

"그만! 다 알아들었어. 후작, 못 믿겠다면 방금 전 후작이 설명한 것 다 말해 주지. 가이칸 제국은 건국왕 아르미아 진 가이칸으로서 1,000년의 오랜 세월이 흘렀지만 그의 수많은 업적은 대륙의 학자들 사이에서도 오르내리고 있다. 전쟁이 만연하던 대륙에서 전쟁 불가론을 외치며 백성들의 평안을 목표로 나라를 다스렸고, 그가 생존했을 당시 존재했던 모든 나라의 귀족과 왕족들에게 찬사를 받았다. 또한 신생국이었을 당시에 어쩌고저쩌고 이러쿵저러쿵… 했고, 또한 이리저리 해서 요렇게 저렇게 돼서 지금의 제국이 탄생되었다. 맞지!"

끄덕끄덕.

"그럼 입 닥치고 나가서 딴 선생 불러!"

초스피드로 끝내주지. 나도 더 이상 못 참는다.

나는 어빙벙한 표정을 짓고 있는 후작을 쫓아냈고, 곧 딴 작자가 들어서자 곧장 책을 탁 펼쳤다. 그리고 빨리 공부 시작하라는 살기 어린 시선을 보냈고, 다른 작자는 조금 움찔거렸지만 맡은 과목을 성실하게 가르쳐 나갔다.

그가 가르친 과목은 정치론이었는데 가주 수업을 받으면서 익혔던 지식과 비슷했다. 사람을 다스리는 법, 그리고 정치를 어떻게 해야 하는지, 명분이 왜 중요한지, 또한 군주로서 가져야 할 몸가짐 등등, 두 시간 동안 계속된 설명을 들은 뒤 나는 이번 작자가 딴소리하지 못하도록 그가 했던 사항 중 중요한 부분을 축약해 줄줄 읊었다. 집에서 했던 가주 수업을 떠올리자, 그 처절했던 교육의 정도를 따진다면 이 정도는 3일 안에 끝낼 수 있다. 그리고 놀러 가자.

"됐다, 됐지? 더 포함할 거 있냐?"

"어, 없습니다, 폐하."

"그럼, 나갓!"

나의 자유를 위해서 투쟁하리라.

*   *   *

"식사 시간입니다."

오옷! 밥이다. 한동안 안 하던 공부를 하려니 몸의 에너지 소모가 극심했다.

꼬르르륵.

그걸 확인시켜 주기라도 하듯이 뱃속에서는 먹을 걸 달라고 아우성이다. 노인네가 시킨 공부를 하기 시작한 지도 어언 사흘째. 내가 결심한 대로 이제 수업은 막바지에 이르고 있었다.

노인네와 기타 등등들은 나의 이 빠른 습득력에 무척 놀라워하고 있었지만 내가 누구냐, 자랑스런 태극기 앞에 무궁한 영광을 위해 몸과 마음을 바쳐 충성을 다할 것을 굳게 다짐하는 그 이름도 위대한 의지의 한국인이다. 내게 못할 것이란 없다.

우헤헤헤. 흠흠, 어쨌든 이제 거의 막바지에 이른 수업을 증명이라도 하는 듯 제왕학에 박차를 가하며 열변을 토하던 샤스 후작은 내가 공부를 하다 말고 책을 덮고는 식사를 위해 자리에서 일어나 식탁에 앉았음에도 별말이 없었다.

물론 구석으로 가서 벽에 머리를 쿵쿵 찍고 있기야 했지만 뭐, 신경 끄자. 다시 나는 식탁으로 눈을 모았다.

아아, 행복해라. 나를 포함하여 네댓 명은 더 앉을 수 있을 것 같은 더럽게 넓고 큰 식탁 위에는 맛깔스러운 음식들이 풀 코스로 늘어져 있었고, 나는 콧속으로 들어와 행복감을 주는 음식의 향기에 잠시 행복감에 젖었다.

그리고 식사를 시작했는데, 음식을 내오면서 따라 들어왔던 예쁘장한 소녀 시녀들이 접시에 적당히 덜어서 건네주는 음식을 허겁지겁 먹고 싶었지만 그건 희망 사항일 뿐 나는 우아하게 포크와 나이프를 사용해서 먹고 있다. 물론 겉으로 우아하겠지. 정말 짜증스럽다. 젓가락을 사용하는 동양적인 부분이 없는 이곳에서 포크와 나이프를 이용해 먹는 것은 제일 적응키 힘든 부분이다. 물론 서툰 부분은 나를 가르친 스승 격인 귀족들에게 배워 어느 정도 능숙해졌지만 할 때마다 짜증 나는 것은 어쩔 수 없다.

그나마 다행스러운 것은 음식 맛이 좋다는 것이다. 음식이 하나같이 입 안에 닿기가 무섭게 부드럽게 녹아내리는 데다가 느끼하지도 않았고… 에, 그러니까 한마디로 끝내준다로 표현할 수 있었다.

나는 빈 속을 채우기 위해 식사를 시작했다.

한창 중요한 대목에서 공부 시간과 식사 시간이 겹쳐 상당히 불만을 표하는 샤스 후작의 눈째림도 있었지만 음식은 꼭꼭 천천히 먹어야 체하지 않는다는 신념을 가진 나는 어디까지나 여유있게, 그리고 우아하게 식사를 시작했다. 물론 식사 예절은 확실히 지켰지만 먹은 양은 어마어마했다. 몇 사람분의 풀 코스 정식을 반 이상 깨끗하게 비워 버렸으니까.

하지만 카이스라는 이름의 녀석도 음식을 어지간히 밝혔던지, 내가 처음으로 공급받은 식사를 거의 비워냈을 때 리본이과 내가 깨어났을 때 보았던 몇몇 노인네들이 했던 말 '기억을 잃었어도 그 먹성은 여전하다' 며 식은땀을 주룩 흘리며 헛웃음을 흘리던 광경이 아직도 기억에 생생하다. 뭐, 그다지 유쾌하지는 않지만서도…….

소식을 하면 오래 산다지만 '먹고 죽은 귀신은 때깔도 곱다' 라는 옛 속담을 떠올리며 어찌 되었든 나는 묵묵히 식사를 끝마침으로써 굶주림에 지쳐 아사 직전까지 가 있던 위를 달랠 수 있었다.

꺼억~ 배부르다.

"식사 다 하셨습니까."

식사를 다 끝내고 냅킨으로 입을 닦고 있으려니 샤스 후작이 다가와 묻는다. 그러고 보니 나 먹는 동안 계속 서 있었는가 보네. 쩝. 배고프겠다. 아침때면 한창 배고플 땐데……

"음. 조금 남았는데 후작도 먹겠어? 후작 주려고 과일 남겼는데."

"……"

"먹기 싫음 말고. 날름. 우물우물……."

나는 마지막 남은 과일 한 조각마저 깨끗이 먹어치웠다. 그리고 나는 볼 수 있었다. 샤스 후작의 '정말 다 먹어버리다니, 나쁜 시키. 아니, 황제' 라고 속으로 절규하고 있는 모습을. 음. 조금 미안하네. 그냥 줄 걸 그랬나. 다음부터는 조금씩 남겨두고 줄게. 미안해, 후작."

"그럼, 다시 수업을 시작하겠습니다."

나는 다시 책을 펼쳤다. 과일 한 조각에 아쉬워하던 후작은 어디로 가고 다시 진지한 태도로 돌변. 또다시 열변을 토한다. 역시 대단한 아저씨 파워야.

"이제 배울 건 다 배운 셈인가?"

한참을 그렇게 떠들던 후작의 입이 멈춰 서자 나는 그렇게 물었다.

"전부 끝났습니다. 역시 전에 배우셨던 것인지 습득이 빠르십니다."

'웃기는 소리. 나의 순수한 노력의 결정체로 이룬 결과야' 라고 말하고는 싶지만 얌전히 있자. 흑흑. 나의 노력, 3일 동안 밤샘까지 하면서 한 나의 노력이… 아, 가슴이 아프도다.

"곧 리보아 공작께서 오실 겁니다."

"아, 그 리본?"

파직. 이 경쾌한 소리. 그리고 오옷, 후작의 이마에 붙은 저것은 그 이름도 위대한 혈관 마크! 게다가 하나도 아니고 두 개씩이나? 대단해, 샤스 후작!

내가 그렇게 감탄하고 있을 때 후작의 입이 빠르게 열렸다.

"그런 경박한 말투를… 폐하, 리본이 아니라 리보아 공작이십니다."

"리보아나 리본이나 그게 그거지."

'아' 하나만 빼면 리보. 거기서 또 'ㄴ' 하나 더 붙이면 딱이구만.

"폐하, 그분은 폐하의 장인이십니다."

"그게 뭐? 나하곤 상관없어. 장인이든 장부든 내가 알 게 뭐냐고, 기억도 없는데."

크윽. 후작의 입에서 새어 나오는 소리. 나는 물론 무시했다.

나한테 너무 많은 걸 바라지 말라고… 그렇다. 나에게는 마누라가 있다. 18살 먹은 어여쁜 마누라가. 그 사실을 알았을 때 나는 절규할 수밖에 없었다. 총각이었던, 그리고 동정이었던 숫총각인 내가 벌써 마누라가 있다니. 그렇담 나는 유부남이라는 소리가 아닌가. 아우… 물론 사이가 그다지 좋은 편은 아니었다고 했으니 별 상관이야 없지만… 사이가 안 좋았던 이유를 알았을 때 나는 내 몸만 아니었으면 이 몸을 당장에 밟아 뭉개고 소금에 절여서 세탁기로 돌린 다음 빨랫줄에 널어버렸을 거다.

이런 나쁜 시키, 그렇게 예쁜 마누라를 두고. 예이… 나는 양심상 황후라는 여자를 잘해주려고 생각 중이다. 한번 만나보니까 무척 착해 보인데다 양귀비 뺨칠 정도로 예뻤으니까. 여자는 예쁘면 다 용서가 된다는 그 말에 나는 새삼 수긍할 수 있었다.

"리보아 공작께서 드십니다."

왔구만. 나는 식사가 끝나는 시기에 맞춰 딱딱 들어오는 노인네에게 신기하다는 눈빛을 보냈다. 저 노인네 성격으로 볼 때 분명히 내가 공부 다 끝났다는 말 듣고 확인차 들른 걸 거다. 쳇. 놀러 나가려고 했더니 다 글렀구만.

"공부를 모두 끝내셨다지요? 역시 소년 시절부터 총기로 이름 높으시던 분다운……."

"아부는 필요없어, 공작. 또 무슨 일로 여기까지 온 거지? 내가 오늘 배운 거 확인하러 온 건가?"

"아닙니다. 오늘은 잠시 제 딸을 만나러 왔다가 잠시 드릴 말씀이 있어 온 것입니다."

하긴, 물어볼 필요가 없을 테지. 나를 가르치던 귀족들이 속속들이 알려줬을 테니까. 물론 내가 시킨 일이지만.

근데 딸이라면 내 마누라를 말하는 건데, 내 마누라랑 만났다 이 건가? 그래서 저렇게 얼굴이 좋은 게로군. 하긴, 내가 알아낸 바론 지금의 황후와 황제는 사이가 안 좋아서 일주일에 한 번도 합방하기 힘들었다고 했고, 또 황세자비 시절에도 쫓겨난다 안 난다 말이 많았던 사이였으니… 요새 내가 황후에게 잘해주는 편이니 아버지 입장에서는 아주 좋겠지. 하나뿐인 딸내미가 행복해하는 모습이.

크흠, 물론 아직 한 침대에서 자지 않았지만 내가 간간이 신경을 써주는 그것만으로도 황후라는 여자는 아주 기뻐했으니까 말이다. 그 여자 이름이 로와나였지. 풍성한 금발머리가 참 예뻤어. 흠흠… 아마도 이번에 저 영감과 만났을 때 오늘 아침에 있었던 일을 떠벌렸을 게 뻔하다. 에, 그러니까 아침 일찍 공부하기 전에 바람을 쐬러 나왔다가 산책을 하려던 로위나와 때마침 마주쳐 혼자 다니기 심심하기도 해서 내가 에스코트해 정원을 같이 돌아다녔다.

로위나는 내가 기억상실증(물론 가짜이긴 하지만) 걸린 줄 모르는지라, 예전에 황제가 자신을 대하던 것을 떠올리며 자꾸만 나를 신경 쓰는 모습이 안돼 보여 좀 즐겁게 해주고자 신혼 부부들이 하는 전용 메뉴, 여자를 들어 올려 볼에 입을 맞춰주었다.

그때 로위나의 벌게진 얼굴, 절대 못 잊는다. 내 아이의 어미가 될 여자가 저 여자라면 뭐… 으음, 그렇지만 그러기 위해서는 남녀 간의 그 뭐시기냐 밤중의 일을 치러야 하는데 이놈이 스물한 살이라지만 속은 이제 겨우 열아홉 살. 여자 손목도 잡아본 적 없는 대한민국 청소년이란 말이다. 그렇지만 뭐, 한 번 일(?) 치르고 나면 다음부터는 쉽다는 말도 있으니 기회만 된다면야. 커흠. 좀 덥구만.

"제 아들들의 손자는 봤고, 이제는 딱 하나 남은 자식의 혈육을 보는 것만이 남았군요."

분명히 저 영감 독심술 가지고 있는 거다. 어찌 내 생각을 저리도 잘 안단 말이냐. 이제 나에게는 몽상의 기회조차 없다는 것인가? 오오, 통재라.

"황후께서 아직 나이도 젊으시고 또 전하와 사이가 좋으시니, 언제 제게 손주를 안겨주실 생각인지……."

"……."

"제 나이도 있고 하니 올해 안에 폐하의 아드님을 보시는 것이 가장 좋다는 생각이 듭니다만. 어떻게 생각하시는지……."

저 영감이 죽으려고. 지금 날더러 빨리 황후랑 응응응 해서 아기 만드는 작업(?)에 들어가라는 소린가?

"공작… 지금 그 말 하려고 온 건 아닐 텐데."

이대로 있으면 나중에 '아기 영재 교육은 누가 맡을 것이냐' 하는 말까지 나올 것 같았다. 나는 단호히 화재를 전환했고 공작도 나의 곱지 않은 눈초리에 더 이상 헛소리 늘어놓다가는 엿 된다는 것을 느꼈는지 헛기침을 한차례 했다.

"볼일만 말해, 공작."

"아아, 그렇군요. 나이가 드니 자꾸만 건망증이… 하하하."

"거짓말인 거 다 아니까 변명하지 말고 빨랑 말해."

"오늘 저녁 황궁에서 연회가 열릴 예정입니다."

역시 살기를 풍기면 재깍재깍 말한다니까. 근데 황궁 연회. 나는 인상을 확 구기고야 말았다. 내가 이곳에 온 이후 황궁 연회는 계속 벌어졌다. 3일 동안 내내 밤낮 가리지 않고 정말 질릴 정도로 벌어졌었다.

나는 물론 참석하지 않았지만 그래도 연회가 어떤 곳인지 궁금해서 딱 한 번 출석했었다. 물론 그 뒤로 황궁의 연회는 지금껏 피해왔다. 정말 짜증 나는 공간이 아닐 수 없는 것이 연회다. 내 곁을 알랑거리는 화장 떡칠한 여인네들과 귀족 나부랭이들이 모이는 곳.

연회가 어떤 곳인지 궁금해서 가봤다가 나는 사람의 파도에 파묻혀 질식할 뻔했다. 속은 아니더라도 겉으로는 제국의 그 이름도 찬란하고 위대한 절대 권력을 행사하는 황제이니 뭐, 귀족들로서는 나와 조금이라도 친분을 쌓아두고 싶겠지. 물론 나는 그들의 면상을 한번씩 갈겨주고 싶긴 했지만 세상일이 어디 뜻대로 되는 일이 있던가. 빌어먹을.

"오늘은 또 뭣 땜시 연회가 벌어지는 거래? 저번에는 여동생인 아리스 공주의 생일이라고 한차례 벌인 걸로 아는데……."

"이번에는 폐하의 생신을 축하하는 연회입니다."

생신? 황제가 뱃속에서 탯줄 끊고 나온 날이라 연회가 벌어진다는 건가? 보통 왕족이라면 그냥 대충 끊고 넘어갔을 테지만 황제의 생일이라면 전국의 내노라하는 귀족 나으리들이 모두 몰려들 테고, 나는 의무적으로 참석해야 한다는 것이 아닌가. 제기랄.

나는 상황 파악이 되었고, 곧 푸욱 한숨을 내쉬었다. 진짜 내 생일은 아니지만 그래도 생일이고, 또 축하해 주러 온다는데 나도 가야지, 쳇. 그런데 내 여동생은 생일이고, 나는 생신? 왠지 나이 들어 보이잖아. 내가 노인네도 아니고 높임체를 받다니 기분 나빠.

"오늘은 각국의 사절단들이 간단한 공물과 평화 협상을 위한 문서, 물론 실질적으로는 중재 문서이지만 어쨌든 대외적으로는 그런 문서를 가지고 참석할 예정이니 꼭 참석하셔야 합니다. 그리고 그동안 배우셨던 궁중 예절도 실습하실 절호의 기회이시니 황후님과 함께 출석하셔야지요."

"아아, 알겠어. 거기까지 해. 연회는 오늘 저녁이라 이거지? 공작은 참석할 건가?"

"가이칸 제국의 귀족들이 모두 모이는 자리에 제가 참석하지 않을 수는 없지 않겠습니까? 폐하께서 섭섭해하실 수도 있으시니……."

"참석 안 해도 돼. 하나도 안 섭섭하니까."

"진심이십니까, 폐하?"

'그래, 진심이야. 사람 좋게 생긴 그 얼굴로 나한테 얼마나 스트레스를 주는 줄 알어? 아예, 오지 마' 라고 말하고 싶지만 나는 어디까지나

동방예의지국(東方禮義之國)의 바른 청소년. 노인을 우대하는 것이 몸에 밴 나로서는 싫어도 나보다 나이 많은 사람에게 부드럽게 나갈 수밖에 없다.

"아니, 농담이야. 꼭 참석해."

내가 그렇게 말하자 굳어졌던 얼굴을 곧장 펴며 생글생글 웃고 있는 저 노인네. 우으… 정말 나이가 조금만 더 적었더라도!

뒤에서 후작의 작은 웃음소리가 들렸다. 터져 나오는 웃음을 막으려고 애쓰고는 있지만 그래도 다 들렸다. 쓰읍, 저것이 죽으려고. 나는 눈에 살기를 띠었고, 때마침 발견된 책을 들어 후작을 향해 집어 던졌다.

퍽.

"뜨악."

정확하게 책의 모서리 부분에 머리를 가격당한 후작. 으음, 이제야 조용해졌군.

"그리고 오늘 연회를 메르델 경이 폐하를 모실 것입니다. 또 폐하께 작은 선물도 준비했습니다."

"선물? 뭔데? 이상한 건 아니지?"

"절대 이상한 건 아닙니다. 사람이거든요."

"사람? 혹시 저번에 공작이 내게 말했던 그 기사인가?"

지난번에 얼핏 들은 적이 있다. 공작이 내 명령으로 젊은 무신 하나를 곁에 두고 있다고.

"기억하고 계신다니 다행이군요. 그 기사는 노엘과 함께 도착할 것이니 전에 제가 말씀드렸던 대로 행동하십시오."

노엘은 메르델 경의 이름이다.

"좋아, 좋아. 알았어. 내 생일이라는 데 참석할 테니까 연회장을 준비해라."

나는 방 안에 조용히 서 있던 시녀들에게 말했다.

"알겠습니다."

연회라··· 에휴, 오늘 하루는 편히 잠자기 글렀어.

2

황제가 되다

"하아~"

저녁이 되었다. 내가 그토록 싫어하는 연회 시간이 점점 다가오는 것이다.

아아, 귀찮아. 하지만 이렇게 귀찮아 할 시간도 없었다. 곧 나에게 연회복을 입히겠다면서 어여쁜 시녀들이 들이닥칠 테니까.

"폐하, 들어가도 되겠습니까?"

봐라 벌써 왔잖는가. 나는 한숨을 토해내듯 조용히 말했다.

"들어와."

그리고 우르르 몰려 들어오는 메이드 복장의 시녀들.

하아아아~ 나는 속으로 한숨을 푹 내쉬며 그녀들이 가져온 정말 휘황찬란한 의복을 걸쳤다.

나의 이름이 카이스 진 엘 가이칸이 된 지도 사흘. 그렇게 시간이 길게 흐른 것은 아니지만 그래도 나에게는 몇 년이 흐른 것처럼 느껴졌다. 정말 오래된 것 같았다.

물론 생활에 불편함은 없다. 다만 변해 버린 나의 몸에 불만이 있을 뿐이었다. 옷단장을 끝내고 무지막지하게 넓은 방 한구석에서 시녀들이 가져온 전신 거울에 비추어진 나의 얼굴. 여자처럼 가늘고 섬세한 얼굴 선, 또렷한 이목구비, 크고 쌍거풀 진 부드러움을 띤 두 눈은 짙은 눈썹 때문인지 조금 매섭게 보이는 푸른빛 눈동자와 길게 기른 머리를 단정하게 묶어 등 뒤로 보기 좋게 늘어진 검은색 머리카락.

'흠. 잘생겼군. 웬만한 여자보다 예쁘기까지… 저 까리한 속눈썹 봐라. 예술이다.'

나는 그렇게 생각하며 거울을 바라보다가 옷매무새를 다듬어주고 있는 시녀들을 슬쩍 쳐다보니 나와 시선을 마주친 그녀들은 까앗 하는 낮은 비명을 지르며 얼굴을 붉게 물들였다. 다 이해한다, 아그들아. 이 몸이 원체 잘났냐? 남자인 나도 보고 반하겠는데.

하아… 퇴마를 가업으로 삼는 집안의 자손으로서 나를 놀리고 이계로 토까 버린 원귀를 잡기 위해 이곳까지 넘어와 원귀 놈을 잡았건만, 나는 산 자로서 이계로 넘어오면서 수명이 바뀌어 버리는 엄청 당황스러운 상황에 직면해 찍소리 못하고 뒈졌었다.

그런데 죽은 줄 알고 있었던 나는 멀쩡하게 살아 있었고 몸은 이세계의 황제라는 작자로 바뀌어 있었다.

나는 꿈이라고 생각했다. 눈 감았다가 뜨면 깨어날 환상 정도로 생각했다. 하지만 엄연히 내가 있는 곳은 현실이었다. 판타지 소설에서 흔히 등장하는 성(性) 체인지 현상은 일어나지 않았지만 그래도 나는 몸이 뒤바뀌었고 현재 나의 신분은 가이칸 제국의 제1권력자인 황제가 되었다. 처음에는 땅에 머리를 치고 꼴사납게 울었지만—내 몸, 우아, 섹시, 울트라 캡숑 잘생긴 내 몸을 돌려줘—그러나 냉혹한 현실에 빠르게 적응해 나갔다. 물론 적응하는 데 나의 무난한 환경 적응력도 한몫했을 터였지만 그래도 어느 정도 익숙해진 이 몸과 내가 속한 세계에 대해서 살기 위해 필요한 지식도 갖추었다.

그 지식을 대충 축약해 보면 이렇다. 지금 내가 있는 이 대륙의 이름은 아틸란타란다. 문명 정도는 우리 시대의 중세쯤으로 생각된다. 나라도 왕도 정치로 국왕, 성주, 기사 등등, 농노 제도까지 있는 걸로 봐서는 확실하다. 나는 그들 중 제일 대빵인 황제고.

물론 마법이라는 것도 존재했지만 판타지 소설에서처럼 그렇게 흔한 존재는 아니라는 점만 제외하면 내가 즐겨보던 판타지 소설에 나오는 종족들은 모두 이 세계에 존재한다. 이곳으로 떨어진 지 한 달이 흘렀다. 한 나라에 마법사라고 하면 많아봐야 두세 명. 마법사를 양육한다고는 하지만 그중에 마법을 자유로이 사용할 수 있는 사람은 드물다고 했다. 대륙에서 가장 큰 제국에도 마법사라고 해봐야 10명 정도뿐이니. 음, 어쨌든 마법사는 극히 적다는 결론이 나온다. 내가 있는 제국을 빼면 왕국은 네 곳이 있는데, 지금 얘기하자면 좀 기니 그건 나중에 복습하고.

"다 끝났습니다."

으음. 벌써 예장을 다 걸쳐 주고 뒤로 소리없이 물러난 시녀들에게 수고했다는 눈짓을 보였다. 내 시녀가 내온 간식을 먹었다. 홍차와 갓 구워낸 바삭한 쿠키는 3일 전부터 먹어온 것이지만 참 맛있다.

"노엘은 왔나?"

내가 과자를 우물거리며 묻자 시녀들 중 나이가 가장 많아 보이는,

그래 봤자 20살 정도 돼 보이는 시녀가 곧 도착할 것이라고 말해 주었다. 이름이 아마 센시아라고 했었지. 아직 도착 못했다는 말에 나는 잠깐 과자를 먹는 속도를 늦췄다. 그리고 과자를 더 내오라고 했다.

"폐하, 모시러 왔습니다."

과자 한 접시가 도착하자 딱 맞춰서 들어오는 노엘.

"들어와."

나는 싱글벙글 웃으며 막 방 안에 들어선 20대 초반의 준수한 미남자를 반갑게 맞았다. 그리고 뒤에는 노엘보다 나이가 좀 더 많이 들어 보이는 20대 후반의 그보다 조금 더 잘난 외모의 갈색 머리의 남자가 서 있었다.

리보아 공작이 오늘 주기로 했던 모종의 선물(?)이 호위 기사인 루이스 애스턴 경이었다. 공작인 리보아의 말로는 몰락 귀족인 그를 거두어 키운 것은 황제인 나라는데, 황태자였던 시절 몰락 귀족이라는 이유로 기사 수업을 받지 못하던 그를 배려해 주어 리보아 공작에게 맡겨 전문 기사로 키우게 만들었단다. 지금은 황궁에서 실력 면으로는 알아주는 기사라고 했다. 그리고 내가, 아니, 정확하게는 이 몸의 주인인 황제가 기억상실증에 걸린 것도 모른다. 물론 구라지만.

내가 기억상실증에 걸렸다는 건 노엘을 포함해 열 명도 채 못 된다고 했으니 나로서는 무척 조심해야 하는 자다. 우선 나는 저 보기만 해도 딱딱한 표정의 포커페이스와 대면하는 것조차 처음인데다가 여기서 마음 편히 살려면 조심은 필수가 아닌가.

나는 그를 한번 힐끔 바라보고는 아예 신경을 꺼버렸다. 어설프게 아는 척했다가 내가 모르는 걸 묻는다면 곤란하니까. 게다가 리본의 당부도 있었던 것을 상기하며 나는 생각을 다른 곳으로 돌렸다.

"막 도착했습니다."

"로위… 흠흠, 황후는?"

상황 전환은 성공인데… 아차차, 실수! 이름을 부르면 안 되지.

그 말에는 뒤에 있던 센시아가 대답했다.

"방금 전에 황후마마께서 보내신 시녀의 전갈로는 황후께서도 준비를 끝내지 못했다고 합니다. 오랜만에 폐하와 함께 출석하는 연회이니 신경 쓸 부분이 많으시다면서… 급하시다면 먼저 연회에 출석하라고 하셨습니다."

"그럼, 올 때까지 기다리지 뭐. 어차피 할 일도 있으니. 황비께 전하여 느긋하게 준비하고 오시라 해라."

"네."

센시아가 물러나자 다시 나는 의외라는 표정을 짓고 있는 노엘에게 시선을 돌렸다.

"황후마마와 함께 출석할 생각이십니까?"

"왜, 안 되나? 그건 황궁 법도에 어긋나는 것이 아닐 텐데?"

"그런 것이 아니라, 폐하와 황후마마께서 함께 출석하신 적이 없으셨던지라 귀족들이 상당히 놀랄 것 같습니다."

또 저 소리. 내가 황후랑 같이 출석한다고 말한 뒤에 나랑 마주한 귀족들은 하나같이 저 소리다. 그렇게 신기한 상황인가? 얼마나 황비랑 사이가 좋지 않았으면… 끌끌.

"또 뭔 소리를 한다고… 놀라라고 해. 내가 사랑하는 부인과 연회에 나간다는 데 놀랄 게 뭐 있어. 웃기는 작자들일세. 저희들은 부인이랑 같이 안 나오나… 쯧. 참, 이 과자 좀 들지. 꽤 맛있는데. 어차피 황비가 도착하려면 아직 한참 걸릴 것 같으니 대화나 나누면서 느긋하게 기다리자고."

"네, 폐하."

그렇게 대답은 했지만 노엘은 새삼스럽다는 눈빛을 내게 보내며 그렇게 대답했고, 나는 모른 척 과자를 입에 넣었다.

"근데, 메르델. 뒤에 서 있는 기사 분은 누구지?"

'아아, 따식. 오랜만이다. 잘 지냈냐' 하고 먼저 아는 척하고 싶지만 공작은 먼저 아는 척하지 말라고 했다. 그런 짓은 경박스러운 것으로 황제의 위엄에 손상을 준다나? 빌어먹을, 따지는 것도 많다.

그냥 속 편하게 살면 그만이지. 내가 본격적으로 정계로 나서며 제일 먼저 황실의 법돈지 뭔지부터 다 뜯어고치고 말리라. 어쨌든 나의 질문에 메르델은 그에게 자리를 비켜주며 인사를 하라는 제스처를 취했고, 그는 내가 자신을 알아보지 못한 것에 조금 실망한 표정으로 조용히 고개를 숙였다.

"제국의 황제 폐하께 신 루이스 애스턴 인사 올립니다. 황궁 근위병으로 오늘부로 리보아 공작께 폐하의 호위 기사로서의 임무를 전가받았습니다."

"메르델과 더불어 나의 목숨을 책임질 사람이라… 잘 부탁하겠소, 애스턴 경."

원래 기사의 성을 부르는 것이 관례이지만 나는 메르델의 이름을 부른다. 물론 그만큼 믿는다는 증거이기도 했지만. 루이스는 내가 이름이 아닌 성을 부르자 다시 조금 풀이 죽었다. 하긴, 몇 년 동안 자신에게 은혜를 베푼 황태자, 지금의 황제인 나를 만나기 위해 여기까지 왔건만 당사자인 나는 그를 모르고 정확하게는 모른 척하고 있으니 자신을 보면 알아봐 줄 것이라고 잠깐 동안이나마 생각했던 자신이 한심스러웠을 것이다.

물론 그 리본 공작의 말을 따를 생각은 없지만 왠지 골려주고 싶었던지라 아무 말 없이 처음 대면한 사람처럼 이런저런 질문을 던지며 대답하며 담소를 느긋하게 나누었다. 나는 앉아 있고 두 사람은 서 있었지만 대화를 나누는 데 불편함은 없었다.

"연회는 시작했으려나……."

"제국의 귀족들은 모두 모였으나 사절단들이 아직 오지 않아서 모두 기다리고 있을 겁니다."

"황후가 좀 많이 늦으려나 본… 으음."

"황후마마는 여인이니까 연회장에 나가시려면 꾸미시려면 손이 많이 갈 테지요. 게다가 전에 폐하께서 오늘 아침에 때마침 내리신 많은 보석과 드레스를 다 둘러보시려면……."

그랬다. 나는 아침 산책을 끝낸 뒤에 황후에게 상당량의 보석과 드레스를 줬다. 일국의 황후라고 보기에는 너무도 초라한 행색의 드레스와 액세서리. 암만 봐도 너무 심하다 싶어서 황국 제봉사에게 특별히 말해서 몇 벌 만들어 갖다 주라고 했다. 보석상도 불러서 괜찮은 것 몇 개 골라서 가져다 주라고 했는데 그게 좀 많았었다.

드레스만 해도 색깔 별로 수십 벌. 보석도 에메랄드, 루비, 사파이어, 녹수정, 내가 아는 보석이 총출동했다. 내가 물론 가져다 주라고 했지만 황후에게 간 드레스와 보석 종류를 확인하고 내가 더 놀랐었다. 그걸 생각하면 저도 모르게 고개를 절레절레 흔든다.

"여자들은 그냥 평범하게 입고 가면 될 것을 뭘 그리 따지는지… 황후는 그대로 있어도 아름다운데 말이야."

"그 말씀, 황후마마께서 들으셨으면 분명 기뻐하셨을 겁니다."

"하긴, 원래는 사이가 그렇게 좋은 편이 아니었으니까. 할 수 없군. 이대로 기다리는 것보다 내가 찾아가 봐야겠어. 얼만큼 준비됐는지 거기서 보면서 기다리는 게 낫겠다. 노엘, 애스턴 경, 황후의 거처로 갈 거니까 준비해."

"네."

"그리고 센시아, 너는 황후마마의 거처로 가서 내가 간다고 연락해 줘라. 놀라 기절할라. 그간의 경험으로 볼 때 황비는 그러고도 남아."

"네, 폐하."

나는 황후의 거처로 달려나가는 센시아를 보고 조금 더 앉아 있다가 자리에서 일어났다. 노엘과 루이스도 뒤따라 일어났고 나는 느긋하게 거처를 나섰다. 오늘 로위나가 얼마나 예쁘게 꾸몄는지 보러가 볼까 나.

황후 궁은 간만에 소란스러웠다.

황제의 아내이며 제국의 국모인 로위나가 오랜만에 연회에 황제와 함께 출석하기 때문이었다. 그것도 황제가 친히 내린 드레스를 입고서.

"오랜만의 연회다. 황비마마께 어울리는 최상의 드레스를 드려야 한다. 그리고 보석도. 얼른, 급하다. 황제 폐하께서 기다리실 거다."

"네이시아, 이 드레스 말고 다른 건 없어?"

"지금 입고 계신 드레스가 폐하께서 내리신 드레스 중 가장 화려하고 마마께 가장 잘 어울리는 옷입니다. 다른 것도 모두 마마의 아름다움을 돋보이게 하긴 하지만 마마의 흰 피부를 강조해 주진 않습니다."

로위나는 다급했다. 드레스는 모두 훌륭했지만 자신의 눈에는 왠지 차지 않았다. 로위나는 황궁 시녀장인 네이시아의 열성적인 움직임에 맞춰 바쁘게 움직이는 시녀들의 손에 이끌려 점점 아름답게 꾸며지고 있는 자신의 모습에 조금 긴장한 표정을 띠었다.

"황후마마, 움직이지 마십시오. 기껏 정돈된 드레스가 구겨지겠어요."

"음… 그런데 너무 오래 걸리는 것 아니야? 벌써 다섯 시간째인걸. 폐하께서는 준비를 끝마치셨을 거야. 폐하께 늦을 것 같다고 먼저 연회장에 가 계시라고 알려야 할 것 같아."

"황비님, 오늘 폐하께서는 오랜만에 마마를 모시고 간다고 하셨습니다. 그런 생각 하지 마시고 폐하께서 하사하신 것으로 한시 바삐 아름답게 꾸며 폐하을 흡족하게 하셔야죠."

"하지만……."

"황비님은 제국 안에서도 가장 정숙하고 아름다우신 분입니다. 오늘 아침 폐하께서 하신 말씀을 잊으신 것이옵니까?"

로위나는 얼굴을 붉혔다. 오늘 아침 일을 어찌 잊을까. 우연히 아침 산책을 가다가 만난 자신이 가장 사모하는 그. 혼자 거닐기는 외로울 것이라며 자신의 손을 친히 잡으며 정원으로 이끌어주던 부드럽고 자상한 손길에 로위나는 정말 행복했었다.

3년 전 황태자비로 간택받아 항상 마음에 품어오던 카인의 아내가 되었지만 그는 자신을 그렇게 탐탁하게 여기지 않았다. 혼인 후에 알게 된 것이었지만 그는 이미 애첩이 있었다. 천민의 딸로 현재 호안 백작의 양녀인 이르디아. 막 스무 살이 되었지만 3년 전 황태자 시절 때부터 그의 총애를 받아왔다. 물론 최근 들어 조금 총애가 시들기는 했지만 그래도 일주일에 한 번 얼굴을 볼까 말까 한 자신보다는 황제와 부부로서도 더 가까운 사이였다.

처음에는 슬프고 가슴이 아파 질투도 했었지만 아무런 의미도 없는 것을 안 뒤로는 그것마저도 없었다. 그저 죽어 있는 삶. 하지만 요 삼 일 동안 그는 로위나에게 조금씩 관심을 보여주었고, 오늘 그의 생일을 위해 벌어지는 연회장에서 그녀를 옆에 두겠다고 했다. 로위나는 그저 변덕이라도 좋았다. 이런 행복감. 혼인 후에도 결코 맛보지 못했던 것을 지금에서라도 맞게 된 것이 기뻤다. 하지만 로위나는 오늘만큼은 가장 아름다워야 한다는 네이시아의 호들갑에 벌써 다섯 시간째 드레스만으로 둘러싸여 있어야 했다.

로위나는 이 상태로는 더 오래 걸릴 것이라고 생각되어 시녀를 시켜 늦을 것 같으니 급하면 먼저 연회장에 가 있으라고 황제께 전하라 했다. 네이시아가 말도 안 된다면 길길이 날뛰었지만 그녀는 단호했다.

"황제 폐하의 생신이신데, 나 하나 때문에 늦게 하실 수는 없지 않겠어? 그레시스, 나중에 나는 뒤따라가면 되니까 얼른 준비해 줘."

"후우, 황후마마께서는 다 좋으신데 너무 무르십니다. 마마께서 황제 폐하를 사랑하시는 건 황궁 전체가 다 알고 있지만 그래도 조금은 앙탈을 부리시고, 또 화도 내실 줄 아셔야 하는 겁니다. 그리고 이런 말씀을 올리기 좀 그렇지만 마마께서 너무 얌전하시니 폐하께서 그런 계집에게 빠지신 겁니다."

"그런 소리 마, 네이시아. 그래도 폐하께서 아끼는 여인이야."

그녀의 드레스를 손보던 네이시아의 안색이 잔뜩 찡그려졌다.

"아끼면 무얼 한답니까. 폐하의 총애로 황궁의 법도를 흐리는 그런 천박한 계집을… 다른 이들의 눈 때문에 호안 백작께서 양녀로 삼기는 했지만 그분도 그 계집을 그다지 탐탁지 않게 여기지 않습니까?"

순간 로위나의 녹빛 눈동자는 크게 흔들렸고 고개를 한순간 떨구었다.

"훗, 그래도 내겐 부럽기만 한걸. 폐하의 총애를 받고 있잖아. 물론 가끔 밉기는 하지만. 오늘 연회 때문에 찾아오신 아버님께 아침의 일을 말씀드렸더니 아주 좋아하셨어. 그리고 이해할 수는 없는 말씀이시긴 하지만 아버님은 그가 이제 나를 아끼게 될 것이라고 하셨어. 그게 무슨 뜻일까? 진정일까? 단 며칠이라도 좋아. 그가, 황제 폐하가 나를 아껴준다면… 얼마나 행복할까."

로위나의 녹수정 같은 두 눈동자는 슬프게 흔들렸고 목소리는 한없이 떨리고 있었다.

"마마."

"훗, 이럴 때가 아닌데. 후훗! 얼른 준비해 줘, 네이시아. 폐하의 생신이야. 이름뿐인 아내라고는 해도 참석해야지. 그리고 오늘만큼은 폐하께서 하사하신 것으로 아름답게 치장하고 싶어."

침울해하던 로위나는 바닥에 떨어진 푸른빛 드레스를 집어 들었다

"폐하께서는 푸른색을 좋아하신다던데, 이걸로 입을까? 후후."

"가장 아름답게 꾸며 드리겠습니다. 연회장에 모인 귀족들이 모두 홀리도록 말입니다. 그리고, 폐하마저도."

"네이시아, 아주 열정적이네?"

"당연하지 않습니까? 마마를 모신 지 벌써 3년입니다. 이 정도의 열정도 없다면 열혈 시녀장의 이름이 아깝지요."

"후후, 네이시아 맘대로 해. 하지만 아름답게 꾸며줘야 해."

잠시라도 폐하의 시선이 나에게 멎기를. 그리고 사랑을 느끼시도록. 로위나는 차마 내뱉지 못한 말을 그렇게 속으로 삼켰다. 그녀의 마음

을 이해한다는 듯 네이시아는 아무 말 없이 그녀의 머리를 매만졌다.

풍성하고 섬세한 금발. 막 피어 오른 여인의 아름다움을 간직한 마음 여린 그녀였다. 그레시스는 화려한 웃음을 머금고 있지만 쓸쓸함을 띤 그녀의 미소를 보며 연민의 감정을 느꼈다. 이토록 착하신 분을 왜 황제께서는… 이해할 수 없는 일이다.

여인에게 빠지면 어떻게 되는 건지 역대의 황제에게서도 볼 수 있는 것이지만 그래도 이렇듯 여리신 분을 그토록 냉정하게 대하실 수는 없는 일이었다. 모든 일에 철저하신 폐하가 여자 문제에서는 그토록 비판을 들으면서도 이르디아를 가까이 하는지 정말 이해할 수 없었다.

"후우, 황비님, 귀고리로는 이 수정으로 하시죠. 마마의 희고 고운 피부와 딱 어울릴 것입니다."

"아주 좋은걸. 후후. 그럼, 목걸이는 이 에메랄드로 할까? 이게 이상하면 이 붉은 루비가 어때?"

로워나는 액세서리와 드레스 사이에 묻혀 깔깔 웃었다. 간만에 짓는 환한 웃음이었다. 슬프기는 매한가지였지만 그래도 방금 전보다 밝아진 상태였다.

"마마, 드레스 구겨진다니까요."

네이시아는 그녀를 질책하며 다시 드레스를 손보기 시작했다. 황제의 거처로 시녀를 보낸 지 한참이 흐르고 그녀의 모습도 상당한 구색을 갖추기 시작했다. 위로 곱게 틀어 올려진 금발과 귀에 달린 투명한 귀고리. 가늘고 긴 목에는 붉은 루비가 박힌 화려한 목걸이가 걸렸다. 붉은색과는 반대인 푸른빛 드레스는 대조적인 미를 이루었고 조화있게 드레스를 두르고 있는 보랏빛깔의 스카프는 그녀의 미를 한층 돋보이게 했다.

"어때? 잘됐어?"

"네~ 정말 아름다우십니다, 마마."

"정말이에요. 너무 예쁘세요. 황후님보다 아름다우신 분은 없을 거예요."

네이시아를 비롯한 시녀들은 몇 번이나 보았지만 결코 질리지 않는 그녀의 아름다움에 감탄사를 연발했다. 로위나는 얼굴을 살짝 붉혔다.

"네이시아와 너희들이 예쁘게 꾸며준 덕이지. 그리고 내가 입고 있는 것도……."

"물론 그도 그렇지만 밑바탕이 아름답지 않으시다면 이렇게 될 수 없지 않습니까?"

네이시아는 자신의 작품을 흐뭇한 듯 바라보았고 로위나의 얼굴은 더욱더 붉어졌다.

사실 그녀로서도 근 3년 만에 치장하는 것이었다. 황제가 관심이 도통 없어 드레스도 황비라고는 도저히 믿을 수 없을 만큼 초라한 것이 대부분이었고, 보석도 거의 없었다. 공작의 딸로서 부족한 것 없이 컸던 그녀로서는 무척 견디기 힘들었지만 그래도 지금의 남편을 사모하는 마음 하나로 버텨온 것이다.

"이제 그만 가야겠지? 폐하께서는 벌써 연회에 출석하셨을 테니까."

로위나는 잠시 우울해졌다. 이렇게 아름다워진 자신의 모습을 그에게 제일 먼저 보여주고 싶었는데 보여줄 그는 벌써 공식 석상에 나갔을 테니. 그리고 이르디아와 함께 있겠지. 나는 그저 황비의 자리에 앉아 있어야 할 테고. 이미 익숙해진 일이지만 그래도 가슴이 아플 것이다. 사랑하는 내 님. 그분의 곁에 있는 것만으로도 버틸 수 있을 거라고 생각했는데 여전히 결심은 흔들렸다.

'폐하… 당신은 나의 모습을 보고 아름답다고 해줄 건가요?'

로위나는 의자에 힘없이 앉았다. 억지로 웃으려고 했지만 도저히 참을 수 없었다. 눈물이 흘러나왔다. 눈가의 화장이 눈물로 조금씩 지워졌다. 그녀는 힘없이 어깨를 들썩였다.

"마마."

"네이시아, 가슴이 아파. 너무 아파… 황비인 내가 이런 감정을 가지는 게 잘못된 걸까? 그의 옆에 앉아 있을 그녀를 떠올리면 그녀를 죽이고 싶어. 이러면 안 되는데……."

"괜찮습니다. 그건 잘못된 게 아닙니다. 당연한 거죠."

"흐흑."

"울지 마십시오, 마마. 화장이 지워져요. 황제 폐하께서 황비마마가 이러시는 것을 보면 기분이 좋지 않으실 겁니다. 마마, 당당해지십시오."

네이시아는 그녀를 달랬고 로위나는 소리없이 울었다. 소리내어 운다면 덜 서러울 텐데… 네이시아는 고개를 절레절레 저었다. 그때였다. 한 시녀 하나가 다급히 방 안으로 뛰어 들어온 것은.

"황후마마, 네이시아 시녀장님? 어디 계십니까?"

황후궁 시녀가 아니었다. 얼핏 잠시 전에 말을 전해주러 왔던 시녀임을 떠올리자 그녀에게 시선이 모아졌다.

시녀는 네이시아 시녀장의 이름을 부르며 뛰쳐 들어왔고, 무겁게 가라앉았던 황비궁은 잠시 술렁거렸다. 물론 조용히해야 할 순간에 끼어든 시녀에 대한 질책성 어린 눈빛이 대다수였지만 시녀는 굴하지 않고 있었다. 오히려 그런 눈빛을 신경 쓸 틈도 없다는 듯 다급한, 그리고 기쁨에 찬 시선을 시녀장과 로위나를 바라볼 뿐이었다.

"무슨 일이냐?"

로위나가 울음을 훔치며 묻자 시녀가 고개를 조아린다.

"황후마마께 황제 폐하의 말씀을 전하기 위해서 왔습니다."

"폐하가? 무슨 말씀을……."

시녀의 얼굴에는 화색을 띠고 있었다.

"황후마마께서 준비가 늦어지신다는 말에 황후마마를 직접 뵈러 오신다고 마마께 말씀을 전하라 하셨습니다."

눈을 반짝이며 아뢴 시녀의 말에 로위나는 물론 거처 안에 있던 시녀들 모두의 눈은 순식간에 커졌다. 도저히 믿을 수 없다는 듯 벌어진 네이시아의 입은 그녀의 놀람의 정도를 말해 주고 있었다. 정신을 겨우 차린 그녀가 그 말이 사실이냐고 입을 열려 했다.

"폐, 폐하가… 이곳에 오고 계신다고……?"

하지만 먼저 입을 연 사람을 따로 있었다. 가늘게 떨리는 음성으로 묻고 있는 사람 황후인 로위나였다.

"네, 마마. 곧 도착하실 것입니다."

그녀의 물음에 시녀는 함박 미소를 지으며 대꾸했고 로위나는 저도 모르게 옆에 있는 네이시아를 쳐다보았다. 그 시선은 자신이 지금 잘못 들은 것이 아니냐는 확인이었고, 또한 마구 뛰는 심장을 진정시키기 위한 것이었다. 네이시아는 그런 그녀의 마음을 느끼고 기쁨에 찬 눈빛으로 입을 열었다.

"폐하께서 황후마마를 만나시러 오신다니… 얼른 눈물을 거두세요. 이런 모습으로 폐하를 만나실 수는 없는 일이 아니겠습니까."

"어째서 연회장에 가지 않으셨지… 이르디아는, 그녀는 어떻게 하고……."

"아니, 그런 걸 따질 때가 아닙니다. 폐하께서는 황후마마를 찾아오고 계십니다. 그것만을 생각하십시오."

"왜, 그가……."

"얼른 눈물을 거두세요, 마마."

"네, 네이시아, 폐하가, 그분이 날 보러 오신대, 날… 이거 꿈 아니지? 내가 꿈꾸는 건 아니지, 응? 그렇지?"

"마마."

로위나는 가슴이 터질 듯이 뛰었다. 나의 님. 사랑하는 그분이 날 보러 오신다. 오늘 아침에도 만났지만 그래도 기대는 하지 않았는데, 그런데…….

"폐하께서 도착하셨습니다."

시녀의 다급한 음성이 들려왔다. 네이시아는 다급히 몸을 일으켰고 로위나는 침대 끄트머리에 앉은 그대로 있었다.

"폐하를 뫼셔 오겠으니 눈물 자국을 얼른 지우십시오. 그런 모습으로 폐하를 맞을 수는 없지 않사옵니까?"

그렇게 말하며 그레이스는 황급히 밖으로 뛰어나갔고 로위나는 그녀가 건넨 손수건으로 눈물을 닦을 생각도 하지 않고 그녀의 뒷모습을 뚫어지게 쳐다보았다. 가슴이 터질 듯이 뛰었다.

그가 찾아왔다. 그녀에게 가지 않고 내게 왔어. 기다리라고 했지만 떨리는 심정으로 도저히 그럴 수 없었다. 로위나는 힘이 쭉 빠진 두 다리로 한 걸음 한 걸음 떼어 응접실로 통하는 통로로 다가갔다.

"제국의 황제 폐하를 뵈옵니다."

겨우 문이 보이는 곳에 오니 네이시아를 비롯한 궁내의 시녀들 모두가 한 사내에게 고개를 조아리고 있는 모습이 보였다. 밤하늘과 같은 검은색 머리칼. 조각 같은 얼굴 선과 냉엄한 푸른 눈을 가진 남자에게로 시녀들이 몰려 있다.

"아아, 일어나."

가볍게 들리지만 결코 가볍게 보일 수 없는 위엄있는 어투. 시녀들은 그대로 있고 그레시스만이 고개를 조금 든다. 제국의 황제 카인. 틀림없는 자신의 남편이었다. 꿈에서조차 잊지 못했던 그가 지금 그녀의 눈에 보였다. 벽을 짚은 그녀의 손에 떨렸다.

"황후는 준비가 아직 덜 끝났나?"

"송구스럽게도 아직… 입고 가실 드레스와 보석은 다 되었지만 얼굴 치장은 좀 더 손을 보아야 하는지라……."

"그래? 확실히 노엘의 말이 맞군. 조금 더 기다리다가 올 걸 그랬나."

준비가 덜 끝났다는 말에 실수라는 표정으로 턱을 매만졌다.

"황후마마를 기다리시겠습니까?"

그의 뒤에 서 있던 흰색 예장을 걸친 기사가 묻자 그는 당연하다는 듯 고개를 끄덕인다.

"기다려야지. 황후가 얼마나 아름답게 변했는지 보려고 왔는데. 그리고 오랜만에 내가 에스코트해 갈 예정인데, 왜? 불만있나, 노엘?"

날 기다린다고? 그가 날… 그의 얼굴이 보이지 않아. 한 번이라도, 단 한 번이라도 봐야 해.

로위나는 시야를 가려오는 눈물을 황급히 닦아내었다. 그리고 그가 하는 말 한마디 한마디에 신경을 곤두세웠다.

"하하, 폐하의 뜻에 어찌 토를 달겠습니까."

기사의 대답에 그가 방긋 웃는다.

"그럼, 어디서 기다려야 하나? 좀 앉았으면 좋겠는데… 아, 저기가 좋겠군."

"하지만 꽤 오래 걸릴 듯싶은데요. 벌써 연회 준비는 끝났을 텐데… 그냥 연회석으로 가시는 것이……."

앉을 자리를 찾으려 두리번거리는 그가 막 응접실에 소파로 가려는 데 갈색 머리의 차가운 인상의 기사가 그의 뜻에 반대했다. 로위나는 한순간 분노했다. 왜 반대하지? 그는 황제야. 절대 권력을 가진 이 제국의. 나의 낭군이야. 그가 날 기다려 준다고 했어. 그를 내버려 둬. 가려면 혼자 가란 말이야.

"늦으면 곤란한 건가?"

"오늘 벌어지는 연회는 제국의 귀족만이 오는 것이 아니라 타국의 사절단들도 도착할 것인데 제국의 최고 권위자이신 폐하께서 연회에 이유없이, 그것도 여인네 때문에 늦는다는 것은 이유가 되지 못합니다. 게다가 그런 이유로 먼 길을 찾아온 사절단들을 기다리게 하는 것은 각 나라의 대표자들의 간접적인 모욕이 될 수도 있습니다."

"흠, 그래?"

"그래도 아직 연회 시작까지는 시간이 남았으니 좀 더 기다려 보시는 것이……."

젊은 기사가 재빨리 끼어들어 고민하는 그를 설득시킨다.

"그럴… 까나."

"폐하, 아직 연회까지는 30분 정도 남아 있고 조금만 더 기다려 주신다면 황후 폐하를 볼 수 있으실 것입니다. 될 수 있으시면 기다려 보시는 것이……."

그러자 이번에는 네이시아도 한마디 더 거든다.

"그래도 공식적인 자리라는데… 음……."

"폐하, 좀 더 기다려 보시지요. 도저히 시간이 되지 않을 것 같으면 굳이 여기까지 오셨으니 황후마마와 얼굴이라도 마주하고 연회석에 가셔서도 늦지 않을 것입니다."

그가 조금 흔들리는 모습을 보이자 적극적으로 나섰다. 기사의 얼굴이 낯익었다. 아버지와 함께 붙어 있던, 그리고 자신의 남편인 카인의 신뢰하는 가신 메르델 경이다.

그래, 제발 설득시켜 줘. 가지 말라고. 조금만 기다려 달라고.

"으음, 공식적인 자리라는데 늦으면 곤란하겠지만 여기까지 왔는데 황후의 얼굴도 안 보고 가기에는 너무 억울하군. 잠시 얼굴이라도 보고 가는 건 어때? 그 정도면 괜찮겠나, 애스턴 경?"

"뜻대로 하십시오."

그 말에 낯선 기사는 반대하지 않았다. 그리고 시녀들과 네이시스가 화색을 띠었다.

"자, 그럼 황후를 보러 가… 어라?"

만면의 미소를 띠며 자신의 쪽으로 시선이 몰린 그가 크게 당황한다.

"황후?"

그가 급히 자신에게로 달려왔다. 힘이 없던 다리로 겨우 서 있던 그녀는 자신을 만난다는 그 말 한마디에 온몸의 긴장이 다 풀려 버려 그 자리에 털썩 주저앉아 버린 것이다.

"……."

그가 무어라 말하는 소리가 들렸지만 로위나는 신경 쓰지 않았다. 바닥에 주저앉아 버린 자신을 다급히 안아 들며 이마를 만져 주는 따뜻한 손길에 눈물만 계속 흘렸다.

"흐윽, 흑."

로위나는 그의 옷자락을 붙들고 오열했다. 혼인한 지 3년. 그녀가 열다섯에 그에게 시집왔지만 단 한 번도 황제는 자신에게 이렇듯 관심을 준 적이 없었다. 그래서 더욱 기뻤고, 또 슬펐다.

"마마……."

네이시아는 돌연 터져 나온 그녀의 울음소리에 당황했지만 로위나의 마음을 가장 잘 아는 그녀로서는 그저 그녀의 가장 가까운 곳에서 슬프게 쳐다볼 뿐이었다.

*　　　　*　　　　*

나는 황후궁에 왔다.

제국의 국모라는 여자의 거처치곤 초라한 방이었지만 내 취향에 딱 맞았다. 드럽게 넓기만 한 내 방보다야 훨 나았지만 그렇다고 결코 좁은 것은 아니었다. 맘 잡고 방 한번 다 둘러보려면 대충 5분은 잡아먹을 것 같은 넓이니까. 방의 모습을 한번 구경하고 나니 시녀들이 우르르 몰려왔다.

"제국의 황제 폐하를 뵈옵니다."

30대 중반의 부인 한 명과 메이드 복장의 시녀 십여 명이 내게 와서 고개를 조아리며 말한다. 당연한 진행이지만 나에게는 여전히 익숙해지지 않는 상황이다. 나에게 황제라 칭하며 고개를 조아리는 그들의 태도가.

"아아, 일어나."

가벼운 말투로 말했지만 그녀들은 고개를 숙인 채 미동도 없다. 다시 한 번 일어나라고 하니 시녀들은 그대로 있고 가장 나이가 많아 보이는 여자 한 명만이 고개를 조금 든다. 왠지 나를 보는 눈빛에 기대감이 어린 눈동자.

으음, 이 여자가 왜 이래? 나이도 최소한 30은 넘어 보이는 아줌씨가. 왜, 나한테 관심있는 거야? 그렇담 헛물켜지 말라고. 나는 엄연히 마누라가 있는 몸이고, 또 스물다섯이 넘은 여자들은 노땅으로 친다고.

"황후는 준비가 아직 덜 끝났나?"

"송구스럽게도 아직… 입고 가실 드레스와 보석은 다 되었지만 얼굴 치장은 좀 더 손을 보아야 하는지라."

내가 황후에 대해 묻자 네이시아라는 여자가 고개를 조아리며 난감한 표정을 딴다. 내가 너무 일찍 왔나? 그래도 연회 시간이 다 되어가 대충은 준비가 끝났을 거라고 생각했는데. 쩝. 역시 황후도 꾸미길 좋아하는 천상 여자라는 말인가?

"그래? 확실히 노엘의 말이 맞군. 조금 더 기다리다가 올 걸 그랬나?"

나는 턱을 만지작거렸다.

"여기 오신 이유는 황후마마를 기다리시는 것이지 않습니까, 폐하. 어차피 여기까지 오셨는데 이곳에서 기다리시지요."

내 뒤에 있던 노엘이 말했고, 나는 '에궁, 구여운 것. 내 맘을 다 아는구나' 속으로 그렇게 말하며 고개를 끄덕였다.

"기다려야지. 황후가 얼마나 아름답게 변했는지 보려고 왔는데. 그리고 오랜만에 내가 에스코트해 갈 예정인데. 왜? 불만있나, 노엘?"

"하하, 폐하의 뜻에 어찌 토를 달겠습니까."

노엘의 대답에 나는 방긋 웃었다. 잘 생각했어, 임마. 반대했음 죽었어. 그럼, 어디 앉을 자리나 찾아볼까나. 음.

"그럼, 어디서 기다려야 하나? 좀 앉았으면 좋겠는데… 아, 저기가 좋겠군."

딱 좋은 데가 있구만. 응접실 소파. 소파도 큰 편인데 방이 너무 넓다 보니 찾기도 힘들다.

"…하지만 꽤 오래 걸릴 듯싶은데요. 벌써 연회 준비가 끝났을 텐데… 그냥 연회석으로 가시는 것이…….."

막 내가 막 응접실에 소파로 가려는데 루이스가 인상을 쓰며 말했다.

'이 시키가! 좀 놀다가려고 하는데 뭐가 불만이여. 내가 하자면 하는 거야!'

라는 건 내 희망 사항이고, 루이스 눈매가 워낙 매섭다 보니. 그 말은 목구멍을 타고 내려가 버렸다. 제길, 난 황젠데 이렇게 쫄아도 되는 거야?

"늦으면 곤란한 건가?"

내가 조심스레 묻자 루이스가 당연하다는 듯 고개를 끄덕인다.

"오늘 벌어지는 연회는 제국의 귀족만이 오는 것이 아니라 타국의 사절단들도 도착할 것인데 제국의 최고 권위자이신 폐하께서 연회에 이유없이, 그것도 여인네 때문에 늦는다는 것은 이유가 되지 못합니다. 게다가 그런 이유로 먼 길을 찾아온 사절단들을 기다리게 하는 것은 각 나라의 대표자들의 간접적인 모욕이 될 수도 있겠지요."

"흠, 그래?"

저렇게까지 말하는데 그럼 가야 하나?

웅… 아쉽다. 로위나가 얼마나 이뻐졌는지 궁금해서 기껏 여기까지 왔는데… 하지만 어쩌랴. 그냥 연회도 아니고 외국 대표자들도 온다는데. 리본 노인네도 이번 연회에서는 실수가 없어야 한다고 말했고. 할 수 없지, 뭐. 제길, 그럴 거면 진작에 말해 주던가 하지.

"그래도 아직 연회 시작까지는 시간이 남았으니 좀 더 기다려 보시는 것이……."

오옷! 나에게 광명이 될 이 발언을 한 건(두두두두두)… 너구나, 노엘!

"그럴… 까나?"

"폐하, 아직 연회까지는 30분 정도 남아 있고 조금만 더 기다려 주신다면 황후 폐하를 볼 수 있으실 것입니다. 될 수 있으면 기다려 보시는 것이……."

내가 슬쩍 고민하는 표정을 띠자 이번에는 네이시아라는 시녀도 한 마디 더 거든다.

"그래도 공식적인 자리라는데. 음."

그냥 덥석 기다린다고 하면 속보이겠지. 우선 한번 튕기자.

"폐하, 좀 더 기다려 보시지요. 도저히 시간이 되지 않을 것 같으면 이왕 여기까지 오셨으니 황후마마와 얼굴이라도 마주하고 연회석에 가셔도 늦지 않을 것입니다."

내가 조금 흔들리는 모습을 보이자 노엘이 적극적으로 나서고 있다. 구여운 것. 그래, 더 이상 튕기면 문제 생긴다. 여기서 슬쩍 결론짓자. 속으로는 입이 찢어져라 웃고 있었지만 나는 아무렇지도 않은 표정으로 노엘의 말에 마지못해 승낙한다는 표정을 지으며 입을 열었다.

"으음, 공식적인 자리라는데 늦으면 곤란하겠지만 여기까지 왔는데 황후의 얼굴도 안 보고 가기에는 너무 억울하군. 잠시 얼굴이라도 보고 가는 건 어때? 그 정도면 괜찮겠나, 애스턴 경?"

"뜻대로 하십시오."

그 말에는 루이스가 반대하지 않았다. 나는 속으로 아잣! 소리쳤고 내게 말하던 네이시스의 안색에 돌연 밝아진다. 훗! 왜, 기쁜 모양이지, 아줌씨? 자기가 모시는 분을 내가 기다려 준다니까? 들어보니 로위나는 궁내의 시녀들 사이에서 인기가 꽤 좋다고 했다. 황후가 황제에게 냉대를 받고 있긴 했지만 궁내에서 그녀를 비웃은 사람이 단 한 명도 없다는 점만으로도 그 인기를 짐작할 수 있다.

남 말하기 좋아하는 귀부인들조차도 황후에 대한 것을 구설수에 올린 적이 없을 정도니, 으음… 여기서 고만하자. 더 깊이 들어가면 생각 길어진다.

"자, 그럼 황후를 보러 가… 어라?"

나는 입가에 가득 미소를 띠며 그녀가 있을 방 쪽으로 고개를 돌렸는데…….

"황후?"

나는 당황할 수밖에 없었다.

푸른색 드레스를 걸친 여자가 바닥에 털썩 주저앉아 있었던 것이다. 그것도 그 여자는 아침에 만난 적 있었던 황후 로위나라는 사실. 나는 바닥에 주저앉은 채 온몸을 부들부들 떨고 있는 그녀에게 황급히 다가갔다.

"……."

방금 내가 무슨 소리 한지도 모르겠다. 아마도 어의를 부르라고 했던 것 같은데. 아아, 이런 생각을 할 때가 아니다. 우선 이마부터 짚어 보자. 열은 별로 없는 것 같았다. 다만 하얗게 질린 얼굴로 울고 있는 그녀가 왠지 안쓰러워 꼭 안아주었다.

"흐윽, 흑."

그녀의 입에서 울음소리가 새어 나온다. 어라? 왜, 왜 아무 이유도 없이 내 얼굴을 보니까 우는 거야? Why!

"마마……."

나는 이유를 몰랐지만 우선 갑자기 울기 시작한 여자 달래느라 진땀을 흘려야 했다.

물론 예전에 내 몸보다야 쪼끔 못났고 잘 보면 한성질하게 생겼지만 그래도 그저 보면 남자치곤 여자처럼 부드럽게 생겨먹은 놈인데 얼굴 보고 놀랐을 리는 없고. 이거 참, 아기 얼르는 것처럼 허공에 번쩍 들어서 던질 수도 없고. 우는 이유나 좀 알자 이 말이야. 으으… 아예 대성통곡을 하는구나. 그만 좀 울지. 나는 우는 여자한텐 약하단 말이닷!

왜 사람 무안하게쓰리 우냐고. 우락부락한 사내놈이면 당장 뒤통수를 후려갈겨서 그치게 만들련만은… 하필 우는 게 여자이니 내 속만 끓지. 아우~ 그래도 왠지 우는 게 너무 서러워 보인다. 우선 눈물부터 그치게 하고 보자. 아무리 그래도 우는 여자 내버려 두는 것은 양심에 찔리니까.

"엇흠. 황… 아니, 로와나, 왜 울지? 무슨 일이라도 있었소? 울지만 말고 한번 말해 보시오."

이렇게 말하는 거 맞지? 황제답게 근엄하게. 제길, 가주 수업받을 때도 이런 말투 안 썼는 데다 골치 아프게 이게 뭐야. 이게 다 그놈의 리본 때문이여. 나는 속으로는 그 영감을 밟아 뭉개는 즐거운 상상을 하면서도 겉으로는 어디까지나 우는 여자 달래기에 바빴다.

내가 황후라는 칭호가 아닌 로와나라는 이름을 다정스럽게 부르자

주변의 인물들의 놀란 시선이 온몸으로 느껴졌다. 물론 나를 따라왔던 노엘은 내가 가끔 황후를 로위나라고 부른 적이 있었던지라 그다지 놀라지 않았지만 근처에 시녀들은 '나 지금 엄청 놀랐습니다' 하는 표정을 그대로 띠며 나를 쳐다보고 있었다. 루이스도 내가 황후를 그다지 탐탁지 않게 여긴다는 소문을 들었던 모양인지 친근하게 황후의 이름을 부르자 눈을 동그랗게 뜬다. 거참, 부끄럽게 자꾸 쳐다보지 마. 여자들은 상관없지만 거기 두 남자. 내가 아무리 잘났다고는 해도 남색에는 취향이 없어.

"흑, 흐윽."

그보다 로위나는 계속 운다. 아아, 이러다가는 연회 시간이 늦겠는데. 어쩐다… 공식적인 자리라는데. 그렇다고 우는 여자 두고 갈 수는 없는 일이고. 빨리 좀 그치면 좋겠는데.

나의 바람을 하늘이 받아들여 주었는지 점점 울음소리가 잦아들기 시작했고 속으로야 조금 투덜거리기는 했지만 부드럽게 그녀의 등을 쓸어주며 달래 나갔다.

"울지 마시오, 로위나. 무엇 때문에 그리 우는 거지? 무슨 고민거리라도 있소."

내 질문에 로위나는 눈물을 가득 머금은 채 고개를 젓는다. 눈물을 가득 머금어 청순함과 가련함이 깃든 그녀의 얼굴.

아아, 정말 사랑스럽다. 이 이쁜 마누라를 이 몸의 전 주인(영혼)은 그렇게 구박했다니 도저히 못 믿겠다. 이곳 생활에 익숙해지면 이 여자랑 진지하게 인생을 논의해 보는 것도 좋을 것 같지만 저 여자가 보는 건 속에 있는 내가 아닌 겉으로 비치는 카인이라는 이름의 황제일 뿐이니 조금 꺼려지는 것은 할 수 없다.

나중에… 그 일은 조금 더 시간이 흐르고 나서 결정하자. 그래, 머리 아픈 건 뒤로 미뤄 버리고 우선 우는 여자부터 달래보자. 우선 좀 떨어져… 어라? 이 여자 무슨 손 힘이 이리 세? 옷 좀 놓지. 음… 익? 으라랏, 헥헥! 안 놓네. 독하다. 나는 내 품에 안긴 채로 도저히 떨어질 생각을 안 하는 그녀를 떼어놓으려고 했지만 되지 않자 할 수 없이 가볍게 안아 들고 응접실에 있는 의자에 앉혔다.

"마실 것을 가져와라."

마음 진정시키는 데는 냉수 한 잔이 최고지. 나는 시녀에게 물을 가져오도록 했다.

"이런 얼굴 화장이 다 지워졌군. 네이시아, 얼른 치장을 시켜드려라. 곧 연회장에 함께 가야 하니, 빨리."

입을 꾹 다물고 의자에 앉은 채 울먹이고 있는 그녀에게 말을 걸기에 왠지 좀 그래서 옆에 있는 네이시아 시녀장에게 치장을 하도록 했다.

"알겠습니다."

고개를 조아리며 뭔가를 준비하러 나가는 시녀들. 나는 속으로 길게 숨을 내쉬었다. 사실 나는 네이시아라는 여자를 모른다. 그럼에도 내가 이렇게 자연스럽게 그녀의 이름을 부르고 명령을 내릴 수 있게 된 것은 장장 3일 동안의 노력의 결과였다. 리본 노인네가 내게 가장 철저하게 가르치게 한 것이 바로 제국의 내노라하는 귀족 집안과 실력자들, 그리고 또한 황궁 생활에 백 명이 넘는 시종들과 시녀들의 초상화와 이름을 외우는 것이었다. 물론 고생 무지하게 했다. 당연하게도 지금 내가 이렇듯 자연스럽게 난생처음 보는 시녀장에게 이름을 부르고 명령을 할 수 있는 것도 그놈의 리본 공작이 내게 외우게 했던 베스트 목록 덕분이다.

빌어먹을. 나는 그간의 고생을 떠올리며 보이지 않게 인상을 조금 찡그렸고 무의식적으로 탐스럽게 늘어뜨린 로위나의 머리칼을 쓰다듬었다. 정말 슬쩍 만져 보기만 해도 절로 기분이 좋아지는 느낌. 나는 머리칼을 만지는 내 손길에 나를 올려다보는 그녀에게 빙긋 웃었다.

"자, 로위나는 이대로도 아름답지만 화장을 마치면 얼마나 아름다워질지 기대가 되오."

"폐하."

로위나는 할 말을 잊은 듯 나를 멍하니 쳐다본다. 왠지 이대로 있으면 안 될 것 같은데… 좀 더 감동을 줘 볼까나. 음… 어디 머리 좀 굴려보자. 보통 이런 분위기에서는 남자가 여자한테 어떻게 해줘야 하나. 음… 이 방법이 좋긴 하지만 너무 닭살스러울 것인디. 에라, 모르겠다. 남자가 칼을 뽑으면 무라도 베라고 했겠다.

나는 그녀의 눈가에 흘러내리고 있는 눈물을 혀로 살짝 핥았다. 짭짜름한 맛이 혀끝에서 느껴진다. 여기서 알게 된 지식 한 가지. 눈물에도 소금 맛이 나는군. 나는 살짝살짝 로위나의 눈물을 혀로 닦아주었고 눈물 자국이 어느 정도 사라지자 손끝에 입을 맞췄다.

으으, 너무 닭살스러. 내가 지금 뭔 짓을 하는 거야? 내가 이런 닭살 돋는 행위를 다 하다니. 내 친구들이 봤으면 날 죽이려 했을 거다. '이 개쉐이, 너의 그 추잡스런 입을 저런 미녀에게 갖다 대다니 넌 죽어야 돼' 라고 하면서 사랑의 갈굼 의식을 행했겠지. 그럼, 나는 이렇게 말하지 않았을까.

짜식들, 부러우면 부럽다고 해라. 다 이 잘난 외모 때문인 걸 어쩌겠냐. 미인은 용기있는 자가 차지한다는 말 모르냐.

"저기, 폐하. 황후마마께서 화장을… 저기… 폐하."

"아. 음, 미안. 얼른 해."

나는 네이시아의 요청대로 자리를 비켜주었다. 그런데 내가 공상 속에서 헛짓거리를 하고 있는 동안 계속 그 짓을 했던 모양이다. 얼마나 지켜보기 민망했을꼬.

시녀들의 잔뜩 붉어진 얼굴이나 기사들이 헛기침을 하고 있는 걸 보니 상당히 찐한 장면이었던 같은데. 아쉽네. 비디오 카메라가 있었으면 찍어서 다시 돌려서 보며 감동의 순간을 포착해 냈을 것을. 음… 근데 이거 왜 자꾸 헛소리를 하는 거야. 정신 차리자, 박장수! 넌 아직 정상인이고 어려, 임마.

"엇흠. 폐하, 연회 시간이 다가오고 황후마마도 보셨으니 이제 그만 가시겠습니까, 아니면 기다리시겠습니까?"

노엘이 겨우 붉어진 얼굴을 수습하고 묻는다. 기다릴 거냐고? 당연히 기다려야지. 그럼, 방금 그런 상황을 연출했는데 그냥 가리?

"음. 얼굴 화장만 손보면 된다고 했으니 기다릴 거다. 연회 시간까지는 얼마나 남았지?"

"아직 넉넉하다고는 말할 수 없지만 그렇다고 부족하지는 않습니다."

"그럼, 기다리기로 결정났군."

노엘은 싱글벙글 웃으며 내 말에 수긍하고 루이스는 아무 말 없이 공연히 민망한 듯 아직껏 얼굴을 붉히고 있다. 나는 그런 두 기사들을 보며 즐겁게 웃었고 곧 이어 끝난 황후의 치장한 모습에 감탄하며 그녀의 손을 잡고 연회장으로 나섰다.

주저하며 한 걸음 한 걸음 내딛는 그녀에게 나는 더없이 사랑스럽다는 표정을 지어주었다. 나의 미소에 살짝 얼굴을 붉히며 옆으로 살짝 숙이는 로위나의 모습에 결심했다. 내가 황제가 아니면 뭐 어때. 이쁜 마누라도 있고 사는 데도 불편함이 없는데. 내가 죽었다가 다시 살아나긴 했지만 불만도 없다. 이곳이 내가 평생을 살아야 할 곳이라면 적응해서 사는 것도 좋겠지. 암. 게다가 이렇게 예쁜 마누라도 있다면 금상첨화 아니겠어? 안 그래? 후후후.

지금 내가 앉아 있는 곳은 황제의 전용 의석.

나는 방금 전에 로위나의 손을 잡고 연회석에 들어왔다. 내가 그녀의 손을 잡고 등장한 모양새가 그렇게 신기했었는지 힐끔힐끔 쳐다보며 수군거리는 귀족들의 모습에 나는 인상을 잔뜩 찡그렸지만 그동안 내가 들은 황제의 행색으로 볼 때는 신기한 광경이기도 하니까.

애첩에게 빠져 황후에게 소홀히 한 황제. 물론 이렇다 할 문제는 일으키지 않았지만 그래도 충분히 신기한 광경이었을 것이다. 웬만한 자리에는 황후가 오지 않고 애첩을 데리고 다녔다고 했으니. 황제의 애첩이라는 여자 이름이 이르디아라고 했던가.

그녀는 황궁 내에서는 그렇게 평판이 좋은 편은 못 되었다. 분명 아름다운 것으로 치면 황궁 내에서도 알아주는 미녀이지만 원체 행동거지가 좋지 않아 조숙한 귀족 여인네들이 질색하는 여자라고 했다. 물론 황제의 총애를 받는 여자이고 보니 가만히 있어도 귀부인들이 몰리기는 하지만. 백작의 딸이기는 해도 출신이 천민인지라 귀족들은 모두 싫어한다고 했다.

소문을 맹신해서도 안 되지만 그렇다고 믿지 않아서도 곤란한 일. 우선 나는 로위나 한 명만을 사랑해 줄 생각이다. 그 여자에게는 미안

하지만 뒤끝없이 떨귀놀 생각이었다. 또 고호경 노래처럼 좋은 남자있으면 소개시켜도 주고.

오늘 그 여자가 연회장에 온다고 했으니 만나보고 판단해 보자. 소문이 안 좋더라도 영혼이 맑기만 하다면 선처를 베풀어줘야지.

그런데… 이 연회장, 한 번 봤지만 정말 드럽게 화려한 홀이다. 바닥에 깔린 저것들은 전부 다 대리석이지, 또 상이 휘어져라 차려진 풀 코스에 눈이 멀 정도로 반짝반짝거리는 화려한 샹들리에와 대리석으로 둘러싸인 홀을 좌악 메우고 있는 귀족들. 그리고 내 눈에 잘 뜨이는 곳에 서서 나에게 힐끔힐끔 눈짓을 하는 화려한 복장의 처녀들이 바글바글 들끓었다.

게다가 저 여자들이 하고 있는 장신구 하나씩만 팔아도 얼마야. 저거 팔면 몇 달은 그냥 먹고 살겠다.

에궁, 아까워라. 나는 눈살이 절로 찌푸러질 정도로 사치스럽게 꾸미고 나온 이른바 레이디라는 여자들의 모습에 혀를 찼다. 더 못 보겠다. 차라리 딴 걸 보고 말지.

나의 좌우로 앉아 있는 황족 전용 의석에는 나와, 아니, 정확하게 말하면 황제 '카인'과 피를 나눈 남매인 아리스 공주와 돌아가신 선황의 정비인 황태후 페티르, 그리고 10명씩 늘어서 있는 나의 이복형제들이 있었다.

이 자리에 다 모이지는 않았지만 선황은 여자를 무진장 밝혀서 15명의 황자와 6명의 공주를 만들었다. 정말 능력도 좋지. 물론 오래된 관례대로 황제가 사망하면 측실들은 모두 그와 함께 무덤에 묻히게 되어 현시점에서 황태후와 죽어버린 황제의 여인들의 자식들만이 정정하게 살아 있다. 물론 그녀는 카인의 친모는 아니다. 그녀에게는 아들이 하나 있지만 몸이 약해 이 자리에는 오지 않았다. 물론 카인은 선황이 가장 아끼던 측실의 아들이고. 정식 황위 계승권자로서 꼭 가져야 할 검은 머리 덕에 황위에 오른 운 좋은 녀석이다.

정실의 자식이 아닌 그가 왕위에 오를 수 있었던 것은 다 건국왕이라는 '김영진' 그 인간의 유지 때문이라는데, 그는 자신의 혈통 중 검은 머리가 단 한 명만이 태어날 것이라면서 그 후손에게 황위를 잇게하라고 했다. 그리고 정말 신기하게도 그 많은 황족 중에 단 한 명이 검은 머리를 가지고 태어났고 대륙에서 한명성 하던 그 건국왕의 후손들은 그가 한 유지에도 분명히 깊은 뜻이 있었던 것이라고 생각하고 그 유지는 지금까지 착실히 이어져 왔다.

참고로 말하자면 황족 중에 검은 머리는 카인, 아니, 나뿐이다. 모두들 컬러풀한 머리색을 자랑하고 있을 뿐이요, 하나같이 서양적인 외모를 가지고 있지만 나만은 대륙에서 극히 보기 힘든 검은 머리를 가진, 동양적인 외모를 가지고 있는 것이다.

물론 서양 남자들이 특성도 가지고 있다. 뚜렷한 이목구비라든지 동양적인 부드러움보다는 매끄럽게 각인 턱선이라든가 뭐, 그런 것들.

'김영진'. 1,000년 전에 실존했던 인물이라지만 정말 한번 진지하게 그에 대해서 알아보고 싶은 심정이다. 자신이 죽고 난 후 후손이 어떻게 태어날지조차 알고 대비했을 정도라니.

어찌 되었든 역대 황제의 초상화를 보면 모두 눈동자는 몰라도 모두 검은 머리였고 똑똑했다. 게다가 더욱 신기한 건 1,000년의 세월을 흘러 내려오면서 황위 다툼은 많았지만 정말 신기하게도 폭군은 한 명도 나오지 않았던 것이다. 그리고 그런 역사적 밑바탕 때문인지 위에 있는 쟁쟁한 숙부와 이복형제들과 황태자 시절부터 무진장 고생을 했던 모양이었다. 뭐, 나도 고생을 안 한 것은 아니지만······.

별로 바라지는 않았지만 신기(神氣)가 유달리도 강해서 집안에서 기대가 컸고 되기 싫었던 가주도 돼야 했었지. 나와 같은 또래인 친족들과도 가주 자리를 놓고 싸워야 했고. 물론 난생처음 보는 녀석들이었지만 가주라는 자리 때문에 신기를 겨루었고 나는 그들을··· 아아, 제길, 그만두자. 그만 생각하자. 더 이상 생각하면 머리만 아프다고. 이미 그건 옛날 일이고 지금 나는 그곳과는 전혀 다른 세계의 황제일 뿐이라고. 여기서 무난하게 처리하고 저기 있는 로위나랑 편하게 살자 이거야. 어떻게 보면 지금 내가 겪고 있는 상황은 모두 원래 세계에서 내가 한번 겪었던 일이니까 그냥 즐기자 이거야.

지금 내 오른쪽 옆에는 로위나가 앉아 있었고 각각 노엘과 루이스, 그리고 친위 기사들이 좌우를 메우고 있었다.

"제국의 황제 폐하의 생신을 축하드리옵니다."

그리고 내 앞에 놓인 붉은색 카펫에 서서 바리바리 싸 들고 온 선물을 내밀며 축하 인사를 건네는, 마치 도살되기 직전의 돼지를 연상시키는 저 귀족 남자의 입에서 나온 말은 벌써 다섯 번째다. 똑같은 멘트. 아아, 지루하다. 모두 황제의 생일이라고 하나같이 화려무쌍한 예복을 차려입고 선물들을 내놓는데 나로서는 별로 감흥이 없다. 아하··· 저것도 다 한값 하는 거겠지? 오옷! 저것은 그 유명한 에메랄드? 크어억, 눈 실명하기 딱 좋군. 번쩍번쩍거리는 것이.

"선물 고맙소, 게오르 후작."

게오르 후작의 뒤에 쭉 늘어서 있는 귀족들은 모두 선물을 주려고 차례를 기다리는 모양인데 저것도 다 고생이야. 암만 봐도 지금까지 잡아먹은 시간과 쫘악 늘어서 있는 귀족들을 보니 아직 선물 다 받으려면 두어 시간은 잡아먹겠어. 으음, 졸린다. 으하함~ 결국은 하품이 나와 버렸네. 근데, 뭘 쳐다봐. 하품하는 거 처음 봐? 앙? 내가 지루함에 하품을 쩍쩍 하고 있으려니 내게 선물을 바치며 이것은 몇 달 동안 상인들과 합의에 합의를 거듭한 끝에 구한 귀한 것이라며 열변을 토하던 귀족 금세 당황하며 '지루하셨다면 죄송합니다' 하고 얼굴을 미미하게 붉히며 물러났다.

나는 터져 나오는 하품을 손바닥으로 가리며 고개를 이리저리 꺾었다. 뚝뚝뚜둑. 근데 실수한 것 아닌감. 혹시, 저 남자 리본 공작이 뽑아 준 베스트 목록에 있던 사람인지도 모르는데.

"폐하, 피곤하신가요?"

내가 그렇게 고민하고 있으려니 로위나가 걱정스레 묻는다. 음. 아무리 골치 아파도 여자에게 걱정시킬 수는 없는 일이다.

"최근 3일 동안 숙면을 제대로 못 취했더니… 너무 걱정 마시오, 황후."

"하오나 폐하의 안색이 너무 좋지 않으십니다."

내가 그렇게 말했건만 여전히 걱정스러운 낯빛을 띠는 그녀. 나는 슬쩍 말을 돌릴 필요성을 느꼈다. 으음, 뭐가 좋으려나. 오늘 날씨가 무척 좋지? 하늘도 안 보이는데… 이건 제끼자. 생각해 보자, 아주 자연스럽게 화제를 돌릴 만한. 오옷! 그래, 그거다.

"하하, 걱정 말래도 그러오. 그런데 황후, 내가 이름을 부르라고 하지 않았었나? 왜 자꾸 폐하라고 부르는 거요."

이 말투도 계속 쓰니까 다행스럽게도 빨리 익숙해진다. 속으로는 온몸을 휘감는 오한과 닭살에 등을 긁고 싶은 마음이 굴뚝같았지만 어쨌든 화제 전환은 성공이었다.

"하지만, 폐하⋯⋯."

"물론 나도 황후의 이름을 부르지는 않지만 공식 석상이니 할 수 없지 않소. 게다가 연회석에 들어오기 전에 내가 황후의 이름을 부른다고 하니 좋다고 해놓고 왜 그러시오. 부끄러운 거요?"

"⋯⋯."

"하하, 그렇게 곤란해하지 마시오. 강요하는 건 아니니까. 공식 석상에서 싫다면 사석에서라도 부를 수 있도록 노력해 보시오. 나도 그리 할 예정이니. 아니, 이미 황후 거처에서 그리 했으니 연회석에 나서면 나의 이름을 불러보는 것도 좋겠군."

"그리 하도록 노력해 보겠습니다, 폐하."

"그렇지만 황후가 나의 이름을 부르는 것을 한번 들어보고 싶군. 작게 말하면 안 들릴 테니 한 번만 불러보시오. 카인이라고."

"폐, 폐하⋯⋯."

로위나는 내 말에 크게 당황한다. 하긴 지금 내가 하고 있는 말은 파격 그 자체니까. 황제의 이름은 황제의 부친을 제외하고는 결코 부를 수 없다고 했으니 내가 너무 많은 걸 요구하는 건가? 하지만 어떻게 하겠어. 내가 황제가 된 이상은 저 여자에게도 숨통 좀 트이게 해주고 싶은데. 나는 주저하고 있는 그녀에게 살짝 웃어주었다.

"자, 얼른."

내가 자꾸만 재촉하자 그녀는 어쩔 수 없다는 듯 흰 뺨을 붉히며 입을 열었다.

"⋯카, 카⋯ 인."

"떨지 말고."

"카인⋯⋯."

"한 번 더."

"카인."

이번에는 별로 안 떨고 내 이름을 아니 황제의 이름을 제대로 부른다. 왠지 흐뭇해진 나는 로위나의 뺨을 두세 번 토닥거려 주었다.

"아주 잘하는데 뭘 그렇게 떠시오."

연회가 시작되고부터 나에게 정열적이고 끈적끈적한 추파를 보내오던 젊은 양가집 아가씨들. 이른바 레이디들 사이에서 낮은 비명 소리가 울린다. 황제가 레이디들 사이에서 좀 인기가 많은 모양이다. 하긴 얼굴이 좀 잘났나. 게다가 내가 원한다면 제 딸을 첩으로라도 줄 위인들이 이곳에 모인 인간들인걸. 음, 그런데 뒤통수가 조금 따끔거린다.

별로 곱게는 보이지 않는 이 시선. 나는 슬쩍 뒤로 고개를 돌려보았다. 예상되는 것이 있었기도 했고, 뒤를 돌아보니 나는 역시 하고 작게 중얼거릴 수밖에 없었다. 나의 예상을 한 치도 빗나가지 않았던 것이다. 날 쳐다보고 있는 것은, 아니, 째려보고 있는 것은 선황의 첫 번째 정비인 황태후 페티르였다. 그 여자의 살기 어린 눈빛을 확인한 나는 우선 3일 전 급조된 황제의 지식을 다시 한 번 떠올렸다.

팔락팔락.

음, 찾았다.

파일명:페티르.

제국의 명문가인 베로니 후작의 딸로 22살 때 황후의 자리에 오름. 병약한 아들 하나가 있고 이미 몇 번의 황제의 암살 건에 구설수에 오른 적 있음.

끝.

…….

하하하. 좀 짧네. 내 머리 속에 있는 파일을 정리하자면 내가 이곳에서 살면서 가장 조심해야 할 베스트 제1위다. 이미 죽어버린 카인 황제를 포함해서 나, 장수도 함께 조심해야 하는 여자다. 비록 파일에 빠져 있기는 하지만 저 황태후는 제 아들내미를 황좌에 올리려고 무진장 애를 썼다는데… 축구로 치면 옐로우 카드다.

그것도 한 번만 더 하면 레드 카드가 던져질 반칙패 선수와도 같은 여자인 것이다. 물론 형제라는 것도 다를 바 없다. 탐욕에 젖은 눈길로 내가 입고 있는 황제의 예복과 자리를 쳐다보고 있는 눈초리를 봐라. 물론 그렇지 않은 이들도 있지만 내 눈에는 같잖아 보일 뿐이었다. 그렇지만 여기서 이 자리 지키고 살려면 어지간히 골치를 썩여야겠구만.

너무 조용한 것도 내 성미에 안 맞지만 쓸데없는 말썽은 질색인데. 에라, 모르겠다. 골치 아픈 건 넘어가자.

홀짝. 흐음… 맛있네, 이거. 방금 내가 마신 게 뭐였지? 이름이 음… 그래, 링큐르 드 망트. 와인 종류인지 뭔지는 모르지만 되게 맛나다. 조금 쌉쌀한 첫맛과 입 안에 여운을 남기는 달콤한 끝맛. 끝내준다. 홀짝. 음, 좋다. 내가 술맛에 감격해하며 홀짝홀짝 먹다 보니 다 마셔 버린 잔에 시종이 다시 와인 잔을 채워주고 있을 때였다.

"호안 백작 내외 분과 영애이신 이르디아님 드십니다."

홀의 문밖에서 나의 호기심을 자극하는 문지기의 음성이 들렸다. 이르디아. 들어본 적 있다. 천민의 딸로 황제의 첩이 된 여자. 저 이쁜 로위나를 두고 황제가 푹 빠져 지냈다지? 얼마나 이쁠지 한번 볼… 오옷! 경국지색 정도는 못 되더라도 상당히 예쁜 여자네. 그리고 이제 스물이라던데 무쟈게 성숙하다. 드레스 차림도 꽤 양호하고. 황제가 그랬는지 아니면 여자 본인이 그걸 좋아했는지 노출이 무척 심하다고 들었는데… 그래도 몸에 좍 달라붙는 드레스. 허거걱! 저 팅팅한 엉덩이와 가슴. 어억! 웬만한 포르노 비디오에서 나오는 여자들 저리 가라다. 물론 내가 봤다는 건 아니다. 어디까지나 친구들의 경험담일 뿐이다(흠, 이건 진짜다. 독자들이여, 믿어달라). 내가 그렇게 잠깐 동안 그 여자의 감상을 즐기고 있을 때였다.

"폐하, 이르디아가 도착했습니다. 얼른 나가보십시오."

로위나가 내 복장을 디비는 발언을 처음으로 하고야 말았다. 나는 어이없는 표정을 지었다. 이 여자 정말 나, 아니, 황제 좋아하는 거 맞어? 내가 본 바로는 분명히 이 여자 황제를 무척 사랑한다. 눈빛만 봐도 안다. 흔히 통속적인 표현으로 자신의 몸보다 더 사랑한다고 해야 하나. 그런데 저렇게 아무렇지 않은 표정으로 라이벌 격인 여자한테 그냥 보내? 이거 은근히 성격에 문제있네. 전에 황제라는 놈이 부인 놔두고 마음놓고 바람 피운 이유가 있었구만. 칠거지악을 따지는 조선시대도 아니고 여자들의 투기는 여기선 아주 흔한 거라고 들었는데 질투하는 모습도 안 보이고. 아니, 포기했다고 봐야 하나?

나는 그녀의 태도에 어이없어하며 막 뭐라고 할 찰나, 홀 안에 들어선 호안 백작을 보며 우선 그를 반갑게 맞았다. 리본 노인네가 뽑아준 꼭 친근하게 대해야 할 베스트 인물에 속한 인물이니까. 초상화를 얼마나 봤났으면 이제 다 외운다. 쳇쳇.

"오셨소, 호안 백작."

"예, 폐하."

"생신을 축하드리옵니다."

"고맙소."

문지기의 소개에서 빠져 있지만 그의 자식들도 백작의 뒤에 서 있었다. 나는 그가 건네는 선물을 시종에게 시켜 또다시 한쪽 구석에 처박 아두고는 화재의 인물인 이르디아를 찬찬히 뜯어보았다. 근본은 그다 지 나빠 보이지 않는군. 흠.

"그런데 오늘 황후마마의 아름다움이 참으로 눈이 부십니다. 연회석 의 그 누구보다 돋보이시는군요."

"후후, 황후를 보는 귀족들마다 그리들 말하더군."

로위나의 얼굴이 붉어진다. 정말 귀여운 여자다. 나는 그녀의 모습 을 보며 빙긋 웃고는 호안 백작의 옆에 있는 붉은 머리의 미녀를 바라 보았다. 그러자 그녀는 자신의 외모와 어울리는 요염한 미소를 지으며 알아서 자리에 일어나 내게 가까이 온다.

물론 내가 그런 걸 허락할 리가 없지.

"나의 생일을 축하하는 연회요, 이르디아. 그대도 즐겁게 즐기고 가 길 바라겠소."

그리고 침묵. 내가 한 그 짧은 말 한마디에 연회장은 크게 술렁거렸 다. 하긴 그럴 만도 하지. 며칠 전만 해도 저 여자한테 빠져서 죽니 사 니 했던 황제가 그녀가 다가오는 것은 물론 아예 대놓고 연회나 즐기 고 빨랑 사라지라는, 물론 직접적이 아닌 간접적인 어투로 그녀를 쳐다 보곤 다시 술잔을 기울이고 있으니. 하지만 나는 이미 그녀에게 일말 의 감정도 품지 않기로 결심했다. 어차피 저 여자를 사랑한 건 내가 아 니라 이미 죽어서 명부로 가버린 황제다. 지금의 황제는 나다. 내가 사 랑할 여자는 내가 정하겠다는데 감히 누가 불만을 표명하겠는가.

"폐, 폐하."

호안 백작의 당황한 음성이 들린다. 옆에 있는 딸을, 그러니까 애첩 인 이르디아를 거의 무시하고 있는 내 모습이 당황스럽겠지. 황제는 공식석이든 사석이든 이르디아를 허리에 꿰고 다녔다고 했다. 오늘도 당연히 그럴 줄 알았겠지만 나는 아니다.

그리고 보아하니 옆에 있는 이르디아도 백작과 비슷한 표정이다. 돌연히 냉정하게 대하는 황제의 태도에 무척 당황스러워하는 태도다. 몰라, 이제 난 로위나 한 명이면 족해. 내가 무슨 변강쇠도 아니고 이런 착한 마누라 놔두고 어찌 바람을 피워. 물론 아직 건들지도 않았지만 그래도 싫은 건 싫은 거다.

그래도 좀 아쉽네. 어차피 이리 된 거 그냥 확 즐겨 버려? 한번 만나보고 성깔있어 보이면 돈 좀 쥐어주고 쫓아내 버리려고 그랬는데 근본이 그다지 나빠 보이지 않으니 고민되고. 에잇, 이것도 우선 넘어가자. 골치 아픈 건 딱 질색이야. 나의 선물과 함께 호안 백작은 황후에게 약소한 것이라면서 작은 보석 상자 꾸러미를 바쳤다.

수수한 색채의 수정이 박힌 목걸이었다. 황실 예법에는 애첩의 부친은 황후에게 예우를 갖추어야 한다는 것이 떠올랐다. 그래도 그의 태도에는 형식적인 태도가 아닌 진심이 깃들어 있었다. 흠… 이 아저씨 마음에 들었어. 머리 속에 기억을 해두지. 암.

내가 이제 그만 물러나라는 제스처를 취하자 그는 말없이 물러나고 또다시 선물을 내미는 귀족들의 거의 똑같은 인사를 받으며 지루함에 손등으로 턱을 괴었다.

"폐하께서 태자 시절 저희들 귀족들에게 내리신 은혜처럼, 우매한 평민들도 폐하의 은덕을 받을 수 있기를 바라겠사옵니다."

하나같이 한돈 쓴 듯 휘황찬란함 그 자체인 선물 꾸러미들. 그것을 보는 내 속은 야이 XXX 같은 넘들아, 너그들이 나한테 준 보석이나 물품들 팔면 보통 평민들 몇 달은 먹고 살겠다. 내 공덕이 어쩌고저쩌고

떠들 시간이 있으면 너그들이 입고 처먹는 거나 줄여. 우매한 평민? 썩을. 니 꼴이나 보고 말해라. '얼굴에 나 멍청합니다' 라고 써붙이고 있구만.

"고… 맙소."

나는 치밀어 오르는 짜증스러움에 와인 잔을 쥔 손에 힘이 갔지만 어디까지나 만면에 미소를 띠며 귀족에게 몇 마디 더 담소를 나누고는 물러나게 했다. 시간이 흐르니 이제 속이야 어쨌든 입에서 술술 대답이 나온다.

나의 적응력은 타의 추종을 불허하니까. 왜 사람이 남극의 혹한 속에서 살아남을 수 있었겠는가. 바로 이 놀라울 정도의 빠른 환경 적응력 덕분이 아니겠는가.

"지루해."

그런데 계속 앉아서 인사만 받고 있으려니 정말 무지막지하게 지루했다. 지루한 마음에 연회장을 훑어보지만 더럽게 화려한 홀이 소시민적인 나에게는 오히려 지루함에 짜증스러움을 더하게 해 이제는 아예 다 뒤집어엎어 버리고 싶은 심정이었다.

이제는 내 생일이 돼버린 황제의 생일 축하 잔치는 그렇다 치더라도 될 수 있는 한 연회란 연회는 다 없애 버린다. 안 된다고 그러면 나중에 리본 노인네를 불러서 연회를 좀 줄이자고 해야지. 이런 화려함은 내 성격에 안 맞아. 근데, 연회가 시작한 지 한참이 된 것 같은데 외국에서 온다는 손님들은 왜 안 와.

"노엘."

"네, 폐하."

"사절단들은 왜 안 보여? 아직 도착하지 않았나? 연회가 시작한 지

한참이 흐른 것 같은데."

"이미 도착했다고 들었습니다. 다만 폐하의 생신을 축하하는 귀족들의 인사가 모두 끝나면 대면이……."

흐흥. 대면이 모두 끝나면 만난다고? 그럼 조금 더 기다리면 되겠…… 네가 아니잖아. 대체 무슨 소리를 한 거야? 나는 방금 노엘이 한 발언에서 심각한 논리적 문제를 발견하고 비명을 지르듯 소리쳤다.

"그, 그게 대체 무슨 소리야, 다시 한 번 말해 봐."

"네? 뭐, 뭘 말씀이신지."

"방금 전에 했던 말. 사절단이 어쩌고 했잖아. 언제 연회장에 들어온다고?"

"네, 폐하와 제국의 귀족들과의 대면이 모두 끝난 뒤에 일정이 잡혀 있다고 들었는데……."

Oh my god! 내가 잘못 들은 게 아니란 말인가.

"……."

꿀꺽.

"저, 폐하."

나는 머리를 부여잡았다.

"……."

"모르셨습니까?"

나는 루이스의 질문에 자리에서 벌떡 일어나려는 몸을 필사적으로 눌렀다. 홀 안에 있는 수많은 귀족들의 시선이 느껴졌던 것이다. 방금 전에 나도 모르게 크게 터져 나온 목소리에 놀라 무슨 일인가 싶어 나를 쳐다보고 있는 것이었지만 홀 안에 가득하던 음악 소리도 그쳐 버렸고 접시 몇 개는 충분히 깨고 남아 한 개 더 깰 것 같았던 귀부인들의 파워있는 수다도 뚝 그쳤다.

이런 제길, 나는 발광하고 싶은 마음을 겨우 누르고 미소를 지으며 무거워진 연회장 분위기를 살려야 했다. 내 기분이야 어떻든 내 생일 축하를 위해 온 귀족들이고 무난히 즐기고 가게 할 의무가 있다. 제길, 성질 많이 죽었다. 우리 집이었으면 뭘 꼬나보냐 소리치면 끝이었는데. 주변에 나의 충실한 가신들도 합세했고 곧 연회장 분위기는 얼마 지나지 않아서 원래대로 돌아왔다.

"저 많은 귀족들의 인사를 다 받으려면 밤새도 모자랄 텐데 날더러 그동안 이 자리에 앉아 있으란 말이야?"

다시 활기를 되찾자 나는 속으로 심의 삭제 구설수에 오를 욕설을 수십 번이나 중얼거리며 소리쳤다.

"원, 원래 그렇지 않으셔도 되지만 폐하께서 연회장에 가 계신다고 하지 않으셨습니까. 귀족들의 인사를 받으시겠다면서……."

내 표정이 심상치 않으니까 말투부터 더듬거리면서 조심스러워진다.

"누, 누가, 누가 그래! 누가 그런 헛소리를 한 거냐고!"

나의 처절한 소리에 움찔거리는 루이스. 왜, 무섭냐? 쫄았어? 나는 지금 속 끓는다. 너라도 내 화풀이 땅콩(?)이 되줘야 한다구우우웃.

"리보아 공작께서 그러셨습니다."

그럴 줄 알았어. 그 망할 노인네! 안 해도 될 고생을 사서 시키다니. 날더러 여기서 죽치고 앉아 밤을 새란 말이냐! 크아악! 방망이로 북어 패듯이 패서 바짝 말려 찢어 소금 뿌려 국을 만들어 먹어버려도 시원치 않은!

음, 그런데 그렇게 생각하고 보니 그렇게 만들어 먹어도 꽤 맛있을 것 같은… 허거걱! 지금 내가 무슨 소리를… 성질 나니까 요상스러운 생각을 다 하네. 그 리본 때문에 왜 이런 고생을… 흑흑. 그냥 마시자. 마시다 보면 진정되겠지. 오늘따라 날 이 꼴로 만든 푸르딩딩이가 원망스럽다. 으으, 원샷!

내가 방금 그 소리에 뒤집어지는 복장을 달래기 위해 술잔을 기울이는 와중에도 귀족들의 축하 인사는 이어졌고 선물은 한쪽 구석에 차곡차곡 쌓이고 있었다. 시간은 흐르고 흘러 3시간이 지났다. 또한 밤새도 모자랄 것 같던 축하 인사의 마무리가 보이고 있었다.

"$@#$·$·65··&$!@."

뭐라고 씨부렁거리는지 모르겠지만 어쨌든 뒤에서 두 번째인 중년인 귀족 한 명이 나한테 인사를 한다. 오옷, 드뎌… 할렐루야, 하느님, 부처님, 알라 신 등등 제가 아는 수많은 신들 감사합니닷! 드디어 마침내 내가 해낸 것이닷! 다 끝나가고 있다. 짜증스러움과 지루함에 골백 번 이 홀을 뒤집어엎는 상상을 한 끝에 얻은 쾌감. 이건 인간 승리다.

나는 귀족의 인사가 끝난 것 같자 곧 연회가 시작된 것이니 마음껏 즐기고 가라고 해주었고 귀족은 얼굴 가득 환한 미소를 띠며 물러난다. 그런데 아까 귀족이 나한테 뭔가를 부탁한 것 같았지만 한 귀로 듣고 흘려버렸는데, 혹시 요상한 걸 부탁받은 건 아닌지 모르겠네. 에라, 나중에 불러서 물어보자. 그럼 이름은 기억해 둬야겠지. 에, 아까 그 귀족 이름이… 내 머리 속에 입력된 귀족 리스트. 그러니까 128번째 귀족이… 그래, 밀루아 남작이다. 초상화가 없어 안면을 익히지는 못한 유일한 귀족이었는데 지금 보니 꽤나 젊은 녀석이다. 궁에 출입하는 귀족들 대부분은 평균 나이가 40대 중후반인 경우가 많은데 고작해야 20대 중반쯤 되어 보이는 남자가 오니 좀 신기하네. 게다가 옷차림도 굉장히 수수하고.

　오옷, 혹시 사치풍조가 만연한 이곳에서도 제대로 머리가 박힌 녀석이 있었던 것은? 그렇담, 꼭 기억해 두지. 밀루아 남작이라고? 나중에 그 작자에 대해서 알아봐야겠다. 생각이 제대로 박힌 녀석이라면 내가 귀여워해 주마. 내가 그렇게 생각하며 이죽거리고 있다가 곧 의아한 생각이 퍼뜩 들었다.

　귀족들이라고 모두 연회에 참석할 수 있는 것은 아니다. 공작, 백작, 후작 여기까지 궁의 출입이 허용된다. 또한 다른 작위가 있는 귀족들을 거느릴 수 있다. 그 아래로 자작, 남작, 준남작이 있는데 이들은 황궁의 출입이 금지돼 있다. 자작 아래에서부터는 그저 이름뿐인 귀족들이 대부분으로 몰락 귀족들이 대부분이다. 분명 아까 들어온 귀족은 남작이었다. 황궁의 출입이 허용되지 않은… 얼래? 그리고 보니 여기서도 심각한 논리적 문제가… 남작이 어떻게 황제의 생일 잔치에 아무런 제재 없이 들어올 수 있었던 거지? 혹시 전 황제랑 친한 사이였나? 흐음. 나중에 리본 노인네한테 물어봐야겠군. 아니면 노엘에게라도… 얼래?

　그런데 모두 표정이 안 좋네. 뭣 땜시 저러지? 혹시 내가 실수라도 한 건가? 다 그런 건 아니지만 거의 반 정도는… 갑자기 주변 귀족들의 인상이 구겨진 현상에 나는 당황했지만 겉으로는 아무렇지 않게 마지막 귀족의 인사를 받으려고 고개를 돌렸다.

　두두두두… 그럼, 마지막 타자는… 제에기이랄… 리본 노인네다. 안 해도 될 고생을 시킨 당사자.

　"황제 폐하의 스물한 번째 생일을 축하드립니다."

　분명히 저 노인네는 나의 살기 반 원망이 반 어린 시선을 받으면서까지 나온 이유는 내가 수업을 무사히 모두 끝마쳤는지 확인하려고 나왔을 거다. 하지만 겉으로는 어디까지나 정중하다. 가증스러운 노인네 같으니… 나는 속으로 한차례 이를 부드득 갈았지만 겉으로는 부드럽게 미소를 지으며 그의 인사를 받았다.

"짐의 생일을 귀족들 모두 이토록 환영해 주니 기쁠 따름이오. 선물들도 모두 짐의 마음에 들어 흡족하기 이를 데 없소. 곧 연회가 열릴 것이니 그때 마음껏 즐기다 가시길 바라오, 공작."

"미력한 신의 선물에 그토록 기뻐해 주시니 감사할 따름입니다. 오늘은 폐하의 이름으로 벌어진 연회여서인지 무척 성대해 보이옵니다. 첫 연회이니만큼 아무런 하자 없이 연회가 끝나기를 신 리보아, 폐하께 바라겠사옵니다."

호오, 이것 봐라… 나의 눈은 웃음을 띠었다. 그저 간단하게 생일 축하 인사를 하는 것 같지만 은근히 성대한 연회를 비유하면서 그는 내게 충고를 해주고 있었다.

"짐을 그토록 염려해 주니 고맙구려, 공작. 그대와 같은 충신을 가진 것은 짐의 복이라고 할 수 있겠소. 하지만 너무 과한 걱정이오. 이미 며칠 전부터 준비해 온 연회인데 어찌 실수가 있겠소. 공작도 나이가 드니 잔걱정이 많아지신 것 같군."

나의 나무랄 데 없는 대꾸에 리본은 만족스럽게 웃는다. 빌어먹을 노인네 같으니. 나중에 내가 권력 행사하면 저 노인네부터 손봐줄 테다. 내 생각이야 어쨌든 리본 노인네는 만면에 미소를 띠며 물러났다.

"후우……."

어쨌든 저 노인네가 물러가고 드디어 축하 인사가 무사히 끝났다. 나는 길게 숨을 내뱉으며 의자에 등을 기대었다. 그리고 방금 리본이

했던 말의 뜻을 곰곰이 생각해 보았다. 물론 나는 저 리본이 한 말의 의미를 알 수 있었다.

분명 빙빙 돌리며 말하고 있지만 그는 이렇게 말하고 있었다. 여러 가지 면에서 나는 부족하니 될 수 있으면 무난하게 연회를 즐겨라. 또 모두 끝날 때까지 긴장을 늦추지 말라는 말과 함께, 마음에 안 들기는 하지만 저 노인네는 카인이 믿고 신뢰하던 신하라고 했다.

비록 내 마음에 안 들기는 하지만 출신 성분 때문에 황태자가 되기까지 수많은 고생을 했던 카인을 뒤에서 떠받쳐 주던, 한마디로 황제에게 가장 큰 도움을 주던 오른팔. 이미 총애하는 여인이 있었음에도 리본 노인네의 딸을 황후로 삼은 것은 아마도 능력 좋은 저 노인네를 자기 편으로 삼기 위해서이기도 했겠지만 자기 딸내미를 받아달라는 노인네의 부탁도 있었을 것이다. 그리고 카인은 노인네를 확실히 자기 편으로 삼기 위해 로위나를 황후로 삼았을 거고. 하지만 로위나는 황후로서 대접을 받지 못하고 독수공방하는 신세로 전락. 쩝. 아아, 지금 내가 무슨 생각을 하고 있는 거야. 지금 연회 중이란 말이다. 정신 차리자, 박장수. 거기서 거기인 귀족들 인사 멘트에 엄청나게 지루했었는데 이젠 얼른 마무리 내고 나도 놀아야지, 암. 흠흠, 뭐라고 말할까? 안녕하세요! 좋은 밤입니다. 아니면… 나는 머리 속으로 무슨 말을 해야 할까 생각하고 정리를 끝낸 뒤 입을 열었다.

"짐의 생일을 이토록 축하해 주니 기쁘기 그지없소. 그 감사함을 연회에 베푸니 즐겁게 놀다 가시오."

그래, 미친 듯이 놀아. 나도 그렇게 할 생각이니까. 연회장에 모여 있던 귀족들도 지루함을 느끼는 매한가지인 듯 맘껏 즐기라는 내 말이 떨어지자 화색을 띠며 바쁘게 몸을 움직이기 시작한다. 물론 대부분

몸을 움직이는 것은 한창 젊은 귀족 자제들이었다.

뭣 땜시? 당근 조기서 얌전한 척 고상한 척은 혼자 다 떨고 있는 이른바 레이디들을 꼬셔서 어찌어찌 해볼 생각으로 그들의 주변을 맴도는 거다. 어쭈, 벌써 한 커플은 요상스런 눈빛을 주고받더니 슬쩍 나간다. 아주 초스피드한 커플일세. 다른 몇몇 커플들도 그럴 낌새가 보이는 것이… 정말 진행이 빠르다. 얼레? 저 여잔 또 뭐야. 홀의 구석에 혼자 있네? 혹시 연회장을 싫어하는 정숙한 귀족 여인? 으음… 그럼, 얼굴이나 한번… 어억!! 숨넘어갈 뻔했다. 테러블을 넘어선 호러블을 초월한 저 얼굴. 숨넘어가겠다.

그런데 내 시선을 느낀 여자가 갑자기 내게 열정적이고도 끈적끈적한 시선을 보내며 부끄러운 듯 눈을 내리깔며 부채로 얼굴을 가린다. 나는 당연히 속으로 뭐 씹은 표정을 고개를 돌려 버렸다. 꿈에 볼까 무섭다.

그런데 고개를 돌리고 보니 또 문제다. 돌려진 내 시야에 들어온 것은 붉은 머리 미녀인 이르디아였던 것이다. 아아, 하고많은 사람 중에 왜 하필 저 여자가 내 눈에 들어오지? 꽤 많은 귀부인들 사이에 둘러싸여 호호 웃고 떠드는 저 여자. 하지만 나만 그렇게 느껴지는 건지 모르지만, 방금 나한테 냉대받은 것이 마음에 걸리는지 그녀가 띠고 있는 웃음이 가식적으로 보인다. 그러다가 내 시선을 느꼈는지 그녀의 시선이 내게로 박혔다.

그리고 순간 나는 뒤통수에 쇠몽둥이를 얻어맞은 듯 잠시간 띵~ 해졌다. 물론 놀란 탓이기도 했지만 들어내 보일 수는 없는지라 어디까지나 속에서 그럴 뿐 겉으로는 아무렇지도 않게 무심한 눈빛으로 그녀를 한번 쳐다보곤 다시 술잔을 기울였다. 그 여자의 눈빛이 순간적으로 크게 흔들리는 것 같았지만 귀부인들의 수다 속에 파묻혀 사라졌다. 확실히 황제가 총애하던 측실이었기 때문인지 몇몇 부인들을 제외하면 대부분의 중년 여인들이 그녀를 둘러싸고 있었다.

흥! 골빈 X들. 까놓고 말해서 여기 이 홀에 모인 사람들 중 진심으로 황제의 생일을 축하하러 온 사람은 드물 거다. 그저 보통 때보다 큰 연회장에서 그저 놀고 먹고 마음에 드는 이성을 꼬시기 위해서 왔든가, 그것도 아니면 황제와 친분을 돈독히 해서 권력을 쌓기 위해서일 거다. 꿀통에 몰려드는 벌꿀들처럼… 아아, 이런 생각을 하니까 기분이 파악 가라앉는다. 그전에 왜 내가 이런 기분을 느껴야 하지? 내가 진짜 황제도 아닌데. 으윽, 몰라. 이제 생각 안 해. 에잇, 마시자. 마시고 잊자. 그런데 얼래? 좀 어지럽다. 덥기도 하고 이거 혹시…….

"폐하."

내가 머리를 흔들고 있으려니 옆에 있던 로위나가 나를 불렀다. 그 소리에 나는 생각을, 그리고 시선을 그녀에게로 돌렸다.

"음? 왜 그러오, 황후."

제길, 목소리가 꼬였다. 이거…….

"폐하, 술이 너무 과하신 듯합니다."

"……."

망할! 술에 취해 버린 거다. 방금 예상한 상황이었지만 순간 머리가 빡 도는 것 같다. 조금 전까지 나한테 술을 따라주던 시종을 돌아보니… 젠장, 확실히 취했음을 알 수 있었다. 내 시선이 정중하게 고개를 숙이고 있는 시종이 가진 술병에게로 향했다. 맥주병보다 조금 작은 그 술병에 담겨 있어야 할 와인이 거의 모두 비워져 있다.

언제 내가 이렇게 많이 마신 거야? 아니, 그러고 보니 지루하면 지루하다고 원샷하고 짜증 나면 짜증 난다고 한 잔 쭈욱. 한 잔씩만 했겠는가. 몇 잔씩은 비웠을 거다. 빌어먹을. 맛이 좋아서 계속 먹었는데 의외로 알코올 도수가 높은데. 몸을 가누기 힘들 정도는 아니지만 멍청하게 술도 약한 놈이 끝도 없이 마셔댔으니. 잠시 뒤면 외국에서 사절단들이 올 텐데.

아아, 젠장. 나는 조금이라도 술 기운을 몰아내고자 고개를 흔들었지만 쉽게 정신이 돌아오지 않는다. 잠깐 동안 나는 머리를 흔들다가 홀 안의 광경에 언뜻 떠오른 생각이 있었다. 그래, 이 방법이 최고다. 나는 조용히 몸을 일으켰다. 가만히 있으면 더 그럴 테니 좋다 이거야. 남자가 칼을 뽑으면 무라도 벤다. 나는 황후의 옆으로 다가가 약간 허리를 숙였다.

"황후, 한 곡 추겠소?"

순간 홀 안에 몇몇 귀족들의 시선이 내게 쏠렸지만 싸악 무시했다. 로위나가 춤이 서툴다는 건 들어서 알고 있지만 뭐 나도 서툰데 뭘 따지랴. 나는 내 손 위에 자신의 손을 포개는 그녀를 보며 싱긋 웃었다. 홀은 방금 전의 소란과는 비교도 되지 않을 만큼 술렁인다.

저희들 할 짓이나 할 것이지 이쪽은 왜 쳐다봐? 부럽냐? 끌끌. 하긴 너희들이 손잡고 있는 여자들은 두꺼운 화장으로 이루어진 미모니 연한 화장만으로 돋보이는 로위나에게 시선이 가는 건 당연하겠지?

우흐흐흐흐, 기분 좋다. 이번 일만큼은 왠지 푸르딩딩이의 이유없는 이별, 아니라 환생이 고맙단 말이야.

＊　　　　＊　　　　＊

♬~~~~~~~~~

나는 지금 소위 춤이라는 것을 추고 있다.

누구와? 당근 로위나랑. 선물 세례가 끝나고 잠깐 취기가 오른 나는 술이나 깰 양으로 몸이라도 움직여 보려고 그녀를 이끌고 홀 밖으로 끌고 나왔다. 홀에 모인 남녀들이 모두 쌍쌍을 이루며 무엇이 그리 즐거운지 하하호호거리며 웃는 모습에 너무도 배알이 뒤틀렸다. 나는 이렇게 지루하게 술만 마시고 있는데. 얌마, 황제가 이렇게 앉아 있음 너희들도 알아서 짜져 있어야 할 것 아냐. 에이, 죽어! 뻐뻐뻐뻑! 어억! 폐하, 용서해 주십시……. 용서? 개뿔이다. 그냥 맞어! 그리고 귀족들은 모두 전치 2주의 상처를 입고 실려간다. 나는 양쪽 팔을 허리 위에 얹히고 하하하 웃는다. 그리고 논다. 물론 상상 속에서나 있을 일이다.

겉으로 나는 성대하게 열린 연회 겸 생일 잔치에 흐뭇해하는 표정을 짓고 있어야 하는 것이다. 그렇다고 얌전히 앉아 있는다면 내가 아니다. 그래, 한번 정도는 춰보자. 기껏 배웠는데 안 써먹기에는 너무 억울하다. 하는 생각으로 나왔는데, 크흐흐흑. 그런 생각을 한 내 자신이 정녕 후회스럽도다. 로위나가 자신이 춤이 서툴다고 했지만 나도 그렇게 춤을 잘 추는 편은 아니라고 그녀를 끌고 나오긴 했는데…….

"윽."

또, 또 밟히고야 말았다. 지금 밟힌 것만 해도 열 번이 넘는다.

으으, 디따 아프다. 지금 홀 안은 텅텅 비어 있다. 황제와 황후가 춤춘다고 해서인지 귀족들은 홀 밖으로 나가 있었고, 이 모든 상황을 지켜보고 있던 귀족들은 내게 연민의 눈빛을 보낸다. 그 맘 내 다 안다는 저 눈빛들. 특히 리본 노인의 표정은 더욱더 가관이다.

미안하다는 표정은 전혀, 아예 없다. 그녀의 뾰족 구두에 밟히면서도 참을성있게 춤을 추고 있는 내게 흐뭇한 표정을 짓고 있을 뿐이다. 망할 노인네, 두고 보자. 언젠가 당신의 그 가증스러운 얼굴을 쥐어뜯고 말리라. 크흑흑.

근데 이 춤 언제 끝나는 거야? 게다가 더 나를 난감하게 하는 건 로위나의 태도다. 나도 어쩔 수 없는 남잔데. 내 발을 밟을 때마다 어쩔줄 몰라 하며 당황하는 그녀를 보니 나의 또 다른 분신(?)이 반란을 일으키기 직전까지 갔다. 지금 일내면 안 돼, 임마. 붙어 있는 거 안 보여? 나의 이 사태를 들키기라도 한다면 너도나도 쪽 다 팔릴 거란 말이야.

턴하는 순간 잠깐 떨어졌다가 다시 가까워진 나와 로위나. 그런데, 꽈악… 으윽. 발등에 불 나겠다. 조심한다고 했는데 또 밟혀 버렸다.

아으으으. 넘 아프다.

"괜찮으세요, 폐하?"

'전혀 안 괜찮아. 당신 같으면 그 뾰족 구두로 10번도 넘게 밟혔는데 안 아프겠어?' 라고 말 못해. 나는 어디까지나 페미니스트라고. 여성을 소중히 여기자. 여성 인권을 부르짖는 대한민국의 남성이다. 어찌 여자에게, 그것도 저런 사랑스럽기 그지없는 미녀에게 그런 말을 하겠는가.

"하하하, 괜찮소. 이 정도쯤이야. 내 몸은 의외로 튼튼한 편이라서 별로 아프지 않소(안 아프긴 개뿔이. 흑흑. 내 발… 부어올랐을 거야)."

발이 아파서 그 자리에 주저앉아 버리고 싶은 마음은 굴뚝같았지만 나는 참았다.

참자, 참아야 한다. 저 많은 눈들이 나를 쳐다보고 있다고. 나는 남자다. 젝 뭐라는 가수들이 그랬지 않은가 폼 때문에 살고 폼 때문에 죽는다고. 그게 바로 나다. 절대로 그런 일이 벌어져서 쪽팔릴 수는 없다 이거야.

와아아아! 짝짝짝.

왈츠 곡이 다 끝나가니 귀족들의 박수가 터져 나온다. 대다수는 춤이 끝나는 순간까지 밟혀야 했던 나에 대한 기특함과 연민이 대부분이었겠지만 나에게 있어서는 지옥과 천국을 오간 기분이었다. 여기서 멋지게 마무리 인사.

아아, 끝났다. 더 밟히기 전에 끝나서 다행이야. 흑흑. 그래도 몇 번 밟히면서까지 한 번 추고 나니까 정신이 조금 돌아오는 것 같네. 그리고 로위나도 지꾸만 발을 밟은 것에 상당히 미안해하는 표정이지만 나하고 춤 한 판 춘 것을 상당히 좋아하는 것 같고, 춤이 서툴기는 했지만 계속 하다 보면 익숙해지겠지.

"아주 잘 췄소, 황후."

"서툰 춤으로 폐하를 곤란케 한 것은 아닌지……."

"괜찮던 걸 왜 그러오. 몇 번 추고 보면 익숙해질 거요."

나는 싱긋 웃었다. 그리고 속으로는 로위나의 춤을 가르칠 선생을 물색해 보겠다고 결심하고 있는 나였다.

사라라랑~

배경 음악이 깔리고 나와 로위나의 눈빛이 부드러움을 띤다.

캬하, 분위기 좋고. 여기 사람 눈만 없다면 그냥…….

"흥! 제국의 황후라는 여인이 그렇게 소심해서야 어디 되겠습니까! 뭐, 하긴 천민의 여식을 측실로 두고 총애하는 황제도 문제지만."

뭐야? 이 소리의 주인공은… 한창 좋았던 분위기를 와장창 깨부수는 재수없는 이 음성은 제길 누구야? 혹시, 이르디아인가? 아닌데, 그 여잔 조기 구석에서 여편네들이랑 놀고 있는데… 왠지 내 속을 북북 긁는 듯한 느낌이 드는 목소리의 주인공은……

"태후마마."

로위나의 얼굴이 약간 창백해진다. 이상하게 조용히 있는가 싶었더니. 흠, 시비를 거시겠다? 나는 눈꼬리를 치켜떴다.

"태후께서는 저의 생일을 축하하는 연회가 상당히 불편하신 모양이군요. 연회 시작 전부터 안색이 좋지 않으시더니."

"외국의 사절단이 올 예정이거늘, 제국의 국모라고 할 수 있는 황후가 저토록 부족하니 걱정이 되지 않겠습니까, 황제?"

황후를 은근히 질책하면서 로위나를 황후로 삼은 나를 비웃는 페티르 황태후.

늙은 여시로구만. 힐끔 홀 안을 쳐다보니 모두 쥐 죽은 듯 조용하게 나와 황태후의 설전을 지켜보고 있다.

물론 로위나의 아버지인 리본 공작이나 내 눈에 익은 몇몇 귀족들의 표정들은 모두 상당히 긴장하고 있다. 흐… 걱정되는가 보구려. 하긴, 저들은 지금 황제의 기억이 온전하지 못하다는 것으로 알고 있으니 내가 황태후와의 설전에 신경이 곤두설 수밖에 없겠지.

하지만 그런 걱정할 필요 없수다. 내가 누구냐. 초말빨은 아니지만 한때 박씨 집안의 차기 가주로서 수없이 말싸움을 해왔고, 단 한 번도 져본 적 없다. 특히 이런 종류의 것이라면 더 더욱.

"태후께서 참견하실 일이 아닐 텐데요."

나는 태후의 말에 뭐라 반박도 못하고 고개를 숙이고 있는 로위나를 자연스럽게 내 뒤로 살짝 당겼다. 그리고 테피르 황태후를 바라보며 그렇게 말하자 그녀는 입꼬리를 치켜 올렸다.

"참견하지 말라. 하! 황제, 참으로 냉정하신 말씀이시오. 이 몸은 그대의 친모는 아니지만 돌아가신 선황의 정비요. 내 뱃속으로 낳은 자식은 아니나 황제에게 조언할 권리는 있다고 보는데, 내가 잘못 알고 있는 거요?"

"아아, 물론 태후마마께서 제게 해주실 조언이야 감사하며 받겠으나 제 여자에 대한 일에 일일이 간섭하시는 건 왠지 불쾌하군요."

"불쾌하다? 황태후이며 황제의 어미이기도 한 저의 말이 말씀이시오? 귀족들이 모두 모인 공식 석상에서 나를 냉대하시겠다는 겁니까? 황제, 섭섭하구려."

"후후, 섭섭해하신다니 죄송스럽군요, 태후마마. 하지만 공식 석상이니만큼 그저 자중해 주시길 바랄 뿐입니다. 어디까지나 지금 제국의 황제는 저 카인이며, 국모는 여기 있는 황후입니다. 부황께서 살아 계시다면 또 모를까, 황제의 어미로서 이제 그만 쉴 때도 되지 않으십니까? 그저 저를 믿고 노후를 즐기시길 바라는 것이 자식 된 도리이거늘 어찌 그것을 냉대라고 할 수 있겠습니까. 게다가 몸도 좋지 않으시다고 들었는데 조용한 곳에서 쉬는 것도 좋지 않겠습니까?"

"……!"

내 말에 반박해 볼 수 있으면 해보시지, 아줌씨. 나는 노골적인 비웃음을 띠었다. 저 여자도 머리가 있다면 내가 한 말뜻을 이해할 거다. 내가 배운 바로는 제국의 실권은 어디까지나 황제 혼자 독단으로 가지게 되어 있다. 황제의 어미라고 할지라도 정계에 간섭하는 것은 금물이요, 또한 황제의 일에 간섭할 수 있는 것은 황후뿐이다.

역대 황제가 모두 다 선정까지는 아니었지만 그럭저럭 정치를 잘해 왔고, 또한 그런 황실 법도 덕에 황제 외에 누구도 실권을 잡고 흔든 전력이 없다. 그 직전까지 간 적은 있었지만 모두 돼졌었다. 그게 귀족이든 황족이든 지위 고하를 막론하고. 그래서인지 내가 정치하면 떠올랐던 외척 세력이 여기에는 없다. 당연히 황후의 아버지인 리본 노인네도 공작의 칭호를 가지고 있지만 정계에서는 영향권이 그다지 크지 못하다. 다만 형제들 간의 권력 다툼이 난무할 뿐. 저기 있는 저 여자도 그 다툼의 중심에 있고, 나는 그 위험의 중심에서 외줄타기를 하고 있고.

내가 한 말은 분명히 그녀에게 이미 당신은 내가 할 일에 참견할 권리가 없으니 쓸데없이 주절대지 말고 입 닥치고 태후궁에서 처박혀 있으라고 하고 있지만 어디까지나 나는 건강이 나빠진 어머니를 걱정하는 착한 아들을 연기하고 있으니 그녀는 할 말이 없을 것이다. 분명 그녀는 선황의 정비였을 뿐 그 이상도 그 이하도 아니니까. 이 시점에서 정계에 참견할 권리가 있는 것은 지금의 황후 로위나뿐이다. 어디, 저 여자가 이제 뭐라 말할지 들어볼까?

"……."

흐흐. 봐라, 아무 말도 못하지 않는가. 그러길래 가만히 있지 왜 잠자는 사자, 아니, 사람의 콧털을 건들고 그래? 내가 얌전히 당해줄 거라고 생각했어, 아줌마? 그치만 잘못 봤어. 예전의 카인이라면 그냥 한두 번 대꾸해 주고 가만히 있어줬겠지만 난 달라. 내게 간섭할 생각 꿈에서라도 버리라 이거야.

"황제! 지, 지금 나에게 무, 무엇이라고 했소!"

"이런, 확실히 태후께서도 나이를 드셨나 봅니다. 이제 겨우 마흔셋이신데. 하긴, 부황께서 여인들을 너무도 밝혀 태후께서 맘 고생이 심하셨던 것으로 아는데. 쯧쯧, 벌써 귀가 머시다니. 이미 부황께서는 돌아가셨으니 속 편하게 지내시는 것도 좋으실 듯하옵니다만 어찌 생각하시는지……."

태후의 몸이 부들부들 떨린다.

"황제!"

수전증에라도 걸린 모양이군. 나이도 젊은데 안됐어, 끌끌.

"왜 그러시는지요, 태후마마. 무슨 하실 말씀이라도?"

우선 일 승 건졌다.

나는 싱긋싱긋 웃었고 태후의 표정은 더욱더 노기를 띠었다. 그러다가 뭔가 할 말이 생긴 듯 입꼬리를 치켜 올린다. 그래, 말해 봐. 다 받아줄 테니까. 언능.

"아니, 제가 어찌 제국의 안위를 책임진 황제께 할 말이 있겠습니까. 하지만 걱정스럽구려, 황제. 비록 황제께서 황위에 올랐으나 그대의 어미가 저지른 죄로 힘들 터인데. 이미 선황의 곁으로 갔으나 선황을 죽음으로 몰 뻔한 천한 평민의 딸로 그분의 은혜를 입고 후궁이 된 것도 감사해야 할 일을 그분께 검을 겨누고도 살아남았으니, 그것도 다 그때 그대가 어미의 뱃속에 들어 있었기 때문이 아니오? 그런 자의 자식이 황위에 올라 제국을 다스리다니, 그 현명한 아르미아 진 가이칸께서도 이런 경우를 예측하지 못하신 모양이오."

아아, 뭘 말하려는가 했더니만 이거였나. 쩝. 내가 뒤집어쓰고 있는 육신 '카인'의 과거는 의외로 복잡하다. 리본 노인네에게 들었던 바론 카인의 모친은 평민의 자식이다. 어떻게 만났는지는 모르지만 선황은 그녀를 황궁으로 데려와 후궁으로 삼았었고 그녀를 무척 총애했다고 했다. 그런데 그녀는 황제를 좋아하지 않았고 오히려 잠자리에 들 때마다 그를 죽이려고 무진 애를 썼었다. 물론 황제는 그때마다 그 사실을 덮어주었고, 오히려 그녀에게 조금 더 노력해서 자신을 죽여보라고 말했었단다.

그 말을 들었을 때 나는 그놈을 당연히 미친놈으로 치부했다. 세상에서 가장 귀한 게 자기 목숨이다. 아무리 여자가 좋다고 자기를 죽이려는 여자에게 오히려 친절하게 충고까지 해주는 엽기적인 태도는 대체 뭐란 말인가. 세상에 자기를 죽이려는 여자를 총애하고 밤마다 왔다 갔다 하는 목숨을 부지하며 20년을 살아서 자연사한 것을 보면 신기할 정도였다. 물론 죽기 몇 년 전에는 사이가 좋았다고는 하지만. 그런데 저 여자가 왜 그런 말을 내게 하는 거냐 하면 비록 내가 황위에 올랐지만 선황의 목숨을 몇 번씩이나 노린 그런 여자의 핏줄인 내게 제국의 안위를 맡기기가 걱정스럽다는 말을 간접적으로 하고 있는 것이다.

날 도발해 보시겠다? 하지만 그건 날 너무 우습게 보는 발언이라고. 이미 죽어버린 '카인'이야 자신의 어머니에 대한 일 때문에 상당한 콤플렉스에 시달리고 또 그런 말을 들을 때마다 이성을 잃곤 했다지만 나는 그 녀석이 아니라 이 말씀이야.

"흥! 모든 일에 철저하셨던 선황이었지만 그런 여인에게 빠져서 그분의 위대한 업적에 가장 큰 흠집을 남기셨지요."

"그리고 그분은 또한 한낱 여인에게 휘둘렸다는 사실 또한 예측하시지 못하셨고요. 안 그렇습니까, 태후마마?"

"……!"

내가 이렇게 유들유들하게 넘길지는 몰랐겠지? 흥이다. 입을 조금 벌린 채 멍하니 쳐다보던 그녀의 눈빛이 무섭게 변하며 나를 노려본다. 그렇게 노려봐도 하나도 안 무섭네요.

"아아, 그렇게 본다면 태후마마께서도 참 안되셨습니다."

"무엇이 안됐단 말인가요, 황제?"

저 여자 아무렇지도 않게 대답하지만 화를 누르고 있음을 역력히 드러내고 있었다. 그 모습이 내 눈에는 뻔히 보인다네. 룰루랄라. 나는 속으로는 겔겔겔겔, 겉으로는 한없이 부드러운 미소를 띠며 마무리를 위해 입을 열었다.

"하지만 다행이지 않습니까. 태후께서 천하다고 여기시는 저의 모친 덕에 선황께서는 수많은 후궁들을 두셨고, 그 덕에 더욱 많은 후사를 두어 황궁이 요란해졌으니 말입니다. 안 그렇습니까? 아아, 물론 태후께서는 선황의 용안조차 뵙기 힘들어하셨지만 그래도 제국의 황후로서 그 모든 상황을 참고 견뎌내신 마마를 저는 참으로 존경하고 있습니다."

"이익!"

으후후후, 또 일 승 올렸구나. 20년 가까운 세월 동안 전 황제인 그레이엄의 정실 아내로서 황후였던 그녀. 처음에는 황제와의 사이가 그럭저럭 괜찮았었다. 그렇지만 카인의 모친으로 인해 생긴 불화로 선황이 죽기 전까지 냉대를 받아왔던 그녀다. 아마도 그녀는 내 말에 심한 모독감을 느끼고 있을 테지만 화를 내진 못할 거다.

제국의 전 국모이며 친자는 아니지만 현 황제의 어머니인 그녀다. 아무리 선황이 여성 편력이 심했다지만 여인 여럿을 거느릴 수 있는 것이 황궁의 법도인 이상 그녀라고 해도 황제의 여자 문제에 대해서는 모른 척해야 하는 것이다.

물론 뒷구멍에서는 뭔 짓을 못하겠느냐만은 그녀는 알고 있을 거다. 자신이 화를 낸다면 나의 도발에 넘어간다는 것이니까 얌전히 있을 수밖에 없겠지. 자아, 이젠 확인 사살을 해드려야겠지? 우헤헤헤.

"이런, 그렇게 몸을 떠시다니, 그새 몸이 더 나빠지신 모양입니다. 그렇다면 다렌 어의를 불러드릴 테니 태후궁으로 돌아가 계시지 그러십니까. 저야 상관없지만 어머니와 자식 간의 평범한 담소로 분위기가 상당히 무거워져 버리니. 어차피 저를 위해 열린 연회가 마음에 들지 않으시는 모양인데 잘된 일 아닙니까?"

나도 말 좀 할 줄 안다, 이거야.

나는 그녀를 향해 노골적으로 비웃음을 띠었다. 그래, 아줌마 한마디로 분위기 흐릴 거면 그냥 나가 버려. 안 말린다.

"필요없소! 황제, 태후인 내게 이토록 모욕을 주다니. 어디 두고 봅시다."

다행스럽게도 내 뜻이 아주 잘 전해진 듯 몸을 부들부들 떨며 밖으로 뛰쳐나가는 태후에게 나는 과장되게 허리를 숙이며 말했다.

"몸조리 잘하십시오, 어. 머. 님. 몸이 건강하셔야 선황께서도 기뻐하실 것이고 이 부족한 자식과 다시 만남의 기회를 가질 수 있지 않겠습니까."

"이익!"

페티르 황태후는 무섭게 쏘아볼 뿐 차마 화를 내지 못하고 연회장 밖으로 나가 버렸다. 감히 날 도발해? 내가 살던 한국에서도 가주가 되기 위해 사촌들과 피 터지게 싸웠던 나다. 이 정도쯤이야 우습다 이거야. 그렇게 속으로 중얼거리며 황태후가 나간 문을 향해 한참 동안을 쏘아보았다.

"폐… 폐, 폐하."

얼래? 누가 나를 부른다. 목소리가 들린 쪽으로 돌아보니 내 호위 기사인 노엘이 보인다.

잔뜩 얼어붙은 채 나를 쳐다보는 눈빛. 저 녀석 왜 저래? 나는 의아한 마음에 슬쩍 홀을 둘러보니 내 시선을 닿은 귀족들마다 움찔거린다. 못 볼 것 봤다는, 그리고 상당히 굳어진 표정들. 그걸 한마디로 표현하자면 쫄아 있었다.

　흠, 그냥 살짝 노려본다는 게 본격적으로 봤나 보다. 하긴 내 눈은 시퍼런 인광을 내는 구신들과 눈싸움을 하면서 단련된 것이니 평소에는 모르겠지만 진지해지면 보통 사람이 바로 쳐다보기는 힘들 것이다. 게다가 나는 기(氣)를 운용할 줄 아니까. 여기서는 마나라고 불리는 그것을 말이다.

　극히 일부만을 사용하며 단전에서 뿜어져 나오는 기를 느껴본 적이 없는 그들로서는 견디기 힘든 위압감일 테지. 하긴 지난번에도 이와 비슷한 일이 있었다. 그날은 절친한 친구인 진수의 생일이어서 같이 놀아준다고 밤 늦도록 밖에서 싸돌아다니며 놀다가 양아치 비스무리한 놈들과 마주쳤었다. 물론 이런 경우 돈만 주면 그냥 곱게 보내주는 것이 정석인지라 그냥 있는 돈 탈탈 털어서 주고 그냥 가려고 그랬는데 내 얼굴이 재수없다면서 몇 대 얻어맞았다. 물론 나도 의식하지 못하는 사이에 몽둥이로 뒤통수를… 머리가 터져 피가 조금 났고, 피를 보는 순간 빡 돌아버린 나는 열받았다는 표정 그대로 돌아봤었는데 처음에는 짜식, 니가 꼴아보냐? 하던 양아치들이 하얗게 질리면서 히에에엑 하는 요상한 신음 소리를 내뱉더니만 아래쪽에 암모니아수 냄새를 풍기면서 기절, 진수도 바닥에 주저앉은 채 반 기절 상태로 나를 올려다보고 있었다.

　사실 그때 나는 막 신기를 받아 내 몸에 몇몇 신들을 모시고 있었지만 아직 미숙해서 조금만 흥분하면 신이 밖으로 튀어나와 버리는 경우가 많았다. 물론 신이라고 한다면 대부분 부처들이다. 퇴마업을 하던 가문답게 악한 기운을 누르는 부처들이었지만 상당히 험악한 얼굴들이고 기운도 상당히 매서운 편이었다. 선량한 사람들이었으면 모를까 한 사악하는 그들을 내 신들이 곱게 봤을 리는 없었을 것이고 나의 깨어진 이성을 벗삼아 상당한 살기를 내뿜었던 모양이라고 잠정 결론지을 수 있었지만 어디까지나 70%는 나의 살기 30%는 그들의 것이었으니 그들의 탓만 할 수 없었던 것이다.

보통 사람은 보이지 않았겠지만 그 기운만은 확연히 느꼈을 터. 그 기운만으로도 보통 사람들은 기겁하고도 남을 일이었을 거다. 흠흠, 어찌 되었든 사정을 알 길이 없었던 나는 단걸음에 집으로 가서 화장실로 직행해 혼자 거울에 내 얼굴을 비추고, 그때 양아치들을 노려보던 눈빛을 그대로 띠어봤는데… 제길, 그렇게 무서워 보일 수가 없었다. 유리도 깨지고. 나는 그날 한잠도 못 잤다.

그날 이후 한 며칠 동안 진수는 나와 잠시 떨어져 지내야 했지만 그 표정을 본다면 친하다고 해도 가까이 오기 힘들었을 거다. 곧 사이가 친해져 잊고 있었는데 여기서 그 사실을 다시 깨닫게 하는군. 흠흠.

"이런, 태후께서는 성대한 장소를 싫어하시는 모양이오. 그대들이라도 즐겁게 놀다가 가야 하오. 짐의 이름으로 열린 연회가 이토록 허무하게 끝나서야 어디 되겠소? 자, 어서 마음껏 즐기시오. 곧 외국 대사들이 올 텐데 짧은 시간이라도 즐겨야 하지 않겠소?"

나는 잔뜩 겁에 질린 귀족들을 향해 웃으며 홀 안이 가득 울리도록 소리쳤다.

자자, 얼른 분위기 전환하자고. 나는 이런 무거운 분위긴 싫어. 물론 그것도 다 내가 한 인상하기 때문이긴 했지만 이걸로 귀족을 다루기는 한결 쉬워질 것 같으니.

"자, 메르델 경도 애스턴 경도 저기 계신 어여쁜 레이디들과 한 곡 추고 오지 그러나? 그대들이 나오기만을 기다리고 있는 레이디들이 아주 열정적인 눈빛을 보내고 있는데."

"폐하, 저희들은 폐하의 호위 기사입니다. 어찌 폐하의 곁을……."

당연한 반응.

"그럼 가지 말든가."

내가 그렇게 말하니까 순간적으로 굳어지는 노엘. 왜, 내가 한 번 더 권하면 나가려고 했어? 끌끌끌, 뭘 모르는구만. 정색을 하고 가기 싫다고 하는 사람더러 억지로 가라고 권하지 않거든. 노엘은 의외로 노는 걸 좋아하는 것 같았는데 안됐지만 이미 버스는 떠나갔다네.

그런데 오오, 루이스는 아무렇지도 않은 표정이로구만. 역시 마음에 든다니까. 방금 전의 상황이야 어쨌든 연회장은 다시 들떠 있었고 나도 기분이 좋았다. 나의 입가에는 미소가 떠어졌다. 그 순간 일부에서 여성들이 탄성을 지르고 얼굴이 붉어지는 사건이 발생했지만 나는 그 반응을 싸그리 무시했다. 신경 쓸 게 얼마나 많은데 그런 거에 신경을 쓰겠어. 그리고 시종이 건넨 와인을 한 모금 마셨다.

음, 맛있어… 달콤해. 이거 한 잔만 더 마시자. 꿀꺽.

3

 되다?

나는 지금 황성 정원을 걷고 있다. 공기도 좋고 조용하기도 해서 조~타.

"이제 그만 연회장으로 들어가시죠. 너무 오래 자리를 비우시는 것 같습니다."

조~기서 쫄래쫄래 따라오면서 잔소리를 하고 있는 애스턴만 없으면 딱 좋을 텐데. 쩝, 노엘은 얌전히 따라오는데, 저 녀석 반만 닮아봐라.

"조금만 더 있다가 들어가면 안 되겠나, 애스턴 경?"

"그렇게 말하시면서 한 시간째 이렇게 있으셨습니다."

벌써 그렇게 됐나? 하하하…….

"들어가지."

그래, 개겨봤자다. 그냥 알아서 기자… 게다가 홀에서 쬐끔 떨어졌으니 천천히 걸어가면 어느 정도 시간 때울 수 있겠지. 나는 홀 쪽으로 걸어갔다. 그는 싱긋 웃었다. 애스턴 경은 보기와는 다르게 웃음이 해 프다. 나와 같이 있을 때만 그런 건지, 아니면 원래 성격이 그런 건지 모르지만 아주 귀엽다고 생각한다.

그런데 언제 연회가 끝나려나… 내가 홀 안에 들어서자 잘~ 차려입 은 귀족 나리들의 시선이 집중되었다. 나는 예의상 스마일 해주며 간 간이 말을 걸어오는 그들에게 적당히 대꾸를 해주었다. 으윽… 이제 그만 좀 몰려와라, 이것들아. 가서 좀 앉자… 자리 한번 비웠다고 어째 평소보다 배로 몰려드냐. 그리고 보니 이때쯤 되면 내게 구원의 손길 이 닿을 때가 되었는데…….

"폐하."

오옷! 역시나 부르는구나. 나의 장인이며 내가 리본 노인이라고 부 르기를 주저하지 않는 리보아 공작. 저 노인네의 유들유들한 얼굴이 왜 이렇게 반갑게 보이나 몰라. 나의 이 마음을 아는지 모르는지 리본 노인은 천천히 나한테로 다가왔고 때맞춰 나를 둘러싸고 있던 귀족들 이 쫘악 갈라지면서 길을 만들어주었다.

"사절단이 도착했사오니 이제 그만 황좌에 앉으십시오."

"그러지."

나는 그렇게 대꾸하며 황석에 앉았다. 물론 내 옆에 있는 황후석은 지금 비어 있다. 방금 전에 내가 로위나를 돌려보냈기 때문이다. 황후 의 일로 태후와 나 사이에 있었던 다정한(?) 설전으로 위축되어 있어 긴장된 마음을 풀어주고자 잠시 정원으로 데리고 나갔는데 그냥 거처 로 돌아가서 쉬고 싶다는 그녀에 말에 나는 네이시아 시녀장을 불러 그녀를 데리고 가게 했던 것이다.

정숙하기는 하나 소극적인 편인 그녀를 신경 쓸 일도 많은 연회장에 계속 있게 할 수는 없는 일이었기 때문이다. 이번 일로 나는 다른 건 몰라도 로위나의 성격은 꼭 개조해야겠다고 결심하고 있는 중이었다. 물론 춤 선생도 같이 붙여주기로… 홀에서 딱 한 번 춤을 췄지만 아직도 발이 화끈거린다.

다른 건 몰라도 춤만큼은 완전히 마스터시켜야 한다고, 정 안 된다면 서툴더라도 내 발의 안전을 위해선 하다 못해 능숙해지게라도 만들어야 한다고 결심하고 또 결심하는 사이에 연회의 마지막 순서로 사절단들이 도착했다. 흐아아아암…….

"'크리아디아' 공국의 사절단 대표자이신 프라임스 외교대신님 드십니다."

내가 길게 하품을 하는 것과 동시에 문지기의 외침이 홀 안에 울렸다. 그리고 한 사내가 들어왔는데 별로 특별한 것 없는 위인이었다. 나이는 대충 50줄은 넘긴 것 같았고, 외모도 그럭저럭… 살이 좀 딩딩하긴 해도 추할 정도는 아니니… 물론 혼자 들어오지 않았다.

뒤에 줄줄이 몇몇을 끌고 들어왔는데 그들도 그 나라에서 꽤 알아주는 귀족들인지 홀 안에서 방금 전가지 놀고 먹고 있던 제국의 귀족들과 흡사한 화려무쌍한 옷이었다. 물론 방금 전 문지기가 언급했듯이 프라임스라는 이름의 백작이 그들 무리에 대표자다.

내 생일이라서 그런지 상당히 귀해 보이는 물품 상자가 시종들의 손에 들려오고 있다.

"위대하신 가이칸 제국의 황제 폐하를 배알드리옵니다."

"먼 길 오느라 수고했소."

그래, 이곳에 올 때까지 얼마나 가슴 졸였겠어? 비록 중재를 부탁하러 왔겠지만 대륙의 제1제국 황제를 면담해야 하는 게 당연한데… 조금 긴장되겠지. 암…….

"때마침 황제 폐하의 스물한 번째 생신이라고 하여 조촐하나마 제국에 대한 예의로써 몇 가지 준비해 왔으니 받아주시길 바라겠습니다."

"훌륭한 물건이오. 고맙소."

당연히 나는 그 물건들을 슬쩍 한번 보고는 별 감흥이 없다는 표정으로 시종을 불러 지금까지 받은 선물을 쌓아두었던 곳에 고스란히 처박아두었다.

"'푼트' 왕국의 사절이신 제1왕자 아민 라 마하트라님과 그의 '이무가드' 이신 소레만 드십니다."

시간 차로 울리는 문지기의 외침이 터져 나오고 나는 프리임스라는 이름의 백작에게서 시선을 거두고 막 들어서는 이들을 쳐다보았다. 홀 안에 들어선 '푼트' 국 사절단들도 줄줄이 비엔나처럼 사람을 끼고 들어왔다. 그런데 이 나라 사절단의 모습은 좀 특이한걸?

움… 그 뭐시냐, 그래, 사막 민족들이 입고 다니는 전통 복장과 비슷했다. 머리를 두르고 있는 터번이나 몸은 안의 수분이 증발하는 것을 막기 위한 두꺼운 천으로 온몸을 꽁꽁 싸매고 있으니… 그리고 복색도 복색일 테지만 또 다른 것이 내 시선을 모으고 있었다.

홀 안에 들어올 때만 해도 얼굴을 눈만 빼고 몽땅 천으로 감싸고 있던 그들이 곧 그것을 벗음으로써 드러난 그들의 외모 때문이었다. 확실히 사막 부족이라서 그런지 건장한 구릿빛 피부다. 허여멀거한 제국의 귀족들과도 크리아디아 공국의 사절단들과도 비교가 되는, 조금 이질적으로 보이는 얼굴들이다.

한마디로 서양인들 사이에 아랍 인이 끼어 있는 모습이랄까? 내가 보기에는 꽤 특이한 모습이었다.

"가이칸 제국의 황제를 배알하오."

호오~ 크리아디아 사절단들과는 비교되는 인사말이다. 황제에 대한 지나친 예절로 포장된 크리아디아보다 직설적이고도 조금은 오만해 보이는 그들만의 인사법이 내 맘에 쏙 들었다. 그렇지만 내 생일이라고 해서인지 그들도 선물을 싸 들고 온 모양들인데 나는 그런 거 안 줘도 된다고 말하고 싶은 마음이야 굴뚝같았지만 그냥 얌전히 받아서 다시 구석에 박아두었다.

그리고 나는 푼트 국 사절단들의 인사를 받아준 뒤 한 남자에게 슬쩍 시선을 옮겼다. 흠 대충 스물다섯 살쯤 되어 보이는 사내다. 남성미가 물씬 풍기는 잘생긴 호남형 미남자로 사내의 옆에는 나이가 지긋하게 든 노인도 함께 서 있었다.

사내의 복색에 간간이 치장되어져 있는 보석들로 봐서는 노인보다는 신분이 높아 보인다. 그리고 나는 방금 문지기에게서 들었던 푼트 국의 제1왕자가 그일 것이라고 확신할 수 있었다. 방금 전 크리아디아 사절단과 거의 비슷한 멘트로 인사를 나눈 나는 조금 긴장한 듯한 모습을 보이는 그들을 향해 긴장을 풀어주려고 미소를 지으려 했다.

하지만 나의 안면은 곧 굳어지고 말았으니……. 뭐, 뭐여… 이 기운은… 왠지 짜증이 불끈불끈 솟아오르고 온몸의 털이란 털은 곤두서 버리게 만드는 이 요상스런 이 기운은……!

아아아아아아아아아아아아아아~ 제에에에에에에에기이이이이기이이이가라라라라라라라알~!!

난 몰라, 이젠 신경 끄고 살기로 했단 말이야. 얼른 볼일보고 쫓아내 버릴터… 몰라몰라……. 하지만 이건 내가 태어나면서부터 가진 존심을 긁는 일인데……. 저건 일이라고! 지금은 내가 요로콤 있지만 얼마 전까지는 내가 때려 잡았어야 할 것들이라고! 여긴 이곈데 왜 저런 게 여기서 설치냐고. 아우~~ 짜.증.나. 모른 척하기에는 내 양심이 문제고… 그렇다고 잡아주자니… 여러 가지로 신경 쓰일 테고… 크으으으으……. 나중에… 그래, 나중에 생각하자. 골치 아픈 거 머리 속에 가지고 있어 봤자 세상 사는 데 도움도 안 돼. 그래, 잠시간이라도 편하게 살자 이거야. 어차피 방금 전 그 늙은 여시만으로도 벅차니까. 감당 못할 건 없지만 그래도 머리 아플 일은 되도록 적을수록 좋은 법이니까. 그래, 우선 이렇게 결론을 내렸으니 잠시 죽어 있어다오, 양심아. 쏘리(Sorry).

*   *   *

"지금 우리더러 말라죽으라는 소리요?!"

"우리가 언제 그런 말을 했다고 그러는 거요. 다만 나는 그대들의 사적인 문제를 이곳에서까지 거론하여 공정해야 할 이 사태를 흐리게 하지 말라는……."

"당신들에게는 하찮게 느껴질지는 모르지만 우리에게는 절실한 문제요!"

"그럼, 그대 왕국의 그 절실함 때문에 우리가 희생하란 소리요?"

"이익!"

정말 자알들 싸운다.

나는 벌써 30분째 사절단들이 들어온 직후부터 황석에 앉아 그들의 말싸움을 보고 있어야 했다. 나한테 중재를 바란다고 찾아와서는 서로

각각 형편을 밝히는 순간부터 목소리가 커져 버린 두 사절단들의 모습은 정말 지루했다.

물론 처음에야 재밌었다. 자기와 관련된 것만 아니라면 싸움 구경을 좋아하는 것이 사람의 심리인만큼 당연하게도 처음에야 재밌게 경청했지만 가면 갈수록 목소리가 높아지고, 또 했던 말을 반복하기만 하는 모습에 슬슬 짜증이 밀려 올라왔다. 지금 저들은 중재를 바라는 것이 아니라 아예 쌈을 해도 되는 정당한 이유를 내게 들려주는 것 같다.

"에이, 쌍. 싸우려거든 밖에서 다 싸우고 들어와. 여기가 느그들 쌈박질하는 장소야!"

라고 소리치고 싶지만 리본 노인의 눈초리는 어디까지나 내게 근엄한 황제의 모습을 강요하고 있다. 젠장, 젠장, 젠장, 나는 뭐라고 말은 못하고 더 이상 꼴보기도 싫어 그들에게서 시선을 거두어 버렸다.

그리고 잠깐 내 머리 속에 꾹꾹 눌러 담아두었던 지식을 뒤적였다. 팔락팔락 정치는 웅얼웅얼… 팔락팔락 황궁 예법은 중얼중얼. 이것도 아니고 제왕의 도리는 어쩌고저쩌고, 이건 아니고… 음, 음. 대륙 정세 음… 찾았다. 이 대륙에는 가이칸 제국을 제외한 4개의 나라가 있다.

크리아디아 공국, 푼트 왕국, 로드 왕국, 테프루스 왕국.

이렇게 네 곳. 로드 왕국은 왕국이라고 하기보다는 하나의 소국에 가까운 데다가 또 영토도 가장 작아서 상업을 주 업으로 삼으면 중개 무역을 하는 작은 도시와도 같다. 물론 국왕이 있긴 하지만 나라의 백성이 고작 10만이 조금 넘는 데다가 귀족의 수도 극히 드물어 그저 상징적인 존재일 뿐이다.

게다가 백성들의 수를 늘이기 위해 각국의 이민을 적극적으로 받아들이고 있다고 했다. 그다지 강한 나라가 아니어서인지 별로 알려진 것이 별로 없어서 우선 여기까지다. 그리고 크리아디아 공국은 가이칸 제국과 이웃하고 있는 동맹국이다. 물론 좋게 말해서 동맹국이지 제국에서 떨어져 나간 나라나 마찬가지다.

그곳의 국왕은 선황이었던 그레이엄의 제2가신이었던 나토 넬리비안이 그의 허락을 받아 세운 나라로써 제국의 영향력이 가장 크게 닿는 곳이다. 물론 지금은 몸이 쇠약해져 그의 아들이 다스리고 있지만, 그래도 어디까지나 그들은 제국에게 상당량의 공물을 바치고 있으며 그들은 국왕의 칭호를 사용하지 않는다. 국왕이라는 칭호 대신 이쿠렌(예속되다)이라 칭하며 제국에 대한 충성을 변함없이 바치고 있다. 그리고 또한 곧 나의 여동생인 아리스 공주와의 국혼도 진행 중이라 상당히 각별한 사이이다.

흠, 마지막으로 푼트 국. 복색을 보면 알 것이 이들은 특이하게 사막 민족이다. 그리고 또한 유목 민족이기도 하다. 몇몇 소수 부족으로 이루어져 '아메노카르'란 칭호를 가진 왕이 그들을 다스리는 나라인데 유목 민족이지만 특이하게 한곳에 머무른다. 물론 아메노카르가 나라를 다스리고 난 이후부터의 결과이지만 어쨌든 그렇다.

유목 민족답게 말도 잘 타고 검을 무척 잘 쓴다고 했다. 물론 보통의 밋밋한 검이 아닌 옆으로 조금 휘어진 아랍 풍의 무기다. 이곳에서는 그것을 아마도 그랜드 샴실(Grand Shamsheer)이라고 부른다 하지. 흠…….

분명 저들은 가이칸 제국에 비하면 일개 작은 소국에 불과했지만 그 어느 나라도 푼트 왕국을 굴복시킨 나라는 없다. 방금 전에 그들이 황제인 내게 한 인사에서 알 수 있을 것이 그들은 누구에게도 고개를 숙이지 않는 오만하고 자긍심이 강한 민족인 것이다. 그리고 마지막으로 테프루스 왕국은 신생국인데 푼트 국에서 떨어져 나간 벨베르 부족이 세운 나라다. 역사나 말 타는 솜씨가 탁월하며 호전적이기까지 해서 그들 나라와 비교적 가까운 곳에 자리를 잡고 있는 크리아디아 공국에서는 상당히 조심스럽게 대하는 편이다. 사이가 상당히 나빠 간혹 싸움이 붙곤 한다는데 요새 강성해지고 있는 나라란다. 흠… 물론 로드 왕국에서는 그들과 무역을 하면서 친분을 쌓아둔 상태고.

그들과 전혀 동맹 관계도 적대 관계도 아닌 나라는 가이칸 제국뿐이다. 물론 원래 강한 나라이고 보니 건드리고 싶어도 못 건드리는 것일 테지만. 어쨌든 크리아디아와 푼트 국이 가이칸 제국을 중재국으로 결정한 이유는 간단하다. 여태껏 대륙의 전쟁이 관여하지 않았으면서 수백 년 간 중재를 맡아왔던 국가이기 때문이다.

'김영진'이라는 녀석은 제국을 세움과 동시에 영토 확장을 이유로 전쟁을 벌인 것을 제외하면 결코 전쟁을 일으킨 적이 없었다. 하긴 평화주의를 지향하는 삼천리 강산의 환인 정신을 이어받은 단군의 자손이으로서 당연하다고 봐야 할 것이다. 그가 후손에게 내렸다는 유지를 살펴봤을 때 더욱더 그 확신을 더해주었다. 그 유지에서 제일 앞쪽에 있는 문구는 바로 이것이었다.

'널리 사람을 이롭게 하라.'

대한민국 사람이라면 한 번씩은 듣게 되는 문구다. 그리고 그는 사사로이 야망을 위해 전쟁을 벌이지 말도록 했다. 또한 모든 생명을 아끼지 못하는 자는 황제의 자격이 없다고 말하며 후에 자신의 후손들에게 충고도 겸해서, 그리고 귀족에게 정권을 휘둘리지 않도록 황제에게 절대 권력을 유지하게 하면서도 그의 가장 신임했던 가신은 물론 그 후예들에게 황제에게 올바른 길을 갈 수 있게 충언을 할 수 있도록 했다.

물론 그들 역시 1,000여 년 동안 정권을 탐하지 않고 어디까지 순수하게 황제를 보필해 왔다. 역시나 대단한 황제다. 나 역시 이곳에서 한이름 남길 생각이지만 존경스러울 정도다. 물론 그 가신이라는 게 누군지 아는 순간 속에서 열불이 났지만 말이다. 황제를 올바른 길을 가도록 충언을 해온 가문의 선조의 이름은 애드릭, 그리고 성은 빌어먹게도 리보아였다. 내가 리본이라고 부르길 주저하지 않는 그 뻔뻔스러움의 극치인 노인네라는 것이다. 그 말인 즉슨, 나도 그 리본을 옆에 가까이 두어야 하며 그 지겨운 잔소리를 들어야 한다는 말이다. 아아…젠장, 차라리 나 황제 때려치워 버려? 물론 농담이다.

이렇게 좋은 자리를 내가 왜 그만둬. 나의 이상을 이곳에서 마음껏펼칠 생각이다. 내가 살던 한국의 썩어 빠진 정치에는 진력이 나 있던나다. 당연히 이곳에 아주 멋들어지고 훌륭한 나라로 만들 거다. 으음?그런데 지금 이런 생각을 하고 있을 때가 아니다. 여기서 나의 이상을잠시 접고 저 두 나라가 2년여 동안 피 터지게 싸운 이유는 대륙의 나라 간에 흔히 있어온 영토 분쟁이다. 그리고 그 분쟁지가 된 영토는'달의 강'이다.

크리아디아와 푼트 국의 국경 지대의 경계로 딱 중앙에 위치한 강이다. 대륙의 끝에 있는 설산(雪山) 페이샨의 봉우리에 일 년 내내 하얗게둘러싼 눈이 녹으면서 '달의 강'으로 통하는 시냇물로 흘러 들어가 가뭄 시에도 강의 수량이 줄지 않는다고 한다. 사막 국가인 푼트 국으로서는 당연히 식수로 사용하고 있었고 크리아디아에서도 어디까지나 묵인하고 있었다. 그런데 갑자기 2년 전쯤인가 크리아디아의 국왕이 무슨 정신인지 갑자기 강의 소유권을 따지고 나서면서 서로 간에 외교적마찰에 생겨 버렸고 전쟁으로 이어져 버린 것이다. 그리고 계속되는 소모전에 두 나라는 잠시 강화를 준비하고 무난한 마무리를 위해 제국으로 와 중재를 요청했다.

쯧쯧, 무식한 넘들. 할 짓이 그리 없어서 강 하나 가지고 쳐 싸웠단 거야.

"우리는 더 이상 입 아프게 싸우고 싶지 않소, 황제! 기분 좋은 폐하의 생일날 이런 방문을 하게 된 것을 우선 사죄하오. 하지만 우리 푼트 국은 더 이상 이런 소모적인 전쟁을 하고 싶지 않으니 크리아디아의 그 강의 소유권을 철회시키고 푼트 국과 아울러 크리아디아에 아무런 문제가 없도록 중재해 주길 바라는 바요."

오옷, 꽤 당찬 왕자일세. 곧 왕세자가 될 예정이라더니만.

아주 거침이 없군. 흐음… 크리아디아 사절단들도 방금 전까지 죽일 듯이 말다툼하던 것과는 다르게 얌전히 있고. 그들도 똑같은 생각이라 이 건가? 그럼, 간단하겠구만 뭐. 푼트 국은 지금 물이 필요한데 먹을 물의 대부분은 그 강에서 해결해 왔다.

그런데 크리아디아가 갑자기 그 강은 본국의 국경 지대에 가깝고 크리아디아의 입장에서 보면 명백한 침범 행위라고 판단하고 그들의 접근을 막았고… 그리고 전쟁이 쾅 터지고 그렇다면 결론은……

나는 막 떠오른 생각을 머리 속에 되뇌어 앞뒤가 잘 맞는지 확인하고서는 입을 열었다.

"그럼, 결론은 간단하겠군 뭐. 푼트 국 사신들은 지금 물이 필요한데 백성들 모두를 먹일 물은 지금 크리아디아의 달의 강뿐이고, 크리아디아 공국에서 보자면 강은 본국의 국경 지대에 가깝고 침범 행위로 볼 수 있으니 도저히 국경을 넘어오는 것을 좌시할 수 없다, 이거 아닌가? 그렇지?"

끄덕끄덕.

"그럼, 그곳을 중립 지역으로 만들면 되겠구만. 그럼, 크리아디아와 푼트 국 각자가 손해가 가지 않을 거고. 안 그래?"

내가 이렇게 말하니 오오, 그런 간단한 방법이! 하는 표정을 띠는 푼트 국 대표들. 무식하게 싸워서 어찌해 보려고 했었수? 쯧쯧, 이런 간단한 문제로 2년 동안 피 터지게 싸웠을꼬. 정녕 화끈무식하구려.

하지만 크리아디아 대표들의 표정은 썩 밝지만은 못하다. 사실 달의 강은 그들 나라로서는 별로 필요없는 곳이지만 그래도 그냥 버리기에는 아쉬움이 많은 강이다. 그들 나라의 영토 밖이라고는 하지만 기마 민족으로서, 사막 민족이지만 강인한 군사력을 가진 푼트 국을 물로써 견제하고 또 회유시켜온 곳이었기 때문이다.

물론 2년여 동안 전쟁이 계속된 이유는 크리아디아에서 30년 만에 갑자기 닥친 가뭄 때문에 그들 역시도 물이 필요했기 때문이었다. 당연하게도 나의 중재 겸 해결론에 푼트 국 사신들은 만족해하는 반면 크리아디아 사신들의 얼굴은 뭐 씹은 것처럼 바뀔 수밖에.

하지만 그들도 물의 소유권을 따지면서 푼트 국이 국경 안으로 들어오는 것을 막았던 이유가 있었다. 푼트 국은 많은 소수 부족들로 이루어진 국가로 거의 대부분의 부족이 통합되어 정착하고 있지만 여전히 떠돌아다니는 부족도 몇 된다. 그런 부족들이 푼트 왕국도 모르는 사이에 물을 뜬다는 이유로 민폐도 끼치고 했던 모양이었다.

계속 피해가 늘고 또 원성도 높아지니 근본적인 해결책을 찾으려고 아예 그들의 출입 자체를 막아버린 모양인데, 그들도 괜히 물의 소유권을 따지다가 졸라 터졌을 테니 이젠 더 이상 물의 권리를 주장할 것 같아 보이지 않는다. 흐흐흐… 당연히 그래야지. 누구 말이라고 어겨. 난 황제라 이거야. 내가 슬쩍 운을 던지니 이제는 알아서 서로 중재 조건을 조절하는 듯하던 사절단들은 곧 서로 만족한 듯 물러났고 나도 조용히 황석에서 일어났다.

나중에 내가 처리한 이 일에 대해서 리본 노인이 뭐라고 할 테지만 제대로 결론 봤으니까 대충 넘어가겠지. 으음. 그럼, 이제 그만 가서 잘까나… 가 아니다.

나는 슬쩍 푼트 국 사신들을 쳐다보며 잠깐 고민했지만 결국 나의 양심에 따르기로 했다. 흑흑, 난 여기서만큼은 편하게 살고 싶었는데 갑자기 인기 가수 싸이의 노래 가락이 떠오르는구나.

두려운 거야, 드러운 거야. 아니면 날 속 터져 죽이려는 거야? Show 하는 거야. 뭐야, 당신 나랑 지금 장난하는 거야. 기껏 살려주고 나니 아까운 거야. 이 10원짜리야, 이리로 보내놓고 이러는 이유가 뭐야. 기껏 새 인생 잡고 살려는 인간을 잘못 건드리면 혼난다는 걸 모른다면 당신은 바보. 무심코 그냥 이라고 말한다면 이렇게 만든 내 인생 돌려줘. 그리고 당신의 그 한마디 내 마음에 파도. 날 가지고 장난했다면 당신을 타도할 거야. 바로 잡아줄 거야. 바로 혼내줄 거야. 진심이었다면 당신의 일거수일투족을 절단낼껴. (R)나 완전히 새 됐어. 나 완전히 새 됐어.

내가 각색한 이 노래를 그들에게 바친다.

크흑. 확실히 내 머리가 이상해졌어. 푸르딩딩이! 너 임마, 책임져. 으흑, 이젠 나도 몰라. 가서 잘 거야. 내가 연회석을 나오니 당연하게도 두 호위 기사들이 쫓아왔고 나는 하품을 찍찍 내뱉으며 내 거처 앞까지 여유작작하게 도착했다.

"편히 주무십시오, 폐하. 내일 아침 모시러 오겠습니다."

"으하아아… 으음. 그래, 두 사람도 잘 자라고."

노엘과 루이스는 고개를 조아리며 대꾸했다.

"네, 폐하."

그런데 내가 거처 안으로 들어갈 때까지는 돌아갈 생각이 없는 모양이다. 그렇다면 빨리 들어가 줘야겠지? 나도 할 짓이 있는데. 하지만 그전에 먼저 해야 할 게 있지. 나는 루이스에게 다가가 어깨를 툭툭 쳤다.

"애스턴 경."

내 부름에 그가 고개를 드는데 일면의 차분함으로 있던 그는 의아한 눈빛을 숨기지 않은 채 나를 올려다본다. 나는 빙긋 웃음을 지으며 그의 귓가로 입술을 가까이 갖다 대며 낮게 소곤거렸다.

"애스턴 가문의 부흥을 진심으로 축하하네, 루이스. 그리고 약속을 지켜줘서 고맙다."

루이스의 동공이 커지며 눈빛이 크게 흔들리는 게 보인다.

"잘 자라고, 루이스."

"아앗! 폐하. 지금 저를 빼고 무슨 말씀을?"

"얼래? 노엘, 질투하는 건가?"

"당연하지요, 폐하. 이래 봬도 폐하의 소년 시절부터 옆에서 해온 저인데. 저만 쏙 빼놓고 이러실 수가 있으십⋯⋯."

노엘의 항의 섞인 발언이 이어졌지만 나는 눈빛으로 그의 입을 막았다. 그리고 거처 쪽으로 걸음을 옮겼고 왠지 그들에게 꼭 해주고 싶은 말이 생각났다. 그리고 바로 실천에 옮겼다.

"잘 자~ 내 꿈 꿔."

모 CF 광고의 멘트였던 것 같다. 어쨌든 모두모두 잘 자길 바라며 나는 거처로 들어갔다. 뒤에서 멍하니 서 있는 루이스의 모습에 웃음이 나왔지만 그대로 오늘 하루 꽤나 즐거웠다. 지루하지도 않았고. 정말 스릴 만점인 하루였다.

제 2 장

마법을 배우다

1

마법을 배우다

자리라. 푹 자리라.

그렇게 맹세하고 또 맹세하며 연회가 끝나기만을 기다렸던 나의 인내의 끝은 내가 밤을 샘으로써 막을 내렸다. 쏟아지는 수면욕을 누르며 밝아오는 동녘을 바라보면서 잠시 나는 너무도 양심적인 내 마음에 대한 원망이 울컥 솟아올랐다. 그리고 순간적으로 아버지의 얼굴이 떠올랐다.

이것을 공짜로 만들어준 것을 알면 아버지는 뭐라고 하셨을까? 아마도 이 돈 아까운 모르는 놈아. 죽어! 하는 소리와 함께 검이 날아왔을 테지. 그리고 최소한 난 사망. 아아… 나는 밤새 잠을 포기하면서까지 만들어낸 완성작을 바라보며 흐뭇함과 아쉬움을 반반씩 느꼈다. 재료가 조금 딸리긴 했지만 너무나도 만족스럽게 만들어진, 내가 밤새 흘린 피땀이 배어 있는 이것… 오오오옷! 이렇게 말하니 아까워 죽겠다. 크으…….

"흐아아아아."

갑자기 하품이 쏟아져 나왔다. 나는 눈가에 맺힌 눈물을 손등으로 훔쳤다.

우우… 졸려. 잠자긴 다 그른 것 같은데 몸이라도 쪼까 풀자.

따라따라따따라따라따단 따딴딴 국민 체조 시작.

하나, 둘, 셋, 넷! 옆구리 운동, 숨 쉬기 운동, 온몸 운동. 한국의 청소년이라면 한 번씩은 해봤을 대중적인 운동으로 찌뿌둥한 몸을 풀고 있으려니 센시아를 포함한 수명의 시녀들이 우르르 몰려왔다. 몇몇은 내가 씻을 물을, 또 몇몇은 갈아입을 옷을, 그리고 치울 것도 없는 방을 청소하기 위해 도구를 가지고 들어왔다.

음, 아니다. 어제 내가 밤새 벌여놓은 것 땜시 치울 게 있을 거다.

"어멋? 여기 카펫에 웬 낙서가 돼 있지?"

"여기도… 꺄악! 이건 피야."

정확하게는 닭 피지. 흠.

내 귀에 시녀들의 낮은 비명 소리가 들려왔지만 나는 모른 척 시녀들이 가져온 물로 세수를 하고 평상복을 걸쳤다. 식사를 가져왔지만 별로 먹고 싶지 않아 아침을 거르곤 곧장 거처를 나왔다. 내가 복도로 나오니 근처를 지나던 시녀들과 아침 일찍부터 입궁해 있던 귀족들 몇몇이 나를 보며 황망히 고개를 숙인다.

나는 그들의 인사를 가볍게 받아넘기고는 걸음을 바쁘게 옮겼다. 그러다가 어느 순간 나의 눈에는 황성의 광경이 눈에 비춰졌는데 순간 나는 나도 모르게 걸음을 멈췄다.

으음, 역시 넓군. 전형적인 중세 성의 광경이다. 뭐라고 표현하긴 힘들지만 베르사이유의 장미에서 오스칼이 포르니야크 부인에게 어머니를 잃고 복수하려고 달려든 로자리에게 보여준 베르사이유 궁의 정원 광경과 비슷했다. 또 다르게 말한다면 오스칼과 마리 앙투아네트가 마지막으로 이별을 나누었던 정원과 비슷할지도, 아니, 거의 똑같았다. 그리고 성의 모습을 정확히 묘사하기는 무리겠지만 일반적인 중세식 성과는 조금 달라 보였다. 성의 모습이 일반 성과 달리 그렇게 딱딱하지도 않고 고대 동양식 건물처럼 부드럽게 유연한 선이 아주 조금 있었던 것이다. 그리고 으음… 나의 표현력 부족으로 더 이상은 무리다. 하여튼 멋진 광경이다.

미로처럼 복잡한 정원과 규칙적으로 세워진 신상 사이로 하늘을 향해 시원하게 뿜어내는 대리석상의 분수를 구경한 나는 잠시 멈췄던 걸음을 다시 재촉했다. 뒤에는 어느새 친위대 기사들 수 명이 따라붙고 있었지만 상관없었다. 지금 나는 급했다. 기껏 만든 것을 이대로 썩힐 수는 없는 일. 얼른 건네줘야 했다. 어젯밤부터 안정하지 못하고 팔딱팔딱 뛰어대던 내 양심의 진정을 위해서라면 뭐든 못할까. 하지만 우선 집무실로 걸음을 옮겼다.

"폐하, 간밤에 평안하셨습니까?"

"평안은 무슨. 사절단들이 귀국한다고 하는데 그들의 귀국 준비는 모두 끝마쳤겠지? 아니, 그보다 내가 말했던 것은 구했나?"

집무실 안에는 리본 노인네가 나를 기다리고 있었다. 나는 그의 인사를 대충 받아주며 물었고 공작은 고개를 끄덕였다.

"네. 폐하께서 말씀하신 것을 그대로 준비해 왔습니다. 그런데 그건 왜……."

"아아, 나중에 설명해 줄 테니 구해왔다면 얼른 내놔봐."

공작은 나의 재촉에 잠시 고개를 갸웃거리는 듯싶었지만 손바닥만 한 나무토막을 건넸다. 직사각형 모양으로 잘 다듬어진 것을 확인한 나는 흐뭇한 웃음을 띠며 말했다. 나는 밤새 만든 것을 나무에 붉은색 끈으로 단단히 동여매었다. 그리고 미소를 지었다.

"확실하군. 여기에도 이런 것이 있다니 운도 좋지. 하긴, 여기도 사람 사는 곳인데 이런 게 없다면 더 곤란하지만."

"폐하, 그것이 무엇입니까. 뜬금없이 그런 나무를 구해달라고……."

"아, 글쎄 나중에 설명해 준다니까. 잔소리 말고 따라 나와, 공작. 노엘과 루이스는 아직 안 왔어?"

"사절단들을 배웅하려고 제가 먼저 나가 있도록 했습니다."

"그래, 그럼 나가자고."

그렇게 다시 집무실을 나와 걸음을 바쁘게 놀려 도착한 곳은 막 귀국 준비를 끝낸 사절단들이 모인 황성의 광장이었다. 황제인 내가 직접 배웅해 줄 필요는 없었지만 그래도 나의 행동에 별말들은 없었다. 리본 노인네도 다른 나라 사람들 눈 때문인지 뭣 때문인지 모르지만 얌전히 있었고 말이다.

크리아디아 공국 귀족들은 모두 황제인 내가 직접 나와 그들을 배웅하는 것에 감격한 듯 고개를 숙였다. 대부분이 가이칸 제국의 출신이니 당연한 현상이지만, 나는 사절단들이 온다는 말을 들은 후부터 리본 노인이 준비해 두었던 선물들을 각각 선물로 주었다.

선물은 상자 하나로 상당히 적었지만 모두 상등품이 확실한 옷감과 보석들이었다. 제국은 대륙의 오랜 패자였고 크리아디아나 로드 왕국으로부터 상당한 양의 공물을 받아왔었다. 물론 푼트 국도 양은 비록 적지만 그들 나름대로 제국에 대한 예우를 차리며 공물을 조금씩 바쳐

왔다. 그렇지만 제국도 무조건 그들의 공물을 받지 않았다. 제국 역시도 그들이 바친 공물에 대한 답례로 간단한 선물로 보답을 해왔고, 또한 그것도 각 나라에서도 관례처럼 이어져 온지라 별로 이상할 게 없는 일이었다.

에에… 그보다 그 녀석 어디 있지? 푼트 국 왕자가… 오옷, 저기 있구만. 그런데 여전히 천으로 얼굴을 뒤집어쓰고 있구만. 안 더울려나. 분명 지금은 내가 살던 곳의 봄 날씨처럼 조금은 서늘하긴 했지만 그래도 저렇게 둘러쓰고 있으면 무지하게 더울 텐데. 매일 저런 옷을 입고 사는 저들이 새삼 존경스럽다.

아마도 자신을 쳐다보는 내 눈빛을 느낀 모양이다.

하지만 황제인 나의 눈빛을 피하지도 않고 당당하게 마주하다니 간이 제법 큰가 보다. 이름이 아민이라고 했었던가? 나는 피식 웃으며 그에게 다가갔다. 돌연한 나의 행동에 리본 노인네는 물론 근처에 있던 이들은 모두 당황하는 눈초리다. 푼트 국 사절단들도 다른 이들과 마찬가지인 것 같았지만 아민 왕자는 혹시나 싶어 자신에게 다가오려는 수하들을 손짓으로 멈춰 서게 했다. 그리고 나는 그 모습을 보며 피식 웃음을 지었고 곧 그것을 건넸다.

당연히도 이것이 무엇이냐고 묻는 눈빛에 나는 미소를 지었다.

'눈빛에 흔들림이 없는 왕자야. 하긴 저 눈빛만 아니었다면 모른 척했을 테지만. 쿡쿡.'

나는 그만이 알아들을 수 있게 작게 속삭였다.

"아무런 해도 없는 거니까 몸에 지녀요. 이걸 몸에 지니고 있으면 편히 잠을 잘 수 있을 거요, 왕자."

아민은 눈을 크게 뜬다. 어떻게 그걸? 하는 표정과 함께 나와 내가 밤새 만든 그것을 번갈아 보며 의심스런 눈빛으로 나를 쳐다본다. 하긴, 제 딴에는 숨길 수 있을 거라고 생각했을 테지. 하지만 내가 보통 사람이냐? 다른 건 몰라도 이런 종류의 일이라면 내 눈은 절대 못 피해, 임마.

보아하니 상당히 시달린 것 같은데. 에잇, 생각하기도 싫다. 나중에 해결 보기로 한 이상은 할 수 없지. 그리고 가져가려면 빨리 가져가라고 내밀어진 내 손이 부끄럽다.

"……."

결국은 집어 든다. 그럴 거면서 빨리 좀 가지고 가지. 쪽팔리게스리.

"목걸이니까 목에 거시오, 왕자. 아니, 내가 걸어주도록 하지."

나는 그가 그것을 집어 안쪽 주머니에 넣으려고 하자 단호하게 그의 손에서 그것을 빼앗아 든 뒤 목에 대뜸 걸었다. 아민이 잠깐 당황하는 듯 했지만 나는 싸악 무시해 버리곤 또박또박 말했다.

"절대로 벗지 않길 바라겠소, 왕자. 그럼 잘 가시오."

나는 내 할 말만 하고 몸을 홱 돌림으로써 더 이상의 관심을 끊어버렸고, 뒤에서 모든 상황을 지켜보고 있던 제국의 가신들을 포함한 모든 이들이 더없이 황당한 표정을 짓고 있었지만 뭘 쳐다보느냐는 나의 시선을 받자 곧장 시선을 거두어들인다.

알아서 기는군. 흠. 한마디 한마디 또박또박 끊으면서 강조하고는 한 치의 망설임도 없이 그에게서 발걸음을 돌려 버리고는 크리아디아 공국의 사절단들과 형식적인 인사를 나누었다. 그러는 와중에도 뒤통수로 자꾸만 쿡쿡 박히는 누군가의 시선이 느껴졌지만 나는 그쪽으로 시선을 돌리지 않았다.

끼릭— 끼리릭—

그리고 내려져 있던 성의 철장이 올라갔다. 출발 준비가 끝난 사절단들은 열려진 황성의 문밖으로 천천히 빠져나갔다. 흠, 그런데 태후가 안 나왔네. 하긴, 어제 그렇게 나한테 뜯겼는데 이 자리에 나온다는 것 자체가 잘못된 거지. 신경 끄자. 어차피 마음에 들지도 않았던 아줌씨였는데 내가 왜 그런 걸 신경 써야 돼? 나는 그렇게 착한 놈이 아니라고. 내가 미쳤다고 나 싫다고 칼 가는 아줌마한테 잘해주겠냐? 그렇게 내 꼴을 보기 싫거들랑 서로 안 보고 살자 이거야. 하지만 조금 껄끄러운 건 사실이다. 몸조심 좀 해야겠어. 으음.

내가 속으로 그렇게 중얼거리면서 황성을 빠져나가기 시작하는 각국의 사절단들을 바라보았다. 어쨌든 내가 황제가 되고 난 후 처음 해낸 일은 만족스럽게 끝났다. 기분 좋다.

그렇게 내가 만족해하며 싱글벙글 웃고 있을 때였다.

콰콰콰쾅.

갑작스럽게 굉음이 울린 것은. 나는 그 소리에 놀라 몸을 흠칫 움츠렸다.

"뭐, 뭐야?"

저도 모르게 커진 내 음성에 옆에 있던 근위병들이 내게 몰려왔다. 루이스와 노엘도 내게 다가오려는 듯했지만 거리가 좀 멀어서였는지 가까이 오지 못하고 있었다. 하지만 나 말고도 다른 사람들은 별로 놀라는 표정들이 아니다. 이 소란이 무엇인지 익숙하다는 느낌을 받게 한다.

피요오옹— 번쩍번쩍. 피우우웅— 번쩍번쩍.

"불꽃놀이?"

아닌 밤중에 홍두깨… 가 아니고 대낮에 왜 불꽃이… 오옷! 그보다 꽤나 멋진 광경일세.

낮이라서 그렇지 밤이었다면 굉장히 장관이겠는데.

쿵!

"으악!"

얼래? 이게 뭔 소리야. 뭐가 떨어지는 소리가 들렸는데? 비명 소리도. 나는 허공에서 시선을 돌려 소리가 들린 쪽을 바라보았다. 나뿐만 아니라 내 근처에 있던 다른 사람들도 모두 다. 그리고 곧 나를 포함한 다른 이들은 방금 그 소리의 출처를 알 수 있었다.

크리아디아 공국 사절 중 한 명이 방금 전의 소란으로 놀라 말에서 떨어졌던 모양이다. 막 성문 앞에 도착해 황성 밖으로 나가려던 크리아디아 공국 사람들이 말에서 떨어진 그를 부축해 준다. 괜찮냐, 다친 곳은 없냐 등등 모두 한마디씩 하는데… 소리를 보아하니 아프기도 되게 아플 테지만 방금 전에 말에서 떨어진 사람 좀 쪽팔릴 것 같다. 복장을 보아하니 사절단을 수행하러 온 기사인 것 같은데.

기사가 말에서 떨어지다니 두고두고 구설수에 오를 일이다. 그런데 대체 누구야? 사절단들이 떠나고 있다고는 하지만 아직 수도를 벗어나지도 않았는데 얼마나 놀라겠어. 내가 그렇게 생각하며 혀를 차고 있을 때였다. 이 일에 대한 궁금함에 옆에 나를 보호하고 있던 근위대 기사 한 명에게 막 물으려는 찰나, 나는 정말 심장마비로 죽을 뻔했다.

"결국은 해낸 것 같군요. 허허허."

허억! 나는 무진장 놀랐다. 웬만한 것에는 눈도 깜짝 안 하는 내가 이렇게 놀란 이유는 언제 왔는지도 모를 정도로 순식간에 내 옆에 등장한 리본 때문이었다. 내 오감은 꽤 예민하다고 자부하는 편이지만 긴장을 풀고 있었던 게 문제였던 모양이다. 그렇지만 단 한 번의 기적도 못 느끼다니. 으음, 수련이 부족해. 좀 더 공부를 해야겠어.

'망할 영감쟁이 같으니. 제발 오려면 기적 좀 내고 와. 날 놀래켜 죽일 셈이야?'

물론 위의 말은 어디까지나 나의 입 밖으로 나오지 않았다.

"뭐가? 공작은 이 사태에 대해서는 짐작이 가는 게 있는 모양이지?"

결국 내 입에서 나온 말은 이것이었다. 그놈의 황제의 위엄인지 뭐 때문인지 터질 듯이 뛰고 있는 심장을 진정시키며 겉으로는 아무렇지도 않은 어투와 태도로 나는 물었다.

리본은 나에게 더없이 온화한 웃음(우욱)을 짓고 있다. 그 미소에 나는 일주일 전에 먹어서 이미 소화되었을 된장찌개가 올라오는 느낌을 받았지만 꾹 참았다.

거두절미하고 빨랑 설명하라는 내 눈빛에 리본은 넉넉한 웃음을 띠며 어딘가를 가리킨다. 허공을 보라는 말 같은데 90도에 가깝게 목을 들어보았다.

그리고 나는 그 순간 누군가를 볼 수 있었다. 허공에 몸을 띄운 채 미친 듯이 발광하고 있는 광놈(?)을.

"크핫핫핫! 드디어 해냈다. 오오, 대륙을 내려다보는 마법의 신 헬레니온님께 이 영광을!"

아주 발광한다. 하늘을 향해 손을 뻗고 기도하는 시늉을 하는 모습은 한마디로 한 명의 미친 X을 보는 듯했다. 아니, 그보다 암만 봐도 평범한 사내가 하늘을 날고 있다니. 그 모습에 내 머리 속에 번뜩 스쳐지나가는 단어가 있었으니.

"마법?"

바로 그것이었다. 판타지 소설에서 한 번씩은 꼭 나오는 그거. 주문을 외우면 하늘도 날고 불덩이든 뭐든 만들어낸다는 그 무적의(맞나?) 힘.

"리… 아니, 공작."

"네, 폐하."

"저 녀석 누구지? "

"제국의 궁중 마법사인 키몬 티에르입니다."

"실력은?"

"대충 6서클 후반부 정도라고 들었습니다."

나는 눈을 반짝였다. 마법사라 이거지? 훗훗. 게다가 6서클?

"공작, 그를 불러줘."

"그를 부르시는 연유를 여쭈어도 되겠습니까, 폐하."

나의 요청에 리본이 이유를 물었다. 연유를 말 못해줄 것도 없지.

"방금 결심했거든."

"무엇을요?"

"마법을 배울 거야."

"에엑?"

어엇! 새로운 발견이다. 리본에게 저런 괴상스런 비명 소리가 나올 수도 있다니. 나는 새삼 새롭게 리본을 쳐다보며 다시 또박또박 말했다.

"마법을 배울 거야."

어차피 옛날부터 배우고 싶었던 건데 마침 궁중 마법사라는 좋은 스승님도 있겠다.

그래, 꺼릴 게 뭐 있어. 배워두면 좀 좋아? 그렇게 절실하게 필요한 힘은 아니지만 그래도 난 배우고 싶다 이거야. 그런고로 기둘려라, 마법아. 내가 간다~ 우후후후.

*   *   *

한편 그 시각 가이칸 제국의 황성 센피리온의 남쪽에 위치한 태후궁에서는 작은 소란이 일고 있었다.

콰장창!

"그놈이 감히 이 나를 모독해! 이 나라의 황태후인 나를!"

씩씩거리는 그녀의 거친 숨소리와 함께 터져 나온 찢어질 듯한 비명과 그녀의 손에 내던져지는 방 안의 물건들이 깨지고 찢어지는 소리에 태후궁의 시녀들 모두는 한결같이 하얗게 질려 있었다. 한두 번 이런 것도 아니지만 독이 올라 분노를 토해내고 있는 태후의 모습은 매번 보아오던 시녀들조차 겁에 질릴 수밖에 없는 모습이었다.

한참을 물건을 집어 던지며 괴성을 질러대던 그녀가 거친 숨을 몰아쉬었다. 거처로 돌아온 직후부터 거의 한 시간 간격으로 밤새 방 안의 물건이란 물건은 거의 부순 그녀였다. 하지만 그렇게 했어도 도저히 화가 풀리지 않는지, 이 궁의 주인인 페티르는 어느새 손에 들려진 화려한 화병을 집어 던졌다. 당연하게도 중력의 법칙에 따라 그녀의 손에서 던져진 병은 바닥과 부딪쳐 깨져 버렸다.

콰장창.

방 안에 멀쩡한 것이 거의 남아 있지 않게 되어서야 그녀의 행동이 멈췄다. 태후라고는 해도 페티르, 그녀 역시도 사람인 이상 지치는 것은 당연한 것이었기에 한참을 그렇게 날뛰고 보니 심한 피로와 함께 갈증을 느꼈던 것이다.

꿀꺽꿀꺽.

그녀는 물을 단숨에 비웠다.

그리고 탁자를 부술 듯, 던질 듯이 잔을 내리곤 몸을 부르르 떨었다. 벌써 10년이 넘었다. 이 이상 분노할 것도 없을 거라고 생각했는데. 태후의 몸은 가늘게 떨렸다. 그리고 씹어 내뱉듯이 외치는 말은 짙은 독기마저 느껴졌다.

"카인, 그놈을 내 손으로 꼭 찢어 죽이리라."

"그렇게 흥분하시면 몸만 상하십니다. 그만 화를 거두십시오, 태후마마."

시녀가 가져온 물을 단숨에 비워내고 거칠게 숨을 토해내고 있으려니 한 중년의 시녀장이 다가와 그녀를 말렸다.

그녀가 다가오자 분을 삭이고 있던 페티르의 눈빛이 조금 가라앉았다.

"그대라면 지금 진정할 수 있겠나? 나는 그 어린것에게 모독을 당했어. 그것도 공식적인 석상에서 귀족들이 모두 있는 그 자리에서! 제국의 태후인 나를 그놈이 감히!"

하지만 눈빛만큼 목소리는 그렇게 크지 않았고 다른 시녀들을 대하던 고압적이고 신경질적인 태도는 사라졌다. 그도 그럴 것이, 그녀는 태후가 황후 시절부터 옆에서 시중을 들어온 세포라 시녀장이었기 때문이다. 태후보다 10살쯤 많아 보이는 세포라는 그녀의 이런 모습이 무척이나 익숙하다는 듯한 표정이다.

그녀가 다가오자 분을 삭이고 있던 페티르의 눈빛이 조금 가라앉았다. 그 시녀장은 태후 자신과 거의 20년을 함께해 온 사이였던 것이다.

태후는 마음을 진정시키기 위해 물 한 잔을 더 비웠지만 도저히 화가 풀리지 않았다. 조금 진정이 되었던지 숨을 고르게 쉬고 있는 그녀였지만 방에 널린 유리 조각을 치우던 두어 명의 시녀들은 간간이 꿈틀거리는 황태후의 주먹을 보며 언제 또다시 폭발할지 모른다는 생각에 가볍게 몸을 떨었다.

이미 한 번씩은 이런 비슷한 경우에 태후의 곁에 있었던 시녀들 몇몇이 그녀가 기분 나쁘다는 이유로 내던진 물건에 다치거나 맞아 죽은 시녀가 있었던 것이다.

혹시나 그녀의 근처에 있다가 그렇게 될까 봐 시녀들은 몸을 사렸다. 태후는 그런 시녀들의 마음을 알아챘던 것인지 단박에 인상을 팍 구기며 속으로 화를 삭였다.

아무리 그녀가 태후라고 해도 황성 내에서 이런 소란을 피운 것에 대해 시녀들의 입에 오르내리게 되면 신경이 쓰일 것은 당연했다. 하지만 태후의 태도에 얼어붙어 있는 시녀들과 달리 세포라는 느긋하게 미소까지 머금고 있다.

"이대로 넘어가지 않을 것이야. 그 어린것에게 내가 당한 모독을 그냥 넘길 줄 아는 모양인데 어림도 없지. 내 무슨 일이 있어도 그놈을 찢어 죽이고야 말 것이야. 그러기 위해 무슨 방법이 없겠는가, 세포라?"

"듣는 귀가 많습니다. 부디 자중하십시오, 태후마마."

세포라는 고개를 조아리며 짐짓 충고하듯 말했고, 페티르는 그제야 방 안에 그녀의 시녀들도 있다는 사실을 깨달았다.

"너희들은 물러나 있거라."

"방을……."

"나중에 치우고 당장 나가라고 하지 않느냐!"

페티르 태후의 말에 한 시녀가 방을 둘러보며 주저하듯 입을 열었지만 그녀의 입에서 또다시 터져 나온 신경질적이고도 앙칼진 음성에 흠칫 놀라며 급히 허리를 숙이며 물러났다.

시녀들이 모두 사라지고 주변에 아무도 없음을 확인한 태후가 낮게 입을 열었다.

"무슨 방법이 없나, 세포라? 그놈을 쥐도 새도 모르게 죽일 수 있는 방법. 나는 지금 그 방법이 필요해. 좋은 방법이 있거든 한번 말해 보게."

페티르 태후가 세포라에게 이런 말을 하는 이유는 세포라가 내놓는 방법이라면 자신의 기대에 어긋나지 않을 것이라는 믿음 때문이었다. 이미 십수 년 간 그래 왔고, 또한 이번 역시 그럴 것이라는 그 믿음을 태후는 가지고 있었던 것이다. 그녀는 황후가 되고 난 후 자신의 시중을 들어온 세포라와 각별한 친분을 쌓은 상태였고, 그동안 그녀가 암암리에 해온 여러 가지 일에 대해 갖가지 도움과 조언을 해주던 여자였기에 더욱 그러했다.

조금 마른 외형의 세포라는 그녀의 말에 생각을 하려는 듯 눈을 감았다. 하지만 그녀는 눈썹을 살짝 모으며 쉽게 입을 열지 못했다. 아무리 생각해도 이렇다 할 방법이 떠오르지 않았던 것이다.

"정녕, 아무런 방법도 없단 말인가!"

그런 그녀의 모습이 무엇을 뜻하는지 알아챈 페티르 황태후는 짜증스럽다는 듯 소리쳤다. 자신의 기대를 부흥하지 못하는 세포라에 대한 실망스러움과 태후 자신의 초조함과 더 이상 어떻게 해볼 방법이 없다는 실망스러움을 나타내는 말이기도 했다. 하지만 태후는 세포라를 질책하지 않았다. 그녀가 생각해도 방법이 없기 때문이었다.

십수 년 간 그녀는 지금의 황제를 죽이기 위해 수없이 많은 방법을 썼었다. 자신의 아들을 위해 카인이 황태자 시절부터 암살과 독살 시도는 예사였고 사고사로 위장된 카인의 죽음을 위해 태후인 페티르와 세포라는 거의 모든 방법을 동원했다고 해도 과언이 아니었다. 거의 죽일 뻔한 적도 있었지만 카인은 그런 태후를 비웃기라도 하듯 번번이 살아남았다. 하지만 태후는 포기하지 않았다. 페티르에게 있어서 카인은 모든 것이 너무도 거슬리는 존재였다. 그가 선황의 총애를 받았던 후궁의 자식이라는 것만 해도 속이 뒤틀리는 일이었건만, 그녀는 20년이 넘는 세월 동안 그 모든 것을 참아왔다.

황위에 오르기 전부터 여색을 밝혀왔던 남편이었는지라 많은 후궁을 둔 것을 그녀 자신도 잘 알고 있었고, 그의 사랑을 원해서 혼인한 것도 아니었다. 그저 집안이 정한 결혼이었을 뿐이다. 사랑은 아니었지만 그래도 그는 황후인 그녀에게 잘해주었기에 그녀 역시도 아내의 도리로 그를 섬기고 그에게 순종했던 것이다. 후궁의 거처보다 뜸하기는 했어도 자주 찾아주었던지라 그녀는 그런 생활에 만족하며 살았다.

하지만 그 여자가 나타남으로써 모든 것이 달라졌다. 처음에는 그저 새로운 애인쯤으로 여겨졌던 여자였다. 그리고 다른 후궁에게 그랬던 것처럼 금방 질려 자신을 다시 찾을 것이라고 믿으며 기다렸다. 하지만 그건 오산이었다. 그녀가 나타남으로써 황후인 그녀는 물론 다른 후궁들은 냉대받기 시작했고 태후의 생활도 달라졌다.

모두를 동등하게 대해주었던 그가 그녀가 나타나고 나서는 한 여인을 편애하기 시작했고 황후의 처소를 찾는 일도 드물어졌다. 게다가 후궁들은 모두 한 명씩 황족을 낳았건만 정작 황후였던 페티르 본인은 수 년 동안 아기를 얻지 못했다. 황제를 수없이 시해하려고 했던 그녀마저도 사산이기는 했지만 공주를 출산한 적이 있었던 것이다.

그것을 보고 말 많은 귀부인들이 가만히 있었겠는가. 석녀(石女) 황후라는 불명예스러운 꼬리표까지 달고 다니며 모든 것을 참아내고 7년 만에 아들인 하스를 얻었다. 하지만 다른 후궁들이 아이를 가졌을 때와는 다르게 그는 자신에게 별로 관심을 보이지 않았고, 오히려 그 여자의 자식이었던, 그해 6세이던 카인에게만 신경을 썼다.

황위 계승권자임을 나타내던 검은 머리칼을 가졌기 때문이었을까. 드물기는 했었어도 검은 머리칼을 가진 아이가 두 명이 태어난 적도 있었기에 그녀는 일말의 기대를 안고 아들을 낳았지만 그녀의 자식은 검은 머리가 아니었다. 황위 계승권을 가진 검은 머리칼의 황자는 그녀의 자식 하나뿐이었던 것이다. 아직도 기억이 난다. 도저히 잊혀지지 않을 그녀의 이름이.

'미… 르… 미… 르는… 어… 디에… 미… 르…….'

페티르가 옆에 있었건만 그녀의 남편은 죽을 때까지 그 여자를 찾았다. 특이하게 항상 머리를 베일로 두르고 있던 그 여자를. 옆에 있던 자신을 두고 남편은 숨을 거두는 마지막 순간까지 그 여자를 불렀다. 그리고 그녀의 자식을 불렀다. 하스가 아닌 카인을. 단 한 번도 그를 아버지라고 부른 적이 없던 그 여자의 자식을. 그녀는 눈을 부릅떴다.

"그놈을 죽이고야 말 것이야. 무슨 수를 쓰더라도!"

그렇게 태후는 씹어 내뱉듯이 외치며 그녀가 집어 던진 물건으로 엉망이 된 거처를 성큼성큼 지나 정원이 내려다보이는 베란다로 나왔다.

　"하지만 방법이 없어. 그 녀석을 죽일 방법이."

　손톱을 질끈 깨물며 초조한 듯 말하는 그녀에게 세포라는 고개를 저었다.

　"아직 마마께는 그들이 남아 있사옵니다."

　페티르 황태후는 인상을 확 구겼다. 뭔가 마음에 들지 않는다는 표정이다.

　"그들의 이름은 꺼내지도 말게. 암살 하나도 제대로 하지 못하는 그런 쓸모없는 집단이 무슨. 이제 그들과는 그만 계약을 끊고 다른 곳에 연락을 해볼 생각이네."

　"비록 실패했다고는 하나 그들은 대륙에서 알아주는 실력을 가진 암살단입니다. 그들 말고는 지금의 황제의 옷깃 하나 베어보지 못하지 않았습니까? 우선 방법이 없으니 그들에게 일을 맡겨보다가 더 이상 안 되겠다 싶으면 다른 방법을 생각해 보심이……."

　"에이잇! 역시 그들 말고는 믿을 곳이 없다는 건가!"

　"당장 화가 난다고 계약을 끊으신다면 다음에 필요할 때 받아들이지 않을 수도 있으니 후에 마마께서만 난처해지십니다."

　"그렇다면 할 수 없지. 어쎄신 길드에 연락을 취해라, 세포라."

　"네, 마마. 조건은 어떻게……."

　"조건은 같다. 돈은 얼마가 들어도 상관없으니 그놈을 꼭 죽여서 그 수급을 내 앞에 가져오라 해라."

　"알겠사옵니다, 마마."

　세포라가 고개를 조아리며 물러나자 밖으로 나가 있던 시녀들이 급히 방으로 들어와 곁눈질로 태후의 눈치를 보며 그녀가 날뛴 흔적들을 치워 나가기 시작했다. 방에 혼자 남은 페티르는 그런 것에 아랑곳하지 않으며 말없이 하늘을 바라보았다.

찌를 듯이 내리쬐는 햇살과 청명한 하늘은 바라보기만 해도 기분이 좋아질 평온한 날씨였지만 그것을 바라보는 태후의 눈은 여전히 살기로 번득였다.

페티르 태후. 그녀가 살아 생전에 그토록 죽이고 싶어했던 그 여자는 죽었고 그녀에게 고통을 준 남편은 이미 죽어 땅에 묻혔다. 그리고 그녀는 제국의 태후가 되었다. 황제보다는 미약하기 이를 데 없는 힘이지만 황제를 보좌할 황후의 소심한 성격 덕분에 황후가 해야 할 일을 대신하게 된 그녀는 예전과는 비교도 할 수 없을 정도로 막강한 권력을 쥘 수 있었다. 하지만 터질 듯이 타오르는 이 분노의 마음을 도저히 진정시킬 수 없었다.

페티르는 이런 마음이 카인이 죽어야만 사라질 수 있을 것이라고 믿었다. 그 믿음만으로 그녀는 여기까지 올 수 있었다. 언젠가는 죽여야 할 놈이라고. 네 놈을 내 발 아래로 꿇게 하고 말리라. 속으로 다짐하고 또 다짐하며 페티르는 질끈 입술을 깨물었다

2

마음을 배우다

한밤중이다.

폭신한 침대에 누워 단잠을 청하던 나는 길게 하품을 하며 몸을 일 으켜야 했다. 밤마다 찾아오는 그들. 일주일째다. 이제는 지겹다기보 다는 반가울 지경이다. 쩝.

"후아아암, 졸리다. 빨리 끝내고 자자. 으음."

스르릉.

나는 침대 옆에 놓아두었던 장검을 검집에서 뽑아 들었다. 흠. 멋지 군! 청명검만큼은 아니지만 보검 축에 충분히 들어갈 만한… 얼래? 지 금 내가 검 품평 할 때가 아닌데. 으음. 정신 차리자.

"나와."

조용.

"거기 컴컴한 데 꽉 처박혀 있는 흑두건 뒤집어쓴 너희들 말이야.

안 나와?"

우선 친절하게 내 뜻을 전했지만 별 반응이 없다. 뭐, 나라도 안 나오겠다. 쩝. 나야 그럴수록 즐겁기만 할 뿐이지만 말이야. 나는 잠시 닫아두었던 오감을 개방했다. 헤~ 오늘은 꽤 많이 들어왔네. 일곱이라… 한두 명 가지고 안 되겠으니 쪽수로 밀어붙이시겠다?

훗훗훗, 물론 나야 좋지. 저 정도 실력자들이라면 달밤의 체조로 더없이 좋은 것이고 말이야.

"자, 어서 와보……."

슈웅.

내 말이 채 끝나기도 전에 날아오는 암기들. 하나, 챙— 둘, 챙— 셋, 챙— 넷, 챙— 다섯, 챙— 으음. 더는 못 세겠다. 나는 검날로 하나하나 쳐갔고 어둠 속에서 포착된 흑두건의 위치를 확인했다. 그리고 나는 망설임없이 그들을 향해 몸을 튕겼다.

내 검은 매섭게 어둠을 찔렀다.

챙—

푹!

"억!"

우선 오른쪽에 한 놈. 그리고 슈욱—

피잇.

"크아아악!"

뒤쪽의 한 놈도 해결. 음… 나머지 놈들은…

쯧쯧. 동료들이 내 손에 죽고 있는데도 별 반응을 보이지 않고 여전히 저런 껌껌한 곳에 콱 처박혀 있다니 새삼 존경스러울 정도다. 하지만 그냥 내버려 둘 수 없으니 잘 가라고들.

"커억—"

"으악!"

"와악!"

푸악.

내가 몸을 튕길 때마다 또 내 검이 허공을 스칠 때마다 들리는 비명. 뜻뜻한 뭔가가 내 몸을 덮쳤다. 나는 그것이 무엇인지 아주 잘 안다. 그리고 그것만큼 나의 검은 사정없이 어둠 속에 있는 존재들을 쇄도해나가고 있다. 이크, 옷 더러워졌다. 이 비싼 것을. 나중에 또 센시아한테 잔소리 듣겠네.

아아, 얼른 끝내고 자야겠는데 이놈의 자식들은 컴컴한 데 콱 처박혀서 나올 생각이 없는 것 같으니. 아욱, 짜증 나! 나는 잠 오는 시간 지나면 못 잔단 말이야. 대체 왜 편안한 잠 속에 빠져 있어야 할 이 시간에 나의 숙면을 방해하냔 말야. 보내려면 낮에 보내라 이거야.

나는 그렇게 투덜거리며 쏟아지는 수면의 욕구를 이기지 못하고 결국 검을 아래로 늘어뜨렸다. 어둠 속에 짱박혀 있던 흑두건들이 나의 이런 행동에 잠시 당황해하는 기색으로 나의 행동을 주시한다. 나는 그런 흑두건들의 열렬하다면 열렬한 눈빛을 받으며 문 쪽으로 걸어갔다.

"폐하?"

문이 열리자 밖에는 당연하게도 나를 지키는 근위대들이 있다.

그들의 눈은 하나같이 크게 떠져 있다. 내 몸은 방금 전에 묻은 피 때문에 붉어져 있었던지라 어둡다고는 해도 그들의 발달된 시각에 잘 뜨일 것이다. 때마침 달이 떠 있어 더욱더.

그들은 내 몸에 묻은 피에 놀란 기색을 띠다가 곧 내 앞에서 목을 뻣뻣이 들고 있었다는 사실 때문인지 급히 당황해하며 고개를 숙였다.

물론 그 이유를 아주 잘 아는 나는 담담히 그들에게 말했다.

"너희들, 어서 들어와서 저것들 좀 잡아."

"예?"

"난 잠을 자야 하는데 이상한 잡것들이 들어와서 내 잠을 방해하잖아. 그러니 너희들이 저것들 좀 잡아 족쳐."

내 말에 영문을 모르겠다는 듯 고개를 갸웃거리던 기사들은 이 말에 얼굴을 조금 굳혔다. 나는 그런 기사들을 모두 방 안에 들어오게 한 뒤 침대 안으로 쏙 들어갔다. 음~ 좋다. 폭신폭신하다.

"어딜 도망가!"

"잡아! 죽엿!"

챙챙챙! 카앙! 스르릉— 카카카칵!

오옷! 박진감 죽이는구만. 이렇게 막상 싸우는 장면을 보니 한 편의 영화를 보는 것 같다. 어둠 속에 검광이 뿌려지고 날아드는 암기를 쳐내며 공격과 방어를 퍼붓는 기사들과 흑두건들. 캬아~ 여기에 팝콘 있었으면 끝내줬을 텐데.

"크악."

흠. 한 놈 죽었네. 기사들이 얌전한 걸 보니 흑두건이다.

"다른 놈은 어디 갔어!"

"이 XXX SSS 같은 것들이!"

오옷! 기사들이라는 자들의 입에서 저렇게 심한 욕을 나오다니, 놀랍다. 으음, 이러고 있을 때가 아니지. 더 이상 신경 쓰지 말고 우선 자자. 기분 좋은 아침을 위해. 피곤하면 곤란하니까. 하지만 한번 잠에서 깨어서인지 잠이 잘 안 오네.

우웅… 누가 자장가나 불러줬으면 좋으련만. 그러다 보니 잠이 들었고 아침이 되었다.

침대에서 일어난 나는 뻐근한 몸을 풀기 위해 기지개를 쭈욱 켰다. 아직 잠이 덜 깬 상태였지만 침대에서 일어나 닫혀진 베란다 문을 시원하게 얼어젖혔다.

으음, 역시 아침 공기가 맑아서 좋아.

"우하하아아암~"

으으윽. 쭉쭉이!

얼마 전에 공작의 명으로 시녀장이 된 센시아를 포함한 시녀 서너 명을 끌고 내 방으로 들어왔다. 원래는 내가 일어나고 한참 뒤에서 왔었는데 이제 내가 일어나는 시간대를 파악했는지 시간을 딱딱 맞춰 들어온다.

"기침하셨습니까?"

"일찍 왔네, 센시아."

나는 센시아의 아침 인사를 받으며 시녀들이 가져온 평상복으로 갈아입었다. 어젯밤의 일로 꽤 더러워졌을 것이라고 생각했는데 방은 의외로 깨끗했다. 아침 일찍부터 보이던 시녀들의 모습을 미루어 그들이 치운 모양이다. 물론 내가 입고 있는 피 묻은 잠옷과 시트는 그대로다.

사절단들이 떠나고 벌써 일주일이 흘렀다. 처음에는 피를 보고 비실거리던 시녀들도 상당히 무감각해진 표정들이다. 비명을 지르며 난리굿을 떠는 것보다는 낫지만.

"아침 식사는 항상 드시던 것으로 드릴까요?"

센시아는 내가 갈아입은 의복의 매무새를 바로 해주며 묻는다.

"음. 아침은 간단하게 먹는 게 좋으니까 되도록 양은 적게 갖다 줘. 그리고 레뉴 주스도 같이."

나는 아침을 그다지 화려하게 먹지 않는다. 귀족 음식을 먹기는 하지만 아침에 먹기에는 기름기가 너무 많고 채식류가 거의 없으므로 대개 점심때나 저녁때 먹는다. 물론 레뉴 주스는 항상 먹는다. 우리 세계의 딸기 주스 맛과 비슷해서 특히 내가 즐기는 음료였다.

소시민적인 나로서는 당연한 식단이었지만 갑자기 식성이 바뀐 것 때문에 황궁 요리사는 한동안 자신의 요리 실력이 부족한 것이라 생각했었는지 사표를 내고 황성을 나가 버리는 에피소드가 있었다. 그러나 센시아는 조금 서민적인 나의 식성 자체에 별말 하지 않고 챙겨주었다.

게다가 시녀들의 손에 의해 입혀지고 있는 의복도 그다지 화려하지 않은 것이 대부분이다. 지금 내가 입고 있는 의복 역시도 평소 귀족들이 입는 것과 비교하자면 장식이나 화려한 무늬가 없어 상당히 수수한 축에 속한다지만 역시 황제의 의복이어서 평상복이라 해도 화려하다. 당근 복색의 화려함은 내가 제한했지만 그래도 내 딴에는 너무도 불필요한 치장이 많은 것 같다. 분명 시대는 중세지만 옷 모양은 대충 PRM 게임에 나오는 캐릭터 상의 복색과 비슷해 별로 큰 이질감은 없다. 그래도 이런 옷에 익숙해지려면 오래 걸릴 것도 같다.

차라리 이런 옷보다는 한복이 낫지. 몸에 착 달라붙어 움직이는 데 불편함을 주는 것도 아니고 피부에 자극을 전혀 주지 않는 무명의. 화려하지 않고 수수하고 소박한, 천상 우리나라 사람들만을 위한 옷이 아니던가. 아아, 그리워라.

"우물우물, 꿀꺽, 으적으적."

그리운 건 그리운 거고, 나는 밖이 보이는 베란다 난간에 놓인 작은 탁상에 앉아 음식을 먹었다. 음, 맛있어. 의복이 거추장스럽기는 했지만 식사는 여전히 맛있었다. 식사를 마치는 데 온 정신을 쏟고 있던 중으레 이 시각에 찾아오는 호위 기사인 노엘과 루이스가 들어왔다. 노엘의 아침 안부 인사를 간단하게 대꾸해 주며 길게 기지개를 켜는 내게 루이스가 말했다.

"오늘도 일찍 기침하셨군요, 폐하."

"기침은 무슨. 불유쾌한 밤손님들 때문에 잠도 제대로 못 잤는데. 으갸갸갹! 쳇! 아직도 몸이 찌뿌둥하다. 으갸갸갹."

내가 그렇게 온몸을 가볍게 풀고 있으려니 노엘과 루이스가 안색을 살짝 굳히는 모습이 보였다. 허거걱! 실수다. 이런 종류의 일은 저들에게 말하면 상당히 귀찮아지는데. 말이 헛나왔다.

"또 말입니까?"

"처음에는 한 명 정도 더니 요새는 떼 지어서 오더라고. 쩝. 뭐, 감당 못 할 정도는 아니지만 이러다가 수면 부족이 되는 건 아닌가 몰라."

나에게 자유를, 아니, 잠을 달라. 흑흑. 어차피 입에서 나온 말이니 그냥 대답해 보자고 생각하며 대꾸는 했지만 으음… 신경 쓰인다.

"차라리 폐하의 거처 안에 기사를 배치시키는 것이……."

저 말 나올 줄 알았어.

"싫어."

나는 당연하게도 거부했다.

"하지만 폐하, 벌써 일주일쨉니다. 비록 아무런 일이 없었다고는 해도 미리 조심하는 것도 좋지 않겠습니까?"

"편안한 숙면에 취하는 동안만이라도 나는 속 편하게 있고 싶다고. 이쁜 미녀도 아니고 우락부락하게 생긴 기사들 사이에서 어떻게 자라고? 루이스, 설마 날 남색가로 만들 참이야? 내가 그렇게 되면 루이스가 밤마다 날 삐(알아서 상상해. 흠)─ 해줄 거야? 그렇게 해준다면야 생각해 볼게. 말이야 바른 말로 루이스는 미남자니까."

"폐하……."

내 말이 진심이 아님에도 루이스의 이마에는 식은땀이 한 방울 삐질 흘러내렸다. 그 모습에 나는 좀 더 놀려줄까 했지만 그냥 관두고 씨익 웃었다.

"뭘 그렇게 빳빳하게 몸을 굳히는 거야? 농담이라고. 다 큰 사내자식이 이렇게 소심해서야. 킥킥킥! 어쨌든 그냥 내버려 둬. 내가 그딴 녀석들에게 곱게 칼침을 맞아줄 위인도 아니고 계속 하다가 안 되면 관두겠지."

알겠다는 듯 끄덕끄덕거리기는 하지만 그들의 표정은 쉽게 바뀌지 않는다. 곧 포기할 것이라 생각하고 대화나 나누려고 둘을 쳐다보니 루이스와 노엘은 진지하게 눈을 빛내며 서로를 쳐다보고 있다. 저 눈빛들을 뭐라고 해야 하나. 흔히들 마음이 통하는 사람들끼리는 눈만 마주쳐도 가능하다는데 그 무언의 대화를 둘은 나눈 것 같다.

나는 고개를 갸웃거리며 뭐 하느냐고 물으려고 했다. 하지만 관뒀다. 장난기가 발동한 것이다. 그리고 나는 재미 삼아 떠오른 말을 했다.

"오옷! 두 사람 사귀는 거구나? 아아, 몰랐네. 내가 있는데도 두 사람, 그런 열정적인 눈빛을 주고받다니. 다른 사람의 시선에는 상관하지 않겠다는 말? 아아, 역시 사랑의 힘이란 대단한 거야. 상대가 남자면 어때! 내가 꼭 비밀을 지켜줄 테니 사랑하는 맘을 변치 말고 잘 살아."

그리고 내 말이 채 끝나기도 전에 둘의 몸은 굳어졌고 동시에.

"전하! 어찌 그런 끔찍스런 말씀을!"

토씨 하나 안 틀리고 똑같이 내게 외쳤다. 나는 당연하게도.

"얼래? 두 사람 아니었어? 내가 잘못 안 거야?"

대꾸하자 둘은 고개를 빠르게 끄덕거린다.

"그럼, 그 눈빛들은 뭐야? 끈적끈적하고, 서로에게 뭔가를 갈구하는 그 눈빛은? 내가 오해라면 변명해 봐."

"으윽! 폐하, 그건……."

평소에 내가 이런 헛소리를 속에서야 했지만 겉으로 드러내 본 적이 없었기에, 내 말에 대한 둘의 민감한 반응에 나도 아주 조금 즐거워졌다. 내 장난기가 발동한 것도 사실이었지만 내가 그렇게 오해하고 싶어질 정도로 그들의 눈빛은 진지했고 정열적이었다.

물론 그들의 눈빛이 그런 쪽이 아니라는 것도 나는 알고 있지만 분위기 좀 바꿔보려고 그것을 약간 재미 삼아 그런 쪽으로 해석한 것뿐이었다. 하지만 내 말의 여파가 꽤 심각했던지 그렇게 외치고 나서도 잠깐 동안 벽에 머리를 찍으며 발광하는 루이스와 그보다는 조금 덜했지만 검날을 검집에서 뽑았다 넣었다 하며 나를 노려보는 노엘의 폼이 조금 겁났다.

으음, 이제 농담도 가려가면서 해야겠어. 그렇게 시간이 흘러 노엘과 루이스가 진정이 되었지만 아직 충격에서 벗어나지 못했는지 서로 간에 간격을 두고 떨어져 있다.

우헤헤헤~ 이것도 꽤 재밌는데 그래? 조금 어색해지니까 분위기 쇄신을 해야겠지.

"커험, 루이스."

내가 이름을 부르자 금세 표정 관리를 하고 머리를 조아린다.

"네."

"어릴 적 일이라서 그런지 기억이 영 안 나서 그러는데 루이스가 나랑 언제 만났었지?"

"제가 기사 수업을 받을 당시였으니 9년 전입니다."

조금 진지한 내 질문에 잠시 생각을 하는 듯 눈을 감았다 뜬 루이스의 대꾸였다. 9년 전이라면 카인이 열한 살 때다. 그런데 오옷! 루이스가 웃었다. 저 녀석은 또 왜 저래? 노엘도 아주 많이까지는 아니지만 내가 그때의 일을 물으니 슬며시 미소를 짓고 있다. 그의 동기 기사들의 말로는 웃는 일라고는 아예 없는 냉정, 냉막 그 자체였다는데 요즘 들어 미소 짓는 일이 많아졌다고 놀라고 있다.

물론 나도 놀라고 있지만. 그 계기가 예전에 연회장에서 내가 한 말 때문이라는 것을 확신할 수 있었지만, 사실 나는 그와 황제가 했던 약속에 대해서는 전혀 모른다. 그저 리본 노인네가 내게 귀뜸해 준 바로 추측하여 슬쩍 떠본 것뿐이었는데 다행스럽게도 맞았을 뿐이다. 흐음, 도대체 무슨 변덕으로 그런 일을 한 건지 상당히 궁금한걸.

한낱 몰락 귀족에게 그것도 아무런 안면도 없었던 그에게 신경을 써준 이유가 대체 뭐였을까. 리본한테 물어봤지만 그도 무슨 이유인지 잘 모른다고 했다. 공작에게 맡긴 뒤 카인은 애스턴 가문에 상당한 원조를 해주었고, 막 스물을 넘겼던 루이스가 자신의 가문을 일으켜 세우는 데 지대한 도움을 주었다고만 말했을 뿐이다.

그리고 루이스는 가문을 일으켜 세운 그날 궁으로 와 어린 황태자에게 충성을 맹세했었다. 물론 직접 마주한 것은 아니었지만 궁의 모든 기사가 보는 앞에서 말이다. 그때가 루이스가 스물네 살이었고 카인이 열다섯 살 때다. 그리고 그 이후에는 단 한 번도 만난 적이 없었고 말이다. 그렇다면 당근 알아봐야겠지?

"9년 전이라면 내가 한참 철모르던 소년 시절이었을 텐데 한때의 변덕이었다면 어쩔 생각이었지?"

나는 짐짓이 아니라 노골적으로 루이스의 마음을 떠보았다. 루이스의 미소가 갑자기 거두어진다.

"어찌 기사된 자의 도리로써 한 입으로 두 말을 하겠습니까. 비록 폐하께서 어린 시절 변덕으로 저의 가문을 도왔다고 해도 저는 폐하를 단 하나뿐인 군주로 선택했습니다. 견습 기사이긴 했지만 기사의 맹세는 신성한 것. 저의 목숨은 폐하의 것입니다. 폐하께서 살아 계시는 한 저는 폐하께 충성할 것이며, 폐하의 목숨이 다하시는 날 저의 목숨 또한 함께 사라질 것입니다."

또박또박 끊으며 말하며 겁나게 차분한 눈빛으로 나를 응시한다. 정말 마음에 드는 사내였다. 확고한 의지와 신념이 담긴 그 눈빛도. 나는 미소 지었다.

"훗훗, 루이스를 오래 살게 하려면 나부터 몸조심해야겠는데?"

"미력한 소신을 배려해 주시니 감사할 따름입니다."

"어엇? 폐하, 그럼 저는요?"

여기서 빠지지 않고 끼어드는 노엘. 음, 잊고 있었다.

"노엘을 위해서도 당연히 그래야겠지만 그대의 웬만한 여인네 못지 않은 수다만 고친다면 더욱 좋겠는데."

"어엇! 폐하, 그런 말씀을! 제가 그렇게 탐탁지 않으십니까? 흑! 제가 검을 놓기를 바라시는 것입니까?"

"응."

"으윽, 폐하."

"킥킥! 그렇게 정색하지 말라고. 나는 농담이었는데 본인이 그렇게 흥분하면 어쩌겠다는 거야. 본인도 인정하고 있는 모양이지? 그 수 다."

웃음을 참지 못하고 내가 키득키득 웃어대자 루이스도 소리없이 웃음을 흘린다.

노엘은 나에게 놀림을 당했다는 사실 때문인지 불만스러운 듯 볼을 살짝 부풀렸지만 즐거워하는 나나 루이스의 모습에(여전히 포커페이스지만 입가에 뜬 보일 듯 말 듯한 미소로 볼 때는 즐거워하는 것 같다) 곧 이 상황에서 화내기에는 무안한 듯 얼굴에 홍조를 띠며 뒤통수를 긁적거리다가 어색하게 따라 웃는다.

아침부터 내 기사들과 담소를 나누고 있으니 기분이 무척 좋았다. 근데, 흠… 내가 지금 이러고 있을 때가 아니다. 오늘은 역사적인 날. 내가 판타지를 애독하면서 항상 기회만 된다면 배우고 익히고 싶었던 마법과 조우하는 날이다. 그것도 제국의 열 명의 마법사 중 가장 수준이 높은 마법사 키몬을 스승으로 모시고 말이다.

나는 이미 사흘 전부터 정사를 돌보기 시작한 상태고, 이렇게 허튼 짓을 할 시간이 없었지만 나는 그것을 배우고 싶었다. 연회 다음날 아침에 있었던 불꽃놀이 사건 이후 내 눈에 띈 키몬에게 마법을 배우고자 했다. 리본보다는 좀 젊었지만 나보다는 최소한 20세 정도는 많아보이는 중년인이었다. 그는 내가 마법을 배우고 싶다고 하자 선천적인 재능이 없으면 곤란하다 했다. 배울 수는 있지만 어느 수준까지 익힐 수 있을지는 장담 못한다고 하며 그만두길 권했다. 그리고 마법 수련은 그의 말대로는 뼈를 깎는 고통과 인내를 요하며 가장 기본적인 마법을 익히는 데도 일 년이 넘는다고 했다. 하지만 나는 오히려 그 말에 더 하고 싶어졌고, 오늘부터 당장 배우겠다고 했다. 그는 어쩔 수 없다는 듯한 표정을 지으며 허락했다. 흥흥. 마법, 마법. 즐겁게 배우자 이거야.

*　　　　*　　　　*

"폐하께서는 마법에 대한 것은 문외한이시니 이걸……."

키몬과 만나기로 했던 황궁의 정원으로 나온 나에게 그가 마법 서적 두 권을 건네주었다. 제목은 『마법학계론』, 『마법의 계열』이라는 이름의 서적이다.

『마법학계론』이라는 책은 호오~ 마법의 이론을 모두 총망라한 책이고, 그리고 『마법의 계열』이라는 기초적인 마법 주문이 쓰여져 있었다. 내용을 슬쩍 훑어보니 내가 즐겨보던 판타지 소설의 내용과 별반 달라 보이지 않았다.

"가장 기본적인 개념부터 설명드리겠습니다."

"음. 간단하게 줄여서 해줘."

키몬은 헛기침을 한번 하더니 설명을 시작했다.

"폐하께서는 마나에 대해 아시는지요."

"당연히 알지. 마법을 구현하는 데 가장 기본적인 힘이잖아. 자연 속에 내재해 있는 거."

"아신다면 설명을 하기가 쉬워지겠군요. 그렇습니다. 폐하의 말씀대로 마나는 마법서를 펴 든 사람이라면 모두 알고 있는 가장 기초적인 것이지요. 마나는 그곳이 마계든 인간계든 이계든 그 모든 차원에서 존재하는 것으로 마법을 이루게 하는 근간입니다. 마나는 지금 개념을 설명하는 저와 그것을 듣고 계시는 폐하의 곁에도 있습니다. 마나가 마력을 이룰 수 없을 만큼 아주 작은 것임에도 불구하고 그 존재를 금방 깨달아 버리는 사람도 있고, 내재한 마나가 자신을 위협할 정도로 크지만 평생 마나를 알지 못하는 사람도 있으나 크든 작든 모든 사람들은 마나를 내재하고 있습니다. 그런데 마나가 인간 속에서만 발견되는 것도 아닌데 인간 고유의 것이라 칭하는 이유는, 신이나 마족들의 마나는 어떤 흐름이라고 보기에는 거슬릴 정도로 지나치게 크기 때문에 내재되어 있는 성향이라기보다는 또 다른 자아라고 보는 것이 옳다고 여겨지기 때문이지요. 흐름 속에 존재하는 인간. 흐름이란 하나의 자연의 일부라고 할 수 있습니다. 마법의 근원이 되는 마나는 자연에 순응해 있고, 각 개인에게 내재된 자신만의 마나를 통해 어떤 힘을 이끌어내는 것을 마법이라 칭합니다. 자연 속에는 무궁무진한 마나가 있고, 인간 역시 그 자연의 흐름에 순응하지 않으면 안 되는 존재이므로 마나를 지니고 있는 것이 당연한 것이고 말입니다."

정말 길다. 하지만 저런 설명은 지겹도록 본 판타지에서 나왔던 말들이지. 암.

"그런 개념은 나도 잘 아니까 입 아프게 설명만 하지 말고 마법 사용하는 법이나 가르쳐 줘."

쯧. 나도 판타지 소설을 많이 봐서 기본적인 건 다 아는데 저런 지겨운 이론을 어찌 그냥 듣고 있겠어.

당연하게도 키몬은 발끈한 듯 소리쳤다.

"폐하! 마법은 하고 싶다고 할 수 있는 그런 간단한 것이 아니라 차근차근 이론을 익히고 마나를 축적하는 과정을 거쳐야 가능한 것입니다. 그게 하고 싶다고 되는 그런 종류의 것이라고 착각하시면 곤란합니다."

"글쎄, 잔소리 말고 키몬은 나에게 마법을 쓰는 방식만 가르쳐 주면 된다니까. 얼른 마법이나 한번 사용해 봐. 백문이 불여일견이라고. 골백번 들어도 한 번 직접 보는 게 나을 테니까."

"으으, 폐하! 그걸 지금 말씀이라고 하시는……."

"나 귀 안 먹었다. 언성 높이지 마. 키몬도 새로 마법 연구 해야 한다면서 이렇게 잡혀 있으면 곤란하다고 했잖아. 얼른 가르쳐 주고 가면 되잖아."

키몬의 치켜떠진 눈썹이 파르르 떨린다. 나는 얼른 해보라는 재촉의 눈빛을 보냈고, 때마침 불어오는 바람에 기분 좋게 웃으며 말했다.

"거참, 쫀쫀하게 그러지 말고 한번 보여줘. 그냥 한번 보여달라는 건데 그게 그렇게 아까워?"

"허… 허허."

내 말이 참 어이가 없었던 모양이다. 하긴 나 같아도 그렇겠다. 나는 공연히 헛웃음을 짓고 있는 키몬을 바라보며 함께 웃어주며 말했다.

"빨리 해. 안 해?"

그리고 그 순간 키몬이 웃음을 그쳤다.

*　　　　*　　　　*

제국 궁중 마법사이며 대륙에서 손꼽히는 상급 마법사인 키몬은 눈을 초롱초롱 빛내며 마법을 보여달라고 조르는 젊은 황제를 어이없다는 듯이 쳐다보았다.

기초부터 착실히 쌓는 데도 적어도 5년 정도의 수련 기간이 필요하다. 그런데 그는 마법이 자신의 뜻대로 되는 장난감처럼 여기며 당장 마법부터 보여달라고 한다. 키몬의 이마에 살포시 실핏줄이 돋아났다.

"오옷! 키몬, 이마에 그건 그 이름도 유명한 혈관 마크! 한 개만 있는 게 아니라 두 개씩이나! 역시 대단해."

황제는 팔자 좋게 손뼉을 친다. 마법을 배우고 싶다고 황제가 직접 그를 불렀을 때는 키몬은 귀찮기는 했지만 명령이 아닌 황제의 부탁을 어찌 거절할 수 있겠나 싶었다. 그래서 받아들인 것인데 황제라는 자가 복장을 이토록 뒤집을 줄이야.

그것도 모자라 오늘 마법을 배우려고 온 사람이 이론 따위는 귀찮다며 쓰는 방법을 가르쳐 달란다. 마법이 얼마나 심오하고 노력이 필요한지를 전혀 무시하고 있는. 마나라고는 쥐꼬리만큼도 없어 뵈는 황제를 쥐어 패고 싶은 마음이 굴뚝같았지만 꾹 참았다.

"왜 안 해? 빨리 해."

또다시 재촉해 오는 황제. 키몬은 기가 막히다 못해 숨 막혀 죽을 것 같은 느낌을 받았다. 그리고 곧 키몬은 자연스럽게 그의 뒤에 서 있는 두 호위 기사들에게 시선이 돌려졌는데 그들도 포기했는지 방관의 경지에 이른 듯 어깨를 으쓱거린다. 오로지 골치 아픈 걸 떠맡은 느낌만 들었다. 하지만 그는 캐스팅을 시작했다.

우르릉.

그의 주문이 계속되고 마나가 배열되어 감에 따라 하늘의 울림이 격해진다. 키몬은 자신이 쓰려는 마법에 관한 마나의 재배열이 거의 마무리되어지는 것을 느끼고 눈을 떴다. 마법을 보여달라고 말한다면 보여주마. 그렇게 속으로 외치며 자신의 모습을 초롱초롱 눈을 빛내며 보고 있을 황제에게로 시선을 돌렸다.

하지만 이게 웬일. 눈을 초롱초롱 뜨고 보고 있을 줄 알았는데 황제가 한눈을 팔고 있는 것이다. 그 순간 그의 몸을 비틀거렸다. 눈에 보이는 황제의 그 모습은 키몬의 침착하고도 차분한 마음을 흐트러뜨리고 중심을 잃게 하기에 앞서 혈압부터 오르게 한 것이다.

자신이 불러들인 뇌격의 기운을 황제의 이마빡에 내리꽂고 싶은 마음이 굴뚝같았지만 키몬은 이를 악물었다. 이제 아예 바닥에 벌러덩 누워버린 황제의 모습에 키몬은 차라리 마법을 보여주리라고 결심했다. 큰 거 한 개 보여주고 기를 팍팍 죽인 뒤에 느긋하게 마법을 가르치기로 했다. 그렇게 하고 나면 마법이란 게 얼마나 대단한가를 알게 될 것이고, 또 그런 마법을 익힌 자신을 존경하게 되리라. 그렇게 결심하며 키몬은 이를 악물었다. 그리고 그는 화풀이 대상으로 지금 황제가 보고 있는 거대한 고목을 목표로 삼았다.

그리고.

"체인 레이트닝."

콰콰콰쾅! 쩌쩌쩌쩍.

두 아름은 넘을 듯한 거대한 고목은 하늘에서 떨어진 번개로 폭사하듯 터져 나갔고 그곳을 보고 있던 황제의 눈빛이 커졌다.

"이것이 폐하께서 보여달라 말씀하신 마법입니다. 어떻습니까?"

"……."

할 말을 잊은 듯 입을 쩍 벌리고 있는 황제의 모습에 키몬은 고목과 자신을 번갈아 보는 그의 눈빛에 약간 존경심이 서린 것을 보고 크게 만족했다.

"이 마법은 5써클 공격계 마법인 체인 라이트닝이라고 하는 주문입니다. 상급 주문으로 공격용 마법력으로는 최고라 칭할 만합니다. 하지만 폐하께서 이 마법을 쓰려면 최소 10년 이상의 수련 기간을……."

"일 절만 해, 키몬. 다 알아들었으니까. 방금 전 마법이 어떻게 만들어지고 또 형성되는지 설명해 봐. 듣고 한번 해보게."

키몬은 한숨을 푸욱 내쉬었다.

"폐하께서는 마법이 무슨 성 밖에 떠돌아다니는 서커스단에서 흥밋거리로 보여주는 것인 줄 아시는 겁니까? 마법은 재미 삼아 배우는 것이 아니란 말입니다. 쯧쯧? 폐하의 흥밋거리를 위해서 북 치고 장구 치고 해줘야 할 의무는 없습니닷! 배우시려거든 진지하게 배우십시오. 첫날부터 이렇게 나오시면 폐하께 마법 가르치는 소신이 힘들어집니다."

"걱정 말고 얼른 설명해."

우선 차근차근 배우라고 권했지만 변함없는 저 젊은 황제의 태도에 방금 전보다 핏줄이 더욱 불거져 나왔고 이가 부득 갈렸다. 그리고 주먹이 울었다. 자기 제자였다면 당장에 뼈를 분질러 버렸을 것을 자신의 복장을 뒤집어엎는 것이 하필 황제라니. 황제의 명령을 받아들인 것이 정녕 후회스러웠다. 저렇듯 성격 더러운 황제를 가르치다가 기껏 재워놓은 그 녀석이 깨어나면 어쩌라고. 그 녀석이 깨어나면 최소한 그는 사망이다. 자신 역시도 한 며칠 간은 정신을 못 차릴 것이고. 그런 것을 잘 아는지 황제의 두 기사들이 다가와 자신을 위로하는 겸 힘을 북돋아준다.

"당신은 할 수 있습니다."

"힘내십시오, 파이팅!"

"마법의 신 헬레니온님께서 지켜보고 계십니다."

황제의 호위 기사들이 격려의 한마디를 해준다. 할 수 있다는 말을 서너 번은 더 반복하는 기사들의 말에 키몬은 울컥거림에 따라 함께 조금씩 꿈틀거리며 터져 나오려는 하는 녀석을 꾹꾹 내리눌렀다. 그러기를 한참. 그는 다른 곳으로 신경을 돌릴 심산으로 입을 열었다.

"설명(뿌드득)… 해 드리겠습니다."

하지만 그 녀석을 누른다고 저도 모르게 이를 갈았던 모양이다. 황제가 또 트집을 잡으면 어떡하나 싶었지만 별말이 없었다. 다행스러운 일이었다. 그에게 있어서도 자신에게 있어서도 신의 은총이라고밖에 표현될 수 없는 것이다.

"될 수 있으면 간단명료하게 해줘, 키몬."

키몬은 길게 숨을 들이쉬었다.

"후우, 그 마법을 만드는 것은 마나지요. 마나의 재배열을 통해 자연 속에 들어 있는 원소의 접점을 찾아 결합시켜 만드는 것은 마법입니다."

"원소의 결합? 마나의 재배열? 그게 뭐지?"

"『신학대전』에도 나와 있듯이 모든 세계는 5원소로 이루어져 있습니다. 대지에는 불, 물, 바람, 땅의 기운이 서려 있고 하늘에는 뇌의 기운을 포함한 이 5원소가 함께 녹아 있습니다. 모든 마나의 근원이 대지에 퍼져 있지만 근본적인 것은 하늘에 있다고 해도 과언이 아닙니다. 흠… 우선 이것을 설명하려면 기초적인 신학대전보다는 〈마나의 근원〉이라는 상식부터 익혀야 하지만 길어지니 넘어가겠습니다. 흠 흠. 그럼, 본론으로 들어가겠습니다. 우선 마법을 사용하는 데 원소의 결합과 재배열이 필요한 것은 우선 마법을 구현하는 데 가장 기본적인 것이면서도 근본이 되는 마나의 특성 때문입니다. 마법사들은 마법의 요소가 저장돼 있는 마나를 꺼내어 정신력으로 마나에게 형태를 주어 결합시킴으로써 마법이라는 창조를 해내는 것입니다. 하지만 마나는 마법 촉매제의 역할을 할 뿐 실질적인 힘은 없습니다. 한마디로 마법에 대한 것을 쉽게 설명드리자면, 마나라는 이름의 공기 속에 담긴 기운을 끌어들여 효율적으로 형태를 만들어 사용하는 것이 마법인 셈이지요."

키몬은 이제 될 대로 되라는 심정에 마법 이론을 설명했다.

알아듣기만 해도 다행이라는 심정으로 한 것이지만 의외로 설명을 잘 이해하여 마법의 역사는 어떻고 마법이 어떻게 시작되었는가, 불의 마법과 물의 마법에 대한 것까지 설명이 이어졌다. 설명에 귀 기울이며 자신의 말을 되새기려는 듯 눈을 감았다 떴다 반복하던 황제가 이윽고 질문을 했다.

"그러니까 한마디로 자연이라는 창고에 담긴 마법의 재료를 마나를 이용해 열어 제어한 뒤 형태를 만들어낸다 이건가?"

"네, 맞추셨습니다. 형태에 따라 마법의 종류도 달라집니다. 쉽게 마나 배열이 된다손 치더라도 수십 수백이 가지는 형태를 익히고 힘을 조절하는 능력을 익히시려면 최소한 20년 정도는 수련을 해야 가능합니다. 아시겠습니까, 폐하?"

"마나로 만들고자 하는 형태를 만들어라? 불이면 불, 물이면 물의

형상으로? 그럼 이것도 어떻게 보면 창조 아닌가?'

"네. 하지만 그건 어디까지나 정신력으로 제어해 만든 형상일 뿐, 근본적인 조물주가 만들어낸 힘과는 전혀 다르지요. 그래서 마법을 사람이 만들어내긴 했으되 완전하지는 못하여 반쪽짜리 창조라고도 하지요."

"정신력? 형상? 흐음. 그렇게 하면 된다 이거지?"

양팔을 끼고 자신의 말을 되새겨 보려는 듯 황제가 그가 건네준 마법 서적을 뒤적였다.

마법 이론이 적힌 것이 아닌 기초적인 마법 주문이 쓰여진 것이었다.

"으음, 어디 보자. 맨 앞에 있는 것을 한번. 웅얼웅얼 중얼중얼."

마법책을 펴놓고 주문을 읊고 있는 황제에게 키몬은 웃기지도 않다는 표정을 지었다.

"그렇게 한번 듣고 마법이 구현될 거라면 누구라도 마법을 익혔을 겁니다. 그냥 그만두… 허억."

하지만 그는 말을 끝맺지 못했다. 퍼엉— 하는 소리와 함께 황제의 손에서 작은 불꽃이 활활 타올랐던 것이다.

"되는구만."

"어, 어억."

키몬은 입을 쩍 벌렸다. 자신의 눈이 잘못된 것이 아니라면 그건 틀림없는 1써클 공격 마법인 파이어 볼이었다.

"음, 또 뭐가 있지. 여기 번개를 사용하는 방법이 있네. 어디 한번… 웅얼웅얼 중얼중얼. 라이트닝 볼트."

그가 당황하든 말든 그 황제는 타오르는 불꽃을 지우더니 또다시 주문을 외웠다.

파지직!

그의 주문이 떨어지기가 무섭게 방금 키몬이 박살 낸 고목 옆에 고이 뉘어져 있던 바위 덩어리가 전류에 휩싸여 타 들어가기 시작했다. 키몬의 입을 쩍 벌어졌다. 방금 쓴 그것은 분명히 4써클 뇌격 마법인… 어억!

"오옷. 됐다, 됐어! 어디 또 보자. 이것도 괜찮네. 물이 없는 곳에 지하수를 끌어내는 주문이라… 중얼중얼… 아쿠아 업."

촤아아아! 푸아.

그리고 바위가 터져 생긴 구덩이에 물이 뿜어져 올라왔다.

"어버버… 꺼거걱."

이제 키몬의 입은 더 이상 벌어질 것도 없이 쫙 벌어졌다.

세상에 마법 이론 한 번 들었다고 곧바로 마법 시전이 가능하다니. 혹시 황제가 괴물 같은 마나를 지녔다면 또 모르되 마나라고는 눈 씻고 봐도 보이지 않았기에 더욱 그랬다.

황제를 쳐다보는 키몬의 눈빛은 순간 달라졌다. 마법에 대한 지식도 없고 마나도 거의 느껴지지 않는데 저렇듯 쉽게 마법을 사용하다니.

마나에 대한 법칙이 통하지 않으며 오직 인족에게만 허락된 능력의 소유자.

마나 마스터(Mana master).

다만 그 능력은 100년에 한 번 나타날까 말까 한 희귀한 존재다. 그의 표정은 미미한 질투와 희열, 기쁨을 띠었다. 잘하면 자신의 눈으로 인족에게는 꿈이라고 일컫는 7써클 마법을 정복하는 것을 볼 수 있을

지도, 아니, 더한 것도 가능할 것이다. 그가 정녕 마나 마스터라면 신족, 마족, 드래곤 족들만이 사용할 수 있다는 10써클 마법도 가능할 것이다. 1,000년 전 아르미안 진 가이칸 외에는 누구도 해내지 못한 그랜드 마스터라는 칭호를 현대에 되살릴 수 있을지도. 또한 고대 마법 왕국에서는 누구나가 가능했다는 마법을 이 눈으로 직접 볼 수 있다면······.

여기까지 생각이 이르자 강한 마법에 관한한 집착이 강한 마법사란 인종답게 그는 흥분했다. 그리고 키몬은 책을 뒤적이며 마법을 구현시키는 데 여념이 없는 황제를 바라보며 6써클에서 마법의 성장이 멈춰 버려 창고에 처박아둔 마법서가 머리 속에 떠올랐다. 하지만 10년도 더 된 꽤 오래전 일이라 정확히 어디에 있을지는 몰랐다. 오늘 당장 찾아보리라. 그렇게 결심하고 있는 키몬도 역시 사람인 이상 자신이 아닌 다른 이가 그 경지에 이를 것이라고 생각하니 약간 질투가 생겼다.

그렇지만 곧 궁극의 경지라고 칭해지는 그 마법을 볼 수 있다면 어떻게 되어도 좋다는 심정으로 그는 황제의 옆모습을 계속 응시했다. 그러자 황제는 자신의 시선을 느꼈던지 책을 보던 시선을 그에게 돌렸다. 눈이 딱 마주치자 키몬은 죄진 것도 없이 반사적으로 약간 몸을 움찔거렸다. 한참을 그렇게 말없이 자신을 응시하던 황제의 입이 천천히 열렸다.

"키몬."

"네, 폐하."

방금 전의 능력도 보았던지라 키몬의 태도는 정중했다. 마나 마스터라는 힘의 소유자이니 마법사로서 당연한 예우라고 생각하며. 하지만 뒤이어 이어진 말에 그는 석화 과정을 겪는 희대의 경험을 하게 되었다.

"내가 아무리 잘났더라도 그렇게 열정적인 눈빛으로 날 보지 말아줄래? 난 이미 임자가 있는 몸이야. 더불어 남색 취향은 없어. 이미 나는 내 호위 기사들에게 받는 사랑만으로도 충분해."

"……."

"나는 동성에 대해서 그렇게 나쁘게 생각 안 하거든. 내가 동성 애호가라서가 아니라 그저 나한테 피해만 안 주면 된다 이거지. 하지만 나는 사랑을 받는다면 될 수 있으면 젊은 사람이 좋다고. 꽃미남에다가 매너도 있으면 더 좋지. 미안하지만 키몬은 그 기준에서 떨어진 지 오래다 이거야."

동… 성… 애… 호… 가… 사… 라… ㅇ ㅇ ㅇ ㅇ(메아리치는 소리없는 절규).

뿌직. 빠지직.

순간 키몬은 머리 속에서 뭔가가 끊어지는 듯한 느낌을 받았고 순간 그의 머리 속에는 그의 마음속 깊이 내재해 있던 또 하나의 그가 눈을 떴다. 그것이 무엇을 의미하는지 아는 듯 황제의 호위 기사들은 동시에 몸을 피했다.

"우워어어어어!"

*   *   *

나는 키몬에게 들었던 이념을 떠올리며 마법을 구현해 본 결과 거짓말처럼 불덩이가 튀어나오고 물줄기가 뿜어져 나오는 광경에 감탄을 금치 못했다. 흩어진 퍼즐 조각을 맞추듯이 대기의 마나가 나에게 있어서는 친숙한 용어인 '기'라는 것을 모아 형상을 만들면 된다고 생각하고 한 것이었는데 의외로 마법은 쉬웠다. 아니, 그보다 마치 머리 속에 입력이라도 되어 있었던 것처럼 마법은 내가 손발을 다루는 것처럼 쉽게 느껴졌다.

오~ 된다, 돼. 역시 난 천재였어! 틀림없어. 어머니, 아버지, 왜 저를 이리도 잘나게 만드셨나이까. 우쿄쿄쿄쿄쿄~ 내가 마법을 부려보라고 했을 때 마나라고는 쥐꼬리도 없는데 무슨 마법이냐고 비웃듯이 말하던 키몬의 괴음성이 들렸다. 냐하하하하. 놀랐지! 알아서 기어, 임마. 나는 책에 푹 빠져 몇 번 더 마법을 구현해 보았다.

마법이란 게 의외로 내가 어릴 때부터 배웠던 오행술과 비슷한 점이 많아서 나로서는 이해하기가 썩 수월했던 것인지도 몰랐지만 나는 키몬의 손을 빌리지 않고도 쉽게 마법을 쓰는 데 필요한 주문을 외우고 마나 배열을 할 때의 감각을 잊지 않기 위해 눈을 감았다가 뜨길 수차례 반복했다.

'어?'

그렇게 마법 서적을 보며 마법을 구현해 보는 데 한참 열중하던 나는 누가 자꾸만 쳐다본다는 느낌이 들었다. 나는 내 느낌을 100% 확신하는지라 나의 잘생긴 뒤통수를 쳐다보는 시선이 느껴지는 방향으로 고개를 슬쩍 돌려보았다.

역시나 나의 느낌은 녹슬지 않았음을 알 수 있었다. 그리고 그 열렬한 시선의 주인공은 키몬이었다.

"키몬."

"네, 폐하."

상당히 열정적인 그 눈빛을 나는 그윽한 시선으로 올려다보며 말했다.

"내가 아무리 잘났더라도 그렇게 열정적인 눈빛으로 날 보지 말아줄래? 난 이미 임자가 있는 몸이야. 더불어 남색 취향은 없어. 이미 나는 내 호위 기사들에게 받는 사랑으로도 충분해."

"……."

내가 정곡을 찔렀던 모양이다. 말이 없다.

아아, 난 역시 난 죄 많은 남자야. 이렇듯 많은 남자와 여자의 사랑을 동시에 받다니. 하지만 할 말은 해야겠지… 나는 목소리를 쫘악 깔았다.

"나는 동성에 대해서 그렇게 나쁘게 생각 안 하거든? 내가 동성 애호가라서가 아니라, 그저 나한테 피해만 안 주면 된다 이거지. 하지만 나는 사랑을 받는다면 될 수 있으면 젊은 사람이 좋다고. 꽃미남에다가 매너도 있으면 더 좋지. 미안하지만 키몬은 그 기준에서 떨어진 지 오래다 이거야."

"……."

쩌쩍.

툭툭!

얼어붙었다. 좀만 건드리면 부서지겠는데? 아주 딱딱하게 굳었어. 그보다 으음, 오늘 날씨 정말 좋다. 도시락 싸 들고 피크닉 나가면 딱 좋을 것인데. 졸리다. 나는 잔디 바닥에 벌러덩 누워버렸다.

우음, 쿠울~ 꾸벅꾸벅.

내 앞에는 내가 그토록 먹고 싶었던 밥과 된장국, 그리고 김치가 놓여 있다.

구수한 된장 냄새가 내 후각을 자극한다. 내가 꿈을 꾸는 모양이다. 하지만 꿈이라도 먹고 보자. 냠냠, 허겁지겁. 쩝쩝, 우물우물. 아아~ 행복해.

"우워워!"

키몬의 비명이 울린다. 아주 처절하다. 게다가 기차 화통을 삶아 먹었는지 목소리도 되게 크다. 하지만 이미 잠의 유혹이 단단히 빠져든 나로서는 그런 말을 당연히 씹었다. 화가 좀 났는지 목소리가 가늘게 떨리고 있는 것이 심히 염려스러웠지만 나는 상관없다는 듯 조용히 꿈을 음미했다.

어쩔 거야? 난 황제라 이거야. 룰루루루~ 열심히 공기밥을 떠 입에 넣고 있던 그 순간 내 귀에 아주 불길한 음성이 들렸다.

"체인 라이트닝 볼트."

얼래? 그런데 이게 무슨 소리?

콰콰콰쾅― 쩌억!

"허억."

어설픈 효과음과 함께 나는 꿈에서 깨어났다. 이럴 수가! 아직 한 그릇밖에 못 먹었는데… 가 아니다. 시끄럽다고 소리치고 다시 누워 자려고 했는데. 처음에야 그렇게 하려고 했는데 지금 누워 있던 자리 바로 앞에서 파직파직 소리 내고 있는 전류 덩어리를 발견하는 순간 나의 입은 얼어붙어 버렸다. 그것은 방금 전에 들렸던 효과음의 원인물로 생각되는 것으로 보인다.

그리고 키몬의 손에 고여 있는 번개의 기운을 느끼고 침을 꿀꺽 삼켰다. 설마, 저걸 나한테 날리려고 한 것은 아니겠지. 자신의 눈이 잘못되지 않았다면 분명히 저것은 번개다. 그것도 100볼트가 넘어가는 전류가 파파팍 흐르는. 그리고 살짝만 닿아도 경련을 일으키고 수분이 모두 말라 버려 타 죽을 수도 있다는 희대의 위험물.

하하! 서… 설마, 졸았다고 그런 짓을 할 리가… 아니, 좀 무시했다지만 설마 난 황젠데 죽이기야 하겠어?

"크흐흐, 니가 지금 황제냐? 그레이엄을 닮아서 그런지 아주 잘났구만."

드디어 터져 나온 키몬의 말. 하지만 그것은 반말이었다.

황제인 내게 아주 자연스럽게 하는 반말, 게다가 나의 아버지. 아니, 카인의 아버지의 이름마저 친구마냥 친근하게 부른다. 게다가 얼굴은 거의 변함이 없지만 분위기가 달라져 있었다. 학자풍의 조금은 부드러운 인상이었던 키몬이 날카롭고 왠지 위험해 보이는 분위기가 그를 감싸고 있었다. 첨 봤을 때 갈색 눈동자였는데 지금은 붉은빛을 띠고 있다. 솔직히 무서웠다.

"잘난 것뿐만 아니라 그런 능력까지 갖추었다니. 하지만 정신 상태가 썩었어. 내가 그 정신을 뜯어고쳐 주마. 크흐흐."

어억! 왜 저래? 가 아니라 키몬의 입에서는 주문이 흘러나온다. 겁주는 것 정도라고 생각했는데… 커억! 진심이다. 키몬은 마법사다. 그리고 나는 마법을 사용할 수 있다고는 하지만 아직 초급 마법사다. 싸워서 당근 승산없다. 그렇다면…….

"노엘! 루이스! 내 사랑, 저 사람이 날 때리려고 해! 말려줘. 나 무서워!"

까아아아아 하고 느끼하게 한번 비명도 질러주고. 하지만 내 행동이 상당히 역겨웠던 모양이다. 저만치 떨어져 있던 노엘과 루이스는 내 목소리를 들음과 동시에 인상이 더없이 구겨지며 구역질을 겨우 누르는 모습이 비쳐졌다. 그리고 잠깐 동안 키몬에게서 날아오는 마법을 기상천외하게 빠져나오며 버럭 소리쳤다.

"둘 다 빨랑 안 올래! 날 죽일 셈이야?"

"……."

외면한다. 이럴 수가!

나는 절망했다. 비록 호위 기사들에게 버림을 받았지만 나는 살아야 한다는 마음으로 나에게 불덩이를 던질 준비를 하고 있는 키몬의 눈을 응시했다. 그리고 난 소리쳤다.

"잠깐!"

키몬의 움직임이 멎었다. 왜 부르냐는 그의 눈빛에 나는 씨익 웃었다.

그러자 키몬도 알딸딸한 표정을 지으며 어색하게 웃는다. 단순한 놈. 조금 전만 해도 날 죽인다고 난리치더니만. 나는 순간적으로 떠오른 GXX 영화에서 나왔던 김병헌의 말을 떠올렸고, 곧 씨익 웃었다. 그리고 말했다.

"살려주세요."

바지끄댕이를 붙잡고 싶었지만 그래도 나도 명색의 황제인데 어찌 그렇게 하겠어. 그래도 이렇게 존대를 받은 게 얼마야. 안 그래? 이렇게까지 했는데 안 봐줄 건 아니겠지?

하지만 그건 내 생각일 뿐 키몬은 아니었던 모양이다. 내가 그렇게 생각하고 일어나려니까 갑자기 키몬의 내 옷을 끌어당겼다. 허억, 설마 이렇게까지 했는데 패려는 것은? 살려주어! 키몬은 씨익 웃었다.

"살려주지. 하지만 마법을 배우려는 마음가짐을 새로 다잡기 위해."

그리고 언제 주웠는지 들고 있던 나무토막을 멀찌감치 던졌다. 왜 저러는가 싶어 쳐다보고 있던 나에게 그는 내 복장을 뒤집어엎고 그 뒤집어엎은 곳의 염장을 지를 말을 내게 했다.

"가서 물어 와, 워리."

워리. 그런 빈티 나고 안이한 개의 이름을 붙이며 저 더러운 나무토막을 물고 오라고? 미.쳤.어! 난 싫어. 나도 자존심이 있다 이거야. 나는 키몬을 노려보며 소리쳤다.

"내가 무슨 개냐! 워리라니! 또 뭘 물어와? 저 더러운 나무토막을 날더러 물고 오라고? 난 싫어. 황제에게 그런 걸 시키다니 무례하……."

파직— 파지직!

"폐하, 죽을래?"

그리고 바로 나는 잽싸게 뛰어 나무토막을 찾아 물! 고! 왔! 다!

나도 사람이고 보니 생존 욕구가 강한 것은 당연한 일. 하지만 나는 이 일을 계기로 약한 인간이 얼마나 비굴해질 수 있느냐는 것을 절실히 알 수 있었다.

"오오! 아주 빠른데! 자, 이번에는 좀 더 멀리."

슈우우웅— 휘리리릭.

나는 날아가는 나무토막을 멀거니 쳐다보았다.

"……."

"물어 와."

"……."

파지지직!

"물.어.와."

그렇게 몇 시간 내가 지쳐서 바닥에 늘어져 있으려니 키몬이 내 머리를 쓱쓱 쓰다듬으며 이렇게 말한다.

"이제부터 황제, 너는 일명 워리다. 워리, 골골골골."

얼씨구 이제 턱까지 얼러댄다. 그날 하루 나는 키몬의 애완견으로 전락했다.

그리고 나는 지금 이 순간에도 보신용으로 먹히고 또 학대당하는 수많은 개 동포 여러분께 묵념을 해주었다… 가 아니라 지금 내가 이러고 있을 때가 아니야. 그래, 누가 제발 나한테 설명 좀 해줘. 저 작자가 갑자기 왜 저러는지. 난 황제란 말이야!

'크어어억!! 복수하고 말리라.'

한국의 학대받고 있는 수많은 개들에 대한 동질감과 함께 나는 속으로 그렇게 포효했지만 말이 없었다. 그리고 그렇게 나의 첫 마법 수업일은 수 시간 동안의 학대 끝에 개에 대한 무한한 애정을 동반한 나의 기절과 함께 비굴하게 끝을 맺었다.

깨갱.

화려한 의복이 아까울 정도로 비참하게 망가진 카이스 황제를 쳐다보는 루이스와 노엘 그 두 사람의 얼굴은 말로 형용할 수 없는 복잡미묘한 표정을 띠고 있다.

"……."

"……."

약속이라도 한 듯이 그들은 말이 없다. 하지만 키몬이 방금 전 비명을 지르면서부터 이미 예상하고 있었다는 듯 그들의 표정은 지극히 담담했다.

"키몬님."

"크핫핫핫, 키몬 녀석 잔다. 난 시져야."

"……."

키몬을 한 번씩 쳐다본 뒤 마주친 둘은 한마디씩 했다.

"바뀌었군."

"그런 것 같죠?"

"그렇게 응원을 했는데 결국은 그가 나온 모양이야."

"폐하께 미리 경고를 해드릴 걸 후회하고 있습니다."

둘은 침묵했다. 시져는 키몬의 또 다른 인격이다. 아니, 인격이라고 하기보다는 그의 몸에 전세 들어 사는 200년 전에 죽었다는 마법사다. 어찌 그렇게 된 건지 모르지만 키몬과는 벌써 10년째 몸을 함께 공유해 왔고 황성 내의 사람들은 모두 알고 있는 상황이다. 예전에 마법서가 발견됐다는 고대 유적지를 탐사하다가 우연히 이렇게 돼버렸다고 했다.

"크핫핫핫, 오늘은 즐거웠다. 제국의 황제가 개 흉내를 내고 나무토막을 물고 있는 모습이. 너희들도 재미있지 않든? 가식과 위선은 죽음에 임박하면 벗겨진다. 내 말이 옳다는 게 이제 증명이 된 거다. 크핫핫. 비굴하게 '살려주세요'라니, 황제가 말이다. 크핫핫핫! 나는 이럴 때마다 왜 이렇게 즐거울꼬. 크핫핫!"

"성격 파탄자."

"뭣이!"

"그럼, 좀 순화시켜 악취미라고 해드리죠."

발끈한 듯 눈을 치켜뜨며 소리치는 시져에게 루이스는 대꾸했다.

"가식으로 둘러싸인 것을 자연적으로 돌리려고 하는 고상하고도 숭고한 이 늙은이의 뜻을 이렇듯 몰라주다니."

그는 자신의 뜻을 이해 못해주는 그들이 너무도 안타깝다는 듯 고개를 절레절레 저으며 혀를 끌끌 찼다. 하지만 시져를 여러 번 마주해 본 두 사람은 그런 것에 아랑곳하지 않고 말했다.

"이번엔 너무하신 것 아닙니까? 저분은 제국의 황제 폐하이십니다. 그분을 저렇게 그… 흠. 개… 흠흠. 처럼 부리셨다는 게 소문이 나면 폐하의 위엄에 손상이……."

"위엄? 그 딴 건 뒷간에 파묻어 버리라고 그래."

"시져."

그는 그래도 주인이라고 편들어주는 거냐 하고 껄껄 웃었지만 둘의 얼굴에는 흔한 웃음마저 없었다.

"어차피 나는 황제니 뭐니 하는 세속의 법도를 따를 이유는 손톱의 때만큼도 없다. 어차피 벌을 받는다고 해도 키몬이 받겠지. 지금까지 그랬던 것처럼 말이다. 그리고 또 한동안 날 봉인하겠다고 설칠 테고. 한동안 심심하지 않겠어. 으음, 그런데 그 눈빛들은 뭐냐? 한심하다 이거냐? 쯧쯧, 요새 젊은것들은 노인을 공경할 줄도 모른다니까."

노인 공경을 운운하기에 앞서 행동부터 바로 해보라고 말하고 싶은 두 사람이었지만 그 말을 입 밖에 내지는 않았다.

"키몬님은 언제 깨어나십니까?"

"에라, 이 자식들 보게. 거의 만 일주일 만에 나와보는데 그게 할 말이야? 쯧쯧, 무정한 녀석들. 한 며칠 동안은 놀다가 갈 거다. 기껏 힘들게 나왔는데 그렇게 쉽게 들어갈 수 있겠어? 그런 얘긴 그만 하고 그보다 어떻든? 일주일 전에 만든 나의 마법 산물에 대한 감상은? 아주 멋들어지지 않던가? 낄낄. 멋있었을 거야. 그건 내가 예전에 가이칸 제국의 황제에게서 선물 받은 고서를 바탕으로 만든 거지. 가이칸 제국의 건국왕이 쓴 고서로 대부분이 고어로 되어 있어서 뜻은 풀이할 수 없었지만 화약과 기타 마법을 접목시켜 만든 아주 희귀한 마법 산물이지. 내가 어렸을 때 제국에서 만들어 밤하늘에 쏘아 올린 것을 보았는데 그게 너무 아름다워서 커서 만들어보리라고 마음먹었지. 내 대에서는 실패했지만 그래도 이 녀석 몸을 빌려서라도 만들어냈으니까. 어떻든? 멋있었지?"

그는 두 사람 앞에서 자신의 작품에 대해서 종알종알 떠벌렸다. 노엘과 루이스의 시선은 동시에 마주쳤다. 일주일 전에 사절단을 배웅하던 와중에 있었던 폭발음과 알 수 없는 무언가가 대낮의 하늘을 수놓는 광경을 보긴 했지만 두 사람은 키몬의 말을, 아니, 이제는 시져로 바뀐 그의 말의 절반도 이해하지 못하고 있었다. 하지만 시져의 자아는 잠들어 있는 동안 얼마나 말하고 싶었던지 주절주절 설명을 늘어놓았다.

"마법은 위대한 거야. 인간이 만들어낸 것 중에서 가장 대단한 것일 거다. 무에서 유를 창조해 만들어내는 그 힘이야말로 조물주께서 이 세상을 창조하기 위해 쓰신 힘과 거의 동등하다고 표현되는……"

어느새 마법 예찬론까지 이어지는 시져의 말을 한 귀로 흘려들으며 루이스와 노엘은 각자 할 일을 분담했다. 루이스는 시져의 말을 들어주고 노엘은 기절한 황제를 들쳐 업었다.

"종알종알 해서, 이러쿵저러쿵… 중략… 해서……."

계속되는 시져의 말을 단호하게 끊으며 고개를 숙였다.

"설명 잘 들었습니다. 내일 또 뵙지요."

"안녕히 계세요."

"얼래? 이봐들, 그냥 가지 말고 좀 듣고 가라고."

자신의 주인에게 무례를 범한 그에게 당장 검을 쑤셔 박아야 정상일 테지만 그들은 참으로 정중하게도 예를 취했다. 그는 제국의 가장 실력있는 마법사였고, 함부로 해할 수 없는 위치에 있는 궁중 마법사였다. 이렇다 할 힘이 없는 무신들이 그들로서는 어디까지나 그에게 예를 갖춰야 했다.

둘은 자신들이 도중에 말을 끊은 사실에 불쾌해하지않을까 은근히 신경 쓰였지만 별 불쾌감을 띠지 않는 그의 태도에 다행스러워했다. 오히려 자신의 강의를 들어줄 그들이 간다는 말에 오히려 아쉽다는 표정이다. 하지만 둘은 그에게 잡히면 최소한 반나절은 그의 기나긴 설명을 들어야 할 것임을 알기에 간단하게 인사를 하곤 시져가 퍼부은 마법 세례로 엉망이 된 그곳을 나왔다. 아쉬움에 입맛을 쩝쩝 다시고 있는 시져를 뒤로한 채 질질질 끌리는 소리를 내며 그들은 멀어져 갔다.

*   *   *

그리고 그 시각 가이칸 제국의 황성 센피리온의 리보아 공작의 저택.

리보아 공작가의 현주인 데이반 리보아는 황제께 올릴 보고서와 문서를 손보고 있었다. 각 영지에서 날아 들어온 세무 문서에서부터 국방의 군사 문제에 이르기까지 문서를 분류했고 중요한 순서대로 빠르고 신속하게 손을 놀리고 있었다.

"공작 각하, 대신들이 도착하셨습니다."

집무실 문밖에 서 있던 집사의 말에 공작의 손놀림은 잠시 멈췄다.

"모두 도착했는가?"

"네, 각하."

"휴우."

공작의 입에서는 가는 한숨이 튀어나왔다.

"벌써. 아직 일이 반도 끝나지 않았건만. 얼른 만나서 해결 보고 다시 시작해야겠군."

정리하던 문서를 그대로 놔두고 공작은 방을 나왔다. 집사는 그가 나오자 고개를 조아리며 그가 앞서 나가자 그의 뒤를 으레 뒤따랐다.

"모두 모였다고 했었지? 흠, 그렇다면 호안 백작께서도 오셨는가?"

"네."

공작은 약하게 안도의 숨을 내쉬었다. 호안 백작과는 같은 주인을 섬기는 신하 입장이지만 어디까지나 둘은 외척이었기 때문에 다툼이 있어서는 곤란했다. 안 그래도 지금의 황제는 제국의 주인으로서 안착이 되어 있지 않았다. 태후인 페티르와는 사이가 썩 좋지 못한 데다가 폐하에게 있는 수많은 형제가 그가 죽기만을 기다리고 있다. 황실 계승권은 흑발의 황족만이 가지게 되지만 그런 황족이 없을 경우에는 그 계승권은 다른 황족에게 계승되어지니 황족으로서는 지금의 황제가 죽어주기만을 기다릴 것이다. 아니, 지금 이 순간도 황제인 카이스를 죽이려고 시도를 할 수도 있다.

제국의 황위 다툼은 이미 타국에서도 널리 알려져 있을 정도로 제국의 황제가 된 존재라면 한 번씩은 당연히 겪는 일이니까. 그런 시점에서 외척들의 다툼은 황제의 권력을 깎아내리는 결과를 낳게 된다. 외척들의 싸움에는 당연하게도 조금의 권력이나 재물을 얻기 위해 제국의 귀족들이 분열되어 서로 싸우게 될 것이다.

1,000년 동안 제국의 안정을 도모해 온 리보아 가문으로서는 결코 용납할 수 없는 것이었기에 그는 연회장에서 있었던 일에 대해 호안 백작이 속으로는 어떻지는 모르지만 신경을 쓰지 않고 모임에 참석했다는 사실에 다행스러워했다. 그렇지 않았다면 자신의 손으로 오랜 동료를 죽여야 할 수도 있었으니 공작은 걱정을 조금 덜었다며 길게 숨을 들이쉬었다. 하지만 집사는 아직 그에게 할 말을 다 끝내지 않았던지 다시 입이 열었다.

"그리고 오랜만에 파룬 후작도 오셨습니다."

바쁘게 걸음을 옮기던 공작의 발걸음이 멈췄다.

"호오~ 파룬, 그가 말인가? 건강이 좋지 않아 한동안 얼굴을 비추지 않던 그가 왔다고? 오랜만에 반가운 얼굴을 만나겠어."

"각하?"

그의 곁에서 오래 시중을 들어온 집사의 눈빛마저도 상당한 놀라움이 서려 있었다. 하긴 방금 전에 그 웃음은 공작을 잘 아는 사람이라면 놀랄 만큼이나 강렬한 반가운 빛이 드러나 있었기 때문이다. 그의 웃음은 흔하지만 그건 어디까지나 사교용일 뿐 속으로는 어떤 생각을 하는지 알 길이 없는 사람이니 더욱더 그런 표정이 희귀할 수밖에 없었다. 하지만 공작은 집사가 어떤 표정을 짓든 말든 발걸음을 더욱 빨리했다. 그리고 그의 발걸음은 백합꽃 문양이 새겨진 문 앞에서 멈췄다.

끼이익.

집사가 문을 열었다. 그는 문이 열려지자 그 안으로 빠른 걸음을 들어섰다.

"각하, 오셨습니까."

"오랜만입니다, 공작."

방 안에 그가 들어오자 조용하기만 하던 방 안은 너도나도 인사를 하는 귀족들의 말로 잠시 소란스러워졌다. 공작들은 일일이 그들의 인사를 받아주며 온화한 웃음을 머금었다.

"저희들 모두를 급히 찾으신 이유는 무엇인지요?"

공작에게 고개를 조아리던 대신들 중 재무대신 피올로치 백작이 공작에게 물었다. 그 질문은 다른 이들이 품고 있는 공통된 의문점이기도 했기에 모두의 시선이 공작에게로 향해졌고 그는 대신들의 시선에 미소 지었다. 그리고 그는 말없이 방에 모인 이들의 얼굴을 하나하나 쳐다보았다. 공작 자신이 부른 귀족들은 모두 11명.

정계를 대표하는 6명의 대신들과 500명의 귀족들을 대표하는 4대 명문가의 수장들이 모여 있었다. 제국의 떠받치는 4개의 기둥이라고 칭해지는 베를리오즈, 디트리히, 마리온, 파룬의 성을 가진 대명문 가문의 수장들. 여기서 예외라면 호안 백작뿐이었다. 제국은 물론 타국에서도 알아주는 명문 가문들이 모두 모인 이유는 공작의 갑작스런 호출 때문으로 아무런 설명도 없이 호출당한 당사자들로서는 당연한 의문 사항이었다.

공작은 그들의 표정에서 그들이 뭘 묻고자 하는지 알아챈 듯 옅은 미소를 짓는다. 그러면서 그는 말없이 그들을 바라보다가 문득 한 귀족에게 시선을 멈췄다. 방에 모인 귀족들 모두가 모두 중년층이었지만 그중 가장 공작과 비슷한 동년배로 보이는 귀족이었는데 조금은 완고해 보이는 갈색 눈동자가 인상적인 중후한 남성이었다.

"오랜만이군, 후작. 근 5년 만이야."

"공작께서는 여전히 정정하십니다."

공작의 부드러운 시선과 마주한 그는 공작의 친근한 말투에 허리를 조금 숙이며 미소를 지었다. 둘 사이가 친근하다는 것을 증명이라도 하듯 두 사람은 형식적인 귀족들 간의 인사가 아닌 서로의 안부를 물었다.

"파룬 후작, 그대야말로 이렇게 외출을 한 걸 보니 몸이 많이 나은 모양이지. 다행일세."

공작은 파룬 후작이라 불린 그에게 팔을 벌려 힘주어 안았다. 그리고 몇 차례 몸을 두들기며 호탕하게 웃었다.

"얼마 전에 후작의 아들이 손자를 봤다는 말을 들었네. 하하! 축하하네. 드디어 후작도 할아버지가 되었어. 젊었을 적 평생 독신으로 살겠다고 하던 자네가 아들을 가지고 또한 손자를 얻었다니. 혼인을 하지 않는다는 말이 전부 거짓이라는 말을 이제야 실감했어. 하하하!"

"흠흠. 젊었을 때 나온 철없는 말이었다고 해주셨으면 좋겠습니다."

남 앞에서 떠벌려지기에는 상당히 쑥스러운 듯 파룬 후작이라 불린 중년인은 헛기침을 하며 변명한다.

"암만 생각해도 여자만 보면 인상만 찡그리던 그대를 품은 후작 부인이 대단하다는 생각뿐일세, 존경해. 떠도는 소문으로는 제2의 신혼기를 맞고 있다는 말을 들었네만. 확실히 그런 것도 같구만. 몸이 다 낳으니 부부 관계도 원활해진 것 같은가. 요새는 늦둥이를 보는 것도 유행이니. 후작은 모르지만 부인은 아직 젊으니 한둘은 거뜬히 낳아줄 걸세."

공작의 의미심장한 그 말에 파룬 후작의 얼굴이 벌게졌다.

"공작, 농담이 과하십니다. 저도 나이가 있는데."

"핫하하! 농일세, 후작. 아니, 그러고 보니 강한 부정은 긍정이라는 말이 있는데, 그렇듯 과민 반응을 하는 걸 보니 그런 계획은 있었나 보구만."

"공작!"

음흉한 미소를 띠며 은근히 놀려대는 공작에게 비명을 지르듯 소리쳤고 공작은 모른 척 호탕하게 웃었다.

"핫하하!"

너무도 즐겁게 웃는 공작을 보니 후작은 뭐라고 말은 못하고 무안한 듯 헛기침을 했다. 방에 있던 귀족들 역시도 입가에 띤 웃음으로 볼 때 충분히 수긍이 간다는 표정이다.

지만트, 파룬 후작은 리보아 공작과 함께 선황의 신뢰를 받아온 신하로 젊었을 적 공작과 친구였으며 정계에서 그와 함께 영향력을 가진 존재이며 성격도 강직하고 언변 능력도 좋아 현 외무대신 마리온 후작과 함께 타국의 일에 깊이 관련하기도했다.

정치계에서 권력 집중을 맡기 위해 한 종류 이상의 일을 겸할 수 없는 것이 관례였지만 파룬 후작의 출중한 외교 실력 덕분에 황명으로 특별히 허락된 일이었다. 물론 5년 전에 갑작스레 생긴 폐렴으로 정계에서 잠시 물러나 황도에서 따로 떨어진 시골에서 요양을 하느라 활동이 뜸해졌긴 했지만 그의 실력은 아직도 건재했던 것이다.

최근 요양이 효과를 보는지 몸이 좀 괜찮아지자 다시 황성으로 돌아온 것이지만 아직 정계에 복귀조차 하지 않았다. 공작의 갑작스런 호출도 아들이 말하지 않았다면 감쪽같이 몰랐을 것이다. 밤마다 기침이 잦아 가족들이 심히 염려스러워하는 그였다. 효심이 지극한 애드가 아버지를 생각해 차기 후계자라는 명목으로 자신이 오려 했지만 어떻게 알았는지 파룬 후작이 자신이 가겠다고 고집을 피운 끝에 온 자리였다. 아내가 그몸으로 어딜 가느냐며 펄펄 뛰었지만 그는 고집을 피워 여기까지 온 것이다. 그가 깊이 사랑하는 후작 부인이야 그가 몸 관리를 위해 제국을 떠나 있을 때도 사교계에 자주 모습을 비춰와서 사교계의 귀부인들 사이에서 그렇게 낯선 존재는 아니었다.

파룬가의 안주인인 마가렛은 파룬 후작보다 20살 정도 젊던 탓도 있었지만 그녀와 후작사이에 있는 가문의 배경 덕에 그녀가 파룬 후작과 혼인을 하겠다고 공언을 했을 때 사교계는 한동안 시끄러웠다. 그도 그럴 것이 파룬 후작은 혼자 살겠다고 선언했었고, 마가렛의 어머니가 예전에 파룬 후작이 젊었을 적에 부모들이 정해두었던 귀족 가문의 영양이었으니 귀부인들 사이에 그 둘의 염문에 대한 소문은 무성했었다. 게다가 당시 마가렛의 나이는 열여섯, 후작은 서른여섯이었다. 그래서인지 한동안 사교계에서 후작은 로리타를 밝힌다는 소문이 돌기도 했다. 물론 본인은 그런 소문이 돌든 말든 어디까지나 무심한 태도를 보여 금세 사그라들긴 했지만… 뒤에서는 그 일을 두고 귀부인들 사이에서는 상당한 수다꺼리가 되기도 했다.

파룬 후작은 몰라도 약혼을 했었던 마가렛의 어머니는 파룬 후작을 사모하여, 파혼당한 후 다른 귀족가와 혼인을 했어도 그를 잊지 못해 밤마다 그를 찾아가 울곤 했다고 하니까. 아무리 세월이 흘렀어도 예전에 사랑했던 남자가 자신의 딸과 연인 사이가 되고, 혼인을 한다고 생각한다면 그녀로서는 상당히 심기가 편치 않았을 것이다. 물론 귀족들이야 혼인할 당사자의 나이가 많든 적든 인맥과 권력을 유지하는 수

단으로 이용하는 것이니 나이 차이는 그리 중요하지는 않았을 테지만 문제는 파룬이니까 문제였던 것이다.

여자에게는 무심해 남색(男色)을 밝힌다는 소문까지 있던 파룬의 열렬히 사랑하는 여인이 소녀 티도 벗지 못한 열여섯 꽃다운 나이의 처녀였으니… 결혼을 하고 다음 해 자식도 얻었지만 자신의 전철을 밟게 하지 않기 위함인지 후작은 아들이 18살 생일을 맞자마자 혼인을 시켰고, 그해 가을 바로 손자를 얻었다.

마가렛과 혼인한 그해 가문의 후계자를 본 기쁨도 컸지만, 또한 아들이 자식을 얻어 그가 할아버지가 되었다는 사실에 더욱 흥분했던 그였다. 물론 그를 아는 이들은 모두 늦게 결혼한 사람이 빨라도 너무 빠르다며 짓궂게 놀리곤 했지만, 그래도 파룬 후작은 그것을 유연하게 넘길 수 있을 정도로 기분이 무척 좋았다.

"흠흠, 공께서는 여전히 짓궂으십니다."

"칭찬으로 듣겠네, 후작. 아아 이렇게 서 있지만 말고 우선 가서 앉아야겠군. 집주인인 내가 손님을 초대해 놓고 서서 있게 할 수 없는 일이 아닌가."

공작은 우선 방 안 중심에 위치한 소파로 그들을 인도했다.

"차를 내오게."

"네, 각하."

집사가 차를 끓이기 위해 방을 나갔다. 방금 질문을 한 재무대신인 피올로치 백작과 마찬가지인 듯 이곳에 모인 모든 귀족들은 갑자기 자신들을 모이게 한 공작의 의도가 궁금한 표정을 짓고 있었다. 하지만 뭔가를 기다리려는 듯 공작의 입은 열리지 않았다.

이미 여러 번 공작과의 만남을 가져 본 귀족들은 그가 무슨 말을 할 때는 꼭 차가 나와야 하는 것을 잘 아는지라 그저 그러려니 하며 집사가 차를 내오길 기다렸다.

물론 귀족들은 대개 차를 즐기지 않았지만 차를 즐겨 마시는 리보아 공작 덕에 공작가에 오면 예의상 한 잔씩은 마셨다. 그래서인지 차를 끓이는 데 평소보다 오래 걸렸고 그들의 앞에 공작과 같은 종류의 차가 놓여진 것은 그들의 소파에 앉고 10여 분이 흐른 뒤였다.

후룩.

공작은 차가 도착하자 찻잔을 입가로 기울였다. 향을 음미하듯 입 안에 머금고 눈을 감고 있는 그의 모습은 참으로 평온해 보였다.

귀족들도 그가 마시자 뒤따라 마셨지만 몇 명을 제외하면 차 특유의 쓴 뒷맛에 무척 떨떠름한 표정을 지었고 더 이상 찻잔을 기울이는 사람은 없었다.

"흠. 역시 집사의 차 끓이는 솜씨는 날이 갈수록 늘어가는군. 아주 차 맛이 그윽해."

집사는 빙긋이 웃었다.

"칭찬 감사합니다, 각하."

"그윽하다 뿐인가. 이 깊은 향은 웬만큼 오래 우려내지 않고서는 절대 내지 못할 향이야."

공작의 말에 귀족들의 인상은 그야말로 거의 뭐 씹은 표정들이었지만 공작은 차를 끓인 집사를 칭찬하는 데 바빴다.

"공작 각하, 저희를 찾으신 이유를 이제 말씀해 주실 때도 되지 않았습니까?"

자신들을 부른 이유를 빨리 알아야겠다고 생각했던지 도온 베를리오즈 후작이 찻잔을 일부러 테이블에 놓으며 먼저 질문을 던졌다.

"흠흠, 그렇습니다, 각하. 한 명씩 개인적으로 찾은 것도 아니고 이 자리에 모인 이들은 황제 폐하께 충성을 바친 이들. 그런 저희들을 모두 모이라 하신 것은 분명히 황제 폐하의 일과 관계가 돼 있는 일이 아닐런지요. 저는 그리 확신합니다만 공작께서 하시고자 하는 말씀을 얼른 해주시길 바랍니다."

재무대신인 피올로치 백작이 옳다는 듯 베를리오즈 후작의 말을 거들었다.

탁.

공작은 마시던 찻잔을 탁자에 내렸다.

"과연 제국의 모든 세금 정황을 한눈에 파악하시는 재무대신다운 발언이오. 맞소, 내가 여러분들을 모두 부른 이유는 황제 폐하에 관한 일 때문이오."

귀족들의 눈빛은 진지해졌다. 황제에게 충성을 맹세한 그들이었기에 황제에 대한 모든 일에 신경을 곤두세우고 있었다. 그들의 조부와 부친이 그러해 왔듯 그들은 모두 제국을 아끼고 사랑하고 있었기에 황제의 안위가 곧 제국의 안위로 집결된다는 것을 알고 있는 그들이다.

그들은 요즘 들어 황제의 거처에 암살자들이 부쩍 늘었다는 것에 모두 어지간히 신경을 써오고 있던 것이다. 물론 그런 일은 있어서도 안 되는 것이지만 혹여 황제께 불미스러운 일이라도 있었던 것은 아닌지 그들 모두 심히 염려스러워하고 있었고 공작의 입에서 나올 말이 그들의 군주에 관한 것이라고 하는 만큼 신경이 곤두서는 건 어찌 보면 당연했다.

"답답합니다, 공작. 그만 속 시원히 털어놓으십시오. 비록 공작의 눈에는 못 미더워 보일지 모르나 저희들 모두 황제 폐하께 충성을 맹세한 가신입니다. 얼른 얘길 해주십시오."

공작이 잠시 차를 마시며 자꾸만 뜸을 들이자 답답하다는 듯 베를리오즈 후작이 소리쳤고 그것을 시작으로 여기저기서 공작을 재촉하는 음성이 터져 나왔다. 제국의 6대신들도 말은 없지만 얼른 말해 주기를 내심 바라는 눈빛을 띠며 공작을 응시하고 있었다.

"……."

후룩.

공작은 다시 차를 한 모금 더 마셨다. 생각을 정리할 양이었던지 찻잔을 들어 마시는 동안의 시간은 배로 들었다.

"어차피 말해 주기 위해 부른 일이니 말할 것이오. 하지만 이 일은 기밀을 요하는 일로 이곳에 있는 이들은 모두 함구해야 할 일이오. 그러지 못할 경우에는 아예 듣지 않는 것이 좋을 것이오."

"함구? 그렇게까지 중요한 일입니까?"

"그렇소. 언뜻 중요한 것 같지 않은 듯하지만 황제께서 제국의 주인으로서 안전하게, 그리고 완전히 안주하기 위해서는 중요하다면 중요한 일이오. 약속하실 수 있겠소?"

"도대체 어떤 일이기에, 아니, 그런 건 상관하지 않겠습니다. 황제 폐하의 일이라면 무엇이든지 제 가문의 이름을 걸고 이곳에서 들었던 일을 함구할 것을 맹세하겠습니다."

"저도 그렇게 하겠습니다, 공작."

공작은 마지막 남은 차를 남김없이 비운 뒤 함구를 약속하고 있는 황제의 충실한 가신들의 모습에 만족스러운 듯 미소 지었다. 이곳에 모인 귀족들은 가장 믿을 수 있는 자들로 다른 이들은 몰라도 여기 모인 귀족들만큼은 황제에게 목숨까지 내놓을 정도로 충심이 깊다.

공작은 그것을 알고 있었다. 그리고 그는 그것을 너무나도 잘 알기 때문에 그들을 이렇게 부른 것이다.

"이제 와서 말하긴 좀 그렇지만 황제 폐하께서 정확히 보름 전에 여우 사냥을 가셨다가 심하게 다쳐서 오신 것을 다들 기억하실 거요."

"네. 사흘 동안 의식 불명 상태이셨지요. 하지만 별 무리 없이 곧 정신을 차리셨다고 알고 있습니다. 그런데 왜?"

다 아는 사실을 왜 여기서 언급하느냐는 듯 의아한 표정으로 고개를 갸웃거리는 4명의 대귀족들과는 달리 6명의 대신들의 눈빛이 크게 흔들린다.

"공작, 그걸 말씀하실 셈이오?"

"아직은 아닙니다. 더 기다려 보기로 하지 않았소이까."

공작의 입가에는 미소가 거두어졌다.

"더 이상 기다릴 시간이 없소. 폐하께서는 여러 가지 면으로 부족하시오. 이 거대한 제국의 주인이 될 자로서 모든 수업을 익히셨다고는 하나 겨우 보름이오. 이제 가신들에게 사실을 밝히고 황제 폐하를 더 충실히 보좌하는 방법뿐이오. 지금 황실은 강한 황제를 요구하오. 아무리 뛰어나다 하더라도 그분은 지금 아무것도 기억을 하고 있지 못하시오. 지금 자신이 어떤 위험에 빠져 있는지도 모르실 것이란 말이오."

"그, 그러나……."

"더 이상 시간을 끌 수 없소. 황제께서 지금까지 잘해오셨다고는 하나 이제부터는 가신들에게 적극적으로 도움을 요청해야 한단 말이오."

그는 단호하게 대신들의 반대를 눌렀다. 갑자기 언성이 높아지며 다툼을 보이는 대신들과 공작에게 4명 대귀족들의 눈빛은 의아함이 배어나왔다. 하지만 경솔하게 언성을 높이는 자들은 없었다. 그저 조용히 대신들과 공작의 대화를 경청할 뿐이었다.

"대신께서도 알고 계실 테지만 그분이 돌아오시오. 우리들도 대비를 해야 합니다. 다른 건 상관하지 않아도 되나 그에 대해서만큼은 모든 이들이 대비해야 합니다."

"그건 알고 있습니다. 하지만 그것은 역대 황제께서 등극하실 때마다 있어온 일입니다. 설마 무슨 일이 있겠습니까."

"하지만 그도 일리가 있습니다. 이미 역대의 수많은 황제들께서는 그 정통성을 인정받지 못하셨소이다. 다시 인정을 받기는 하셨으나 현 황제께선 아직 그에게서 그 물건을 넘겨받지 못하셨으니까요."

"그건 사실이지만……."

"그 사고로 기억마저 온전하시지 못한 지금으로써는 이렇게 앉아서 그분의 기억이 돌아오기만을 기다릴 수는 없습니다."

공작의 단호한 그 말에 대신들은 모두 헛숨을 들이켰다. 공작의 말대로였다. 그가 돌아온다면 이렇게 마냥 앉아서 있을 수는 없는 일이었다. 이건 황권과 직결되는 일이니까. 하지만 비밀로 부치자고 했던 당사자인 공작이 신발 바꾸어 신듯 말을 바꾸자 대신들 모두 그가 변덕이 죽 끓듯이 한다는 생각을 했다.

"기억이라니요? 그게 무슨 말입니까?"

"폐하의 옥체에 문제라도 생겼단 말씀이십니까, 공작? 속 시원히 대답을 해보십시오."

대신들은 공작의 결정을 말리려고 했으나 단편적인 말에도 흥분하여 답변을 재촉하는 귀족들을 보며 입을 다물 수밖에 없었다. 대신들이 흥분하는 이유를 알고 있는 공작은 심호흡을 몇 차례 하며 마음을 다스렸다. 어차피 이 사실을 알리려고 부른 것이었는데 뭘 망설이랴.

그는 조용히 그간의 일을 설명해 주었다. 지금의 황제가 기억상실증에 걸린 과정에서부터 그의 기억을 되살리기 위해 해온 노력들, 그리고 보름 전부터 해왔던 제왕학과 황제로서 가져야 할 지식을 새로 가르친 것까지 모두 말이다. 몇몇 믿을 수 있는 이들 외에는 비밀로 부치기로 했었지만 상황이 이렇게 돼버린 지금은 할 수 없었다.

그가 제국으로 돌아오는 것이다. 황위에 오른 황제에게는 평생의 정통성을 인정받으며 또한 제국을 다스릴 정당한 자격과 권위를 부여하는 물건 '옥새'를 건네받아야 한다. 언제 올런지는 모르지만 지금까지 있었던 일을 생각하면 최소한 반년 내로 올 것이다. 황제는 그에게서 옥새를 받아야 하고 그것과 함께 정통성을 인정을 받아야 한다. 그제야 그는 제국의 황제로서 절대 권력을 얻을 수 있는 것이다. 바꾸어 말하면 황제가 정통성을 인정을 받지 못하게 되면 비록 검은 머리라고 해도 다른 황족들에게 황위 계승권이 넘어가게 된다. 물론 그건 어디까지나 황족 내에 떠도는 소문일 뿐, 검은 머리가 황제가 되지 않았던 적은 한 번도 없었다. 간혹 한 번씩 정통성을 인정받지 못해서 황위에 오르고 고생을 했던 황제는 많았지만. 어쨌든 카이스 황제의 가신들로서는 긴장해야 하는 시점이 아닐 수 없는 것이다.

예전의 그였다면 공작도 이렇듯 귀족들을 모두 불러 모아 대책 회의 따위는 하지 않았을 것이다. 카이스 황제는 황자 시절부터 황제로서의 모든 것을 가지고 있었고, 또한 수많은 황족 사이에서도 단연 돋보이는 기품과 위엄을 가져 자신을 비롯한 많은 충신들을 가지고 있었으니. 하지만 지금은 달랐다.

황제는 여러 가지 부분에서 부족했다. 지도자로서의 자질은 오히려 전보다 더 발전한 것 같았고 위엄도 여전했다. 그러나 20년 동안 쌓아 온 경험적인 것이 사라진 지금으로써는 여러 면에서 부족한 부분이 많았다. 황실의 내부 상황이나 황위를 계승한 뒤에도 따를 위험을 생각한다면 오히려 불안하기까지 한 것이다.

자신 혼자서 황제를 보필하기에는 여러 가지로 힘들었던지라 공작은 가신들의 도움을 요청할 수밖에 없었다. 그가 오면 황궁은 한동안 소란스러워질 테니까. 지금의 황제께 좋은 쪽이 아닌 나쁜 쪽으로. 그래서 공작은 될 수 있으면 믿을 수 있는 가신들의 도움을 필요로 하는 것이다.

"그렇다면 제 의붓딸인 이르디아를 멀리하신 이유는 그 탓이라는 것입니까?"

조용히 입을 다문 채 상황을 경청하고 있던 호안 백작의 말이었다. 당연히 그가 이런 질문을 해올 것임을 알았던 리보아 공작은 망설이지 않고 고개를 끄덕였다.

"그렇소."

호안 백작은 연회석에서 있었던 일을 상당히 신경 쓰고 있었던 모양이다. 하긴 얼마 전까지만 해도 가신들의 주청에도 이르디아라면 죽고 못살던 황제가 공식석에서 그렇듯 냉대했으니 그라도 상당히 의아했을 것이다. 물론 의붓딸인 그녀를 아끼기 때문은 아니었다. 오히려 속이 후련했다. 호안 백작은 황제의 명으로 반강제적으로 받아들인 것이기에 오히려 황제의 관심이 그녀에게서 멀어지면 그로서는 아주 좋은 일이었다. 공작은 호안 백작이 이르디아를 좋게 보지 않는다는 것을 잘 아는지라 그저 웃음만을 머금을 뿐이었다. 그래도 혹시나 의붓딸이라고 하여 조금 심기가 불편해지지 않을까 싶었지만 오히려 그 반대였다.

"기억상실증이라… 하하, 어쩐지 전에 뵈었을 때 성격이 좀 바뀌신 것 같아서 신경이 쓰였는데 그런 이유에서였군요. 하하하."

호안 백작은 오히려 시원스럽게 웃어넘기고 있었고 4명의 수장들은 그가 웃는 낯을 보고 있었다. 하긴 잘된 일이었다. 그들이 섬기는 황제의 가장 큰 오점이 바로 그녀다. 이르디아.

비록 호안 가의 딸이 되어 있지만 천민의 딸로서 황실과 황제 폐하의 권위에 오점을 남기고 있었다. 황제가 수많은 후궁을 두어도 상관은 없다. 후궁의 출신 성분 또한 그리 중요한 것은 아니지만 이르디아 그녀는 그저 한낱 첩으로 보기에는 힘든 뭔가가 있었다.

천민 출생이라고는 믿을 수 없을 만큼 머리도 좋았고, 또한 야망도 큰 데다 황제의 총애를 적절히 이용해 내명부의 주인인 황후마저 마음대로 하던 여인이다. 그런 여인이 황실 내에서 살게 되면 갖가지 문제를 일으키게 될 것이었다. 그래서 리보아 공작을 위시한 그들은 그녀를 멀리하길 권고했었지만 황제의 총애는 오히려 깊어갈 뿐이라 어쩌지 못했다. 하지만 황제가 기억을 잃었다면 오히려 그들로서는 그녀에 대한 것에 망설임 따위는 필요없는 것이다. 황실의 위엄에 손상을 주는 것은 뿌리부터 뽑아야 한다는 것이 그들의 생각이었다.

"그렇다면 이제 그녀를 어찌 처리하실 생각이십니까?"

수염을 양 옆으로 멋들어지게 기른 중년인 마리온 후작이 던진 질문이었다.

"황제 폐하의 총애를 잃은 후궁은 보통은 칭호를 내려주고 수도 밖으로 내보내왔으니까요. 그녀도 그렇게 되지 않겠습니까? 내명부의 주인이신 황후마마의 소관이시고요. 그것은 관례입니다. 저희들이 끼어들 일이 아니라고 봅니다만."

4명의 수장들 중 가장 관례나 전통에 보수적인 후작다운 말을 하며 결정을 미루는 그를 보며 공작은 확실히 그다운 말이라 생각하며 소리죽여 웃었다.

"어차피 예전부터 생각해 오던 일 아니오. 후일이 어찌 될지는 모르나 당장 급한 것부터 해결해야 합니다. 황제 폐하를 위해서 말이오."

"저도 마리온 후작의 말에 찬성합니다. 이것이 저희들의 권한에서 벗어난 일이라고는 해도 폐하의 앞날을 위해서는 당연한 것이 아닙니까."

"저 역시 양녀라고는 해도 여러 가지 면에서 문제가 많은 여인을 황제의 곁에 둘 수 없다고 생각합니다."

"그렇다면 황제께 주청을 올려 그녀를 수도 밖으로 내치도록 합시다. 호안 백작께서도 찬성하신다면 별로 거칠 것이 없소이다."

"너무도 성급하시오. 그녀의 일에 관해서는 조금 더 살펴보도록 하는 것이… 비록 황제께서 지금 그런 상태라고는 하나 기억이 언제 돌아오실지 모르는데 우리들 소관대로 그녀를 처리했다가 황제께서 기억이 돌아오시어 그녀를 찾으면 저희들 입장만 난처해지지 않겠소. 그일은 아직 논의할 때가 아니라고 생각합니다. 차후에 논의토록 하는 것이 좋겠습니다."

전체적으로 그녀를 빨리 내치자는 쪽으로 나오자 그들을 진정시키고 타결책을 내놓은 사람은 디트리히 후작이었다. 4대 수장들 중 가장 신중한 성격답게 그는 유연하게 그들을 진정시켰다. 파룬 후작과 대신들이야 원래 아무 말도 없었으니 그의 말에 따라주었고 두 수장들도 자신들이 너무 흥분한 걸 알았던지 헛기침을 두어 번 하며 입을 다물었다.

하긴 아직 그녀에 대한 처분은 너무 이른 감이 있었다. 황제의 기억상실증이라는 신경 쓰이는 부분이 있기는 하나 황제의 성은을 입은 여인이었다. 그런 여인에 대한 일의 처리는 신중해야 하며 관대해야 했다. 오히려 그녀를 처리하려다가 황제께 누를 끼치게 될 수도 있으니 말이다. 방은 잠시 조용해졌다.

달칵. 후륵.

집사가 다시 가져다 준 찻잔을 리보아 공작이 기울이는 소리만 들릴 뿐이었다.

"그의 말대로요. 이번 일은 아직 우리 선에서 해결될 일이 아니오. 황제 폐하에 대한 수장들의 그 깊은 충정을 알고 있으나 우리는 어디까지나 그분을 돕기 위해 존재하는 것. 때가 되면, 정녕 폐하의 마음이 이르디아에게 없다는 것이 확신이 되면 다시 모여 의논해 봅시다."

당연히 그들은 공작의 의견을 받아들였다. 기울였던 찻잔을 테이블에 놓은 뒤 공작은 이 일에 대해서는 나중에 타결해 보자 말했고 그들은 고개를 끄덕였다. 그리고 방금 전의 말은 물에 가라앉혀 버리자는 묵계가 오고 갔었는지 귀족들과 대신들은 자연스레 화제를 타국의 정세로 돌렸다. 아무도 그것에 대해 뭐라 하지 않았고 그저 서로 간의 정보를 교환하며 의견을 나눌 뿐이었다.

"요새 다른 나라의 상태는 어떻소?"

"여전히 테프루스 왕국의 힘이 가면 갈수록 강해지고 있습니다. 물론 그래 봤자 저희 제국에는 미치지 못하지만 요새 들어 푼트 국의 국경 지대에 그들의 침범이 잦아지고 있다는 소식입니다. 로드 왕국이나 크리아디아는 속이야 어떨지는 모르나 그들과 친분을 맺어왔으니 문제는 푼트 국입니다."

"푼트 왕국과 테프루스 왕국은 한 뿌리에서 나왔지만 이상할 정도로 사이가 좋지 않았으니까요. 그 왕국이 강해진 만큼 세력이 약화된 푼트 국으로서는 상당히 곤욕을 치르는 모양입니다."

"게다가 현재 장자이며 후계자인 아민 왕자가 정신병을 앓고 있으니 더욱 그렇겠지요."

그들의 입에서 흘러나오는 국외의 정세를 말없이 경청하고 있던 공작은 의외의 빛을 띠었다.

"아민 왕자라면 얼마 전에 제국에 왔던 그 왕자? 그 왕자가 정신병이라니? 그게 무슨 소리인가? 연회장에서는 아주 멀쩡하던데."

그 말을 꺼낸 베를리오즈 후작은 그 자신도 상당히 황당해하는 표정을 지으며 고개를 끄덕였다.

"저도 그 왕자를 처음 봤을 때는 무척 놀랐습니다. 푼트 국 왕성 내에서는 미친 왕자로 통한다는 왕자가 사절단으로 파견되어 왔다니 어디 제가 상상이나 했겠습니까."

"정신병? 오히려 총명하고 당차 보여 국왕의 재목감으로는 더없이 좋은 존재라고 생각했는데 정말인가, 베를리오즈 후작?"

"네. 멀쩡하다가도 갑자기 미쳐 사람을 죽이곤 한다는군요. 이유는 모르지만 푼트 국에서는 모두 다 아는 사실이랍니다. 또한 흥미로운 것은 왕성 밖에서 있을 때에는 그런 일이 벌어지지 않는다는 겁니다. 아예 안 그런 것은 아니고 아민 왕자의 발작이 드물어진다는 겁니다. 푼트 국내에서는 원래 아민 왕자를 왕세자로 추대하려고 했지만 그 문제 때문인지 둘째 왕자인 아루 왕자가 왕세자 후보로 거론되고 있답니다. 하지만 아루 왕자는 국왕으로서 여러 가지 면으로 자질이 부족하여 현 국왕은 여전히 첫째 아들을 왕으로 세우려 하고 있다더군요. 그래서 아민 왕자의 병을 낫게 하기 위해 대륙의 치유술사들을 불러 왕자의 병을 치료하고 있답니다. 물론 병이 나을 기미는 없지만 아직 국왕은 정정한 데다가 시간이 충분하다는 이유로 그곳의 국왕은 왕세자를 정하지 않고 있다는 정보도 들어왔습니다. 그만큼 아들을 신뢰한다는 증거라고 봐야 할까요."

"좀 더 얘길해 보시오, 후작."

자세한 설명을 듣기 위해 귀를 기울이고 있으려니 옆에서 자세한 사정을 듣고자 하는 이가 또 있었으니 바로 외교대신인 레페리언 백작이었다. 외교대신인 그는 후작의 말에 제일 민감한 반응을 보였다. 그가 하는 일이 바로 타국과 자국의 이익을 놓고 언변을 겨루는 것이기에 타국의 사정에 밝아야 하는 것은 당연했다. 그런데도 그가 그런 반응을 보이는 걸 보니 그 사실을 전혀 몰랐던 모양이었다.

"저도 얼마 전에야 알았습니다. 푼트 국 내에서 이 말이 새어 나가지 않도록 각별하게 신경을 썼던 모양인데 어디 그게 막는다고 새어 나가지 않겠습니까. 각국을 떠도는 상인들의 입을 통해서 세간에서 그에 관한 소문과 푼트 국 내정에 관한 일이 상당히 떠도는 모양입니다."

"그 소문을 통해 베를리오즈 후작이 개인적으로 알아보았겠군. 그대 가문의 정보 수집 능력은 알아주니까."

"칭찬해 주시니 감사합니다, 공작."

"어쨌든 방금 그 소문 믿을 만한 건가?"

베를리오즈 후작의 기나긴 설명이 끝나자 재무대신인 피올로치 백작이 물어왔다. 그는 고개를 끄덕였다.

"네."

사실을 몰랐던 대신들의 표정은 그야말로 분노로 가득했다.

한 나라의 사절단이, 그것도 최강국이라고 자부하는 제국의 사절단으로 한낱 미친 왕자를 보냈다는 사실에 그들은 모두 흥분한 것이다. 혹여 발작하여 황제 폐하께 위해를 가했다면 어떻게 되겠는가 하는 생각이 그들의 머리 속을 메우고 있었다.

"항의를 해야 하지 않겠습니까? 모르고 있었다면 모르지만 사실도 알게 되었는데 그런 위험 인물을 사절단으로 보냈다니. 푼트 국이 우리 제국을 우습게 보는 행동이 아닙니까!"

"암요. 당연히 그래야겠죠."

"당장 항의 서신을 보내야 합니다, 공작."

"저도 찬성입니다. 제국의 신하로서 이건 묵과할 수 없는 행위입니다."

사방에서 거친 고함과 푼트 국을 질책하는 언성이 높아져 가자 공작은 크게 숨을 들이쉬었다. 그리고 말없이 손끝으로 탁자를 두어 번 두드리자 그들의 소란은 조금씩 사그라들었다.

"대체 어떻게 미친 왕자가 왕국을 대표하는 사절단으로 뽑혀서 온 것인지는 모르지만 어차피 지나간 일을 들추어 트집을 잡는 것은 강국으로서 옹졸한 행위요. 이것 역시 묻어두기로 하고 우선 하던 대화나 계속해야 하지 않겠소."

공작의 말에 약간 떨떠름한 표정을 짓는 귀족들도 있었지만 여기서 주도권을 쥐고 있는 것은 공작이었기에 말없이 긍정을 표했다.

"그저 작은 나라로 그렇게 신경 쓰지는 않았는데 이제부터라도 푼트 국의 정세를 주의 깊게 주시해야겠군."

그렇지만 여전히 신경은 그곳에 쏠려 있는지 경계를 뜻하는 말을 하며 사뭇 진지한 표정을 짓는 외무대신의 말에 모두 동조하고 있었다.

"푼트 국만 아니라 테프루스 왕국 역시도 함께 주시해야 합니다, 공작. 아직 힘이 충분히 길러지지 않아 그렇지, 정복욕이 강해 힘만 있다면 우리 제국조차 넘볼 위인들입니다. 기사를 양성해야 합니다. 그동안 우리 제국은 문화 정책으로 군사에 대해서는 너무 소홀히 대해왔습니다. 지금부터라도 기사를 본격적으로 키우고 양성하는 것이 좋을 것 같습니다."

"무슨 소리요? 무식하게 검만 휘두를 줄 아는 이들을 신경 쓸 이유가 무엇입니까. 그들은 나라만 지키면 그만이오."

"그렇소이다. 그러고 보니 요사이 황제께서 무신 자제들과 어울린다고 들었는데 사실입니까?"

"황제께서 친히 거두셨던 평민 줄신의 기사였던가요. 이름이 노엘 메르델. 그의 아비가 실력이 뛰어나 선황께서 친히 거두었던 자라고 했던가요. 황제께서 그런 무식한 무리들과 가까이 지내신답니까?"

"허허, 기사들이야말로 제국을 지키는 데 지대한 공을 세울 자들입니다. 검을 쓴다 하여 무조건 천시해서는 안 됩니다. 우리들 문신이야

학문을 익히면 그만이나 그들은 다릅니다."

"달라봤자요. 그런 무식한 것들은 신경 쓸 가치도 없소. 황제께 주청을 드려 그들을 멀리하도록 아뢰어야겠소."

"후작, 황제의 행동에 우리가 뭐라고 할 권한은 없소이다."

"우리는 황제께 바른 길을 가도록 주청을 드릴 책임과 의무를 가지고 있소! 정말 파룬 후작께서는 모든 일에 무관심하면서도 그들에 관한 일만 나오시면 흥분하시오? 예전부터 그랬었지만 후작은 이상할 정도로 무신들을 두둔하는구려. 그런 무식한 자들을 두둔해 보았자요."

"내 말은 그런 것이 아니지 않소."

파룬 후작의 언성이 조금씩 높아졌다.

"제국을 다스리는 데 검은 필요없습니다. 오직 제국의 문화를 발전시키고 안정시킬 총기와 자질만이 계시면 되오. 그것이야말로 1,000년 동안 제국을 안정시켜 온 관례요."

"고여 있는 샘물은 언젠가 썩게 되어 있소. 새로운 변화가 필요하오. 지금까지 과도한 문화 부흥 정책으로 제국의 귀족들은 점점 약해져 있고 우유부단함이 극에 달했소. 게다가 사치 풍조까지. 하지만 무신들을 보시오. 말만 앞서고 소심한 우리 문신들과는 달리……."

그 말에 발끈한 듯 마리온 후작의 언성은 커졌다.

"우유부단이라니, 귀족들은 제국에 충성하고 있소."

"그저 이리 몰리고 저리 몰려다니는 것이 충성이오? 사교계를 가 보시오. 문신 귀족들이 하는 일이라고는 놀고 먹고 서로를 헐뜯을 뿐."

"후작!"

"왜 내 말이 틀렸소이까!"

파룬 후작은 얼마나 하고 싶었던 말인지 그의 입은 거침없이 제국의 현 주소를 내뱉듯이 말했다. 그와 설전을 거듭하고 있던 마리온 후작의 얼굴색은 수차례 바뀌었다. 옆에서 한마디 거들던 디트리히 후작조차 말이 없었다. 뭔가 할 말이 있는 듯 입을 벙긋거렸으나 그의 입은 결국 열리지 않았다. 사실 파룬 후작의 말 중 틀린 말은 없었기 때문이었다.

리보아 공작과 베를리오즈 후작, 그리고 6명의 대신들은 파룬 후작과 디트리히 후작과의 설전을 묵묵히 지켜보고 있다가 그들이 다툼을 멈추자 상황을 진정시키기 위해 나섰다.

결국은 이렇게 소리치고 말았군 하는 표정으로 쓰디쓴 미소를 짓고 있는 파룬 후작과 뭐라 해도 자신이 옳다는 표정의 마리온 후작의 상반된 표정은 이미 익숙해진 광경이었다. 5년 전 파룬 후작이 병든 몸 때문에 정계를 떠나 있었기에 만나지 못했던 그 기간 동안은 조용했었지만 젊었을 적부터 두 사람의 다툼은 이 자리에 모인 이들이라면 익숙한 광경이다.

서로 상반된 가치관을 가져 4명의 수장들 사이에서 다툼이 잦았던 것이다. 다른 것은 몰라도 이런 부문에서 말이다.

제국은 1,000년 동안 문화 정책을 써왔다. 전쟁을 유달리 싫어했던 건국왕은 '문이야말로 신이 인류에게 주신 가장 위대한 사산이며 필요한 것이다. 그리고 또한 무는 필요악으로 발전시키되 서로 간의 파멸만을 낳는 것이므로 내 사후 전쟁을 금한다. 후세인들은 제국을 다스리는 데 있어 문을 중시해야 할 것이다'라고 했었다.

제국은 그것을 충실히 이행해 현재까지 문을 나라를 다스리는 데 근본으로 삼았다. 그리고 무를 함께 발전을 시켜왔다. 그 사후 2대까지는 무에 대한 중요성이 어느 정도 각인돼 있어 기사들을 중시했었지만 세월이 흐르고 전쟁을 조금이라도 줄여보고자 한 유지의 의미가 퇴색되어 문신은 중요시되고 무신들은 있으나 마나 한 것으로 바뀌어 버린 것이다.

파룬 후작은 젊었을 적부터 제국의 그런 풍토를 바꾸고자 선황을 끈질기게 설득해 왔고 600년 전에 없어져 버린 연무장을 다시 만들고 기사들에게 혜택을 주도록 했다. 그 일 때문에 마리온 후작과는 일주일에 두세 번 꼴로 항상 언성을 높여왔고 마리온 후작은 후작대로 관례를 깰 수 없다는 강경한 입장으로 반대를 해왔다.

리보아 공작은 파룬 후작의 뜻에 전적으로 찬성하지만 그는 어디까지나 중립을 고수해야 하는 것이다. 어느 누구의 편을 들어서도 안 되는 것이다. 잠자코 지켜보던 베를리오즈 후작은 헛기침을 하며 애써 그들 사이의 냉랭한 분위기를 풀어보고자 했다.

디트리히 후작 역시 그를 돕기는 했지만 별 뜻은 없었던지 오히려 분위기가 이상해지자 민망해하는 듯했다. 호안 백작은 이도 저도 못하고 난감한 표정을 지으며 공작을 자꾸만 쳐다보았다.

"흠흠… 아무리 봐도 이런 분위기에서는 대화를 나누기 힘들 것 같습니다, 공작. 다음에 다시 모이도록 하지요. 어차피 사안은 모두 말하신 듯한데."

한참을 그렇게 있던 디트리히 후작의 참다못해 튀어나온 말에 리보아 공작은 고개를 끄덕였다. 중재도 결론도 내릴 수 없다면 조금 미루는 것도 좋은 처신 방법일 테니까.

"수장들께서는 가셔도 좋소. 대신들께서도 한창 바쁘실 때 걸음을 하게 하여 미안하오. 파룬 후작은 할 말이 있으니 잠깐 남고."

"그러지요, 공작."

"내일 폐하의 접견실에서 다시 되겠습니다."

"그럽시다."

대신들과 미소하며 그의 방을 나갔고 공작과 후작만이 넓은 방에 남았다.

"칼, 잠시 나가 있게."

"네, 각하."

사방이 조용해지자 칼이라 불린 집사는 고개를 조아리며 물러났다.

"후우."

공작은 소파에 등을 바싹 기대며 숨을 토했다. 방금 전의 그 일이 상당히 피곤했던 모양이었다. 그 상태로 잠시 있던 리보아 공작이 미소지으며 입을 열었다.

"자네는 5년 동안 전혀 변하지 않았군."

"사돈 남 말 하지 말게, 데르만."

"흠, 난 공작이야, 지만트. 아무리 듣는 사람이 없다지만 그렇게 사람이 순식간에 바뀔 수 있는 건가?"

"있지, 당연히. 우리 사이에 뭘 그리 따지는가?"

"하긴, 그걸 따지는 게 이상한 거지. 그래, 마가렛은 잘 있나?"

"잘 있지, 당연히. 손자 녀석 보는 재미에 푹 빠져 있어."

"이제 겨우 서른일곱인데 할머니 소리를 듣는 그녀가 불쌍하구만. 게다가 잠자리도 시원치 않을 텐데. 내가 젊은 녀석 하나 소개시켜 줄까?"

"누구 가정 파탄 낼 일 있나?"

"푸핫핫! 농일세, 이 사람아. 그렇게 진지하게 받아들이면 내가 미안하지 않나."

"전혀 안 미안한 얼굴로 그런 말 하면 설득력이 없어."

"오, 그럼 내가 진짜 사과할 줄 알았나? 역시 5년 동안의 세월이 길긴 길었어. 내 말에 털끝만큼도 동요가 없는 철혈 방어막을 자랑하던 너의 마스크가 이렇듯 무뎌지다니 말이야."

주변에 사람이 없자 두 사람은 으레 그랬듯이 편안하게 서로의 이름을 부르며 예전처럼 서로의 말을 맞받아치며 크게 웃어댔다. 한참을 그렇게 소소한 담소를 주고받던 두 사람은 자연스럽게 황제에 대한 화제로 넘어갔다. 황제에게 충성하는 파룬으로서는 아주 당연한 질문이었다.

"그런데 황제께서 기억을 잃으셨다니, 사실인가?"

"사실일세. 지금의 폐하께서는 백지 상태지."

리보아 공작이 고개를 끄덕였고 파룬 후작의 입가에 걸려 있던 미소가 사라졌다.

"자네로서는 아주 좋은 일이겠군. 이르디아 때문에 황후마마의 마음고생이 심하셨지 않은가. 아비된 입장으로서는 상당히 기쁜 일이었겠군."

"솔직히 이르디아를 처리하려 한 것에 개인적인 감정이 있었다는 것은 부정하지 않겠네. 기억을 잃으신 뒤 황후마마에 대한 황제의 감정이 각별해지셨으니 말일세. 지만트, 자네도 알 걸세. 황제가 여인에게 빠지면 정치를 소홀히 하게 되어 있어. 한마디로 선정을 베푸는 데 장애가 된단 말일세. 제국에 아무런 해가 없는 여인이라면 다행이겠지만 이르디아는 보통 후궁쯤으로 여기기에는 지나치게 야망이 크고 또한 황제의 총애를 빌어 그 어떤 짓이라도 해낼 수 있는 여인이야. 그런 여인은 제왕에게 있어서는 독일세. 되도록이면 빨리 해결을 해야지. 기억이 돌아오신 뒤 황제께서 내게 질책을 해오신다면 기꺼이 받아들이고 이 자리를 내놓으면 그만이고. 내 아들이 나의 자리를 이으면 되니까."

"1,000년 간 쌓은 충정의 깊이인가?"

"1,000년 동안 제국을 안정시켜 온 나의 가문의 명예에 흠집을 낼 수 없지 않겠나? 나의 조상들께서는 황제를 옳은 길로 이끌었건만 내 대에서 실패를 할 수는 없으니 말이야."

공작을 지금껏 존재하게 한 것은 대륙의 거대한 제국의 태평성대를 누리는 데 일조한 자신의 가문에 대한 자부심과 긍지였다. 파룬 후작도 그와 마찬가지였지만 공작의 그것에 비하면 아무것도 아닌 것이다. 그는 공작의 집사가 내온 찻잔을 기울였다.

후룩. 꿀꺽.

"흠, 여전히 칼의 차 솜씨는 변함이 없군."

"40년 동안 마셔왔지만 다른 곳에서는 결코 맛볼 수 없는 맛이지."

"그 말에는 동감이야."

"그런데 아까는 왜 그런 말을 한 건가."

"뭘 말인가?"

"기사들에 대한 것 말일세."

몸 안을 훈훈하게 해주는 차 맛을 음미하고 있던 파룬 후작은 공작의 말에 눈살을 살짝 찌푸렸다.

"자네도 내 생각이 잘못됐다는 건가?"

"아니야, 지만트. 자네의 생각은 모두 옳아. 잘못된 것은 없어. 기사들이야말로 제국을 지키는 힘이지. 다만 아직은 아니야. 문신들이 반발할 걸세."

"스스로의 기득권을 잃기 싫어서 발악하는 것뿐이야. 말만 앞서는 것들이지. 나는 검을 통해 스스로 삶을 결정하고 또 나아가는 기사들이 부러웠어. 그래서 젊었을 적 기사가 되고 싶었어. 집안의 반대로 결국 이 길로 나섰지만. 아마도 그들을 두둔하는 것이 청년 시절 이루지 못했던 꿈에 대한 한 가닥의 아쉬움 때문일 수도 있을 테지만 나라를 위해서라면 한시라도 빨리 그들을 인정하고 양성시켜 정계로 진출시켜야 해. 1,000년 동안의 태평성대로 제국은 너무 나약해져 있네."

파룬 후작의 목소리는 격앙되어 있었다. 오랜 친구인 공작으로서는 그의 뜻이 무엇인지 잘 알고 있었다. 그가 여기기로도 제국의 귀족들은 너무도 나약해져 있었다. 4대 명문가들이 500명이 넘는 귀족들의 대표자로서 모든 일을 주관하며 제국을 위해 일하고는 있지만 요사이 귀족들은 파벌을 이루어 서로 다투기에 여념이 없었다. 제국의 관례상 황제의 친인척들은 정계에 관여할 수 없기에 겉으로 드러난 점은 없지만 속은 벌써 그럴 징조가 보이고 있었다. 지금부터라도 황권을 강화하고 그들을 눌러야 했다.

그것을 위해서는 황제의 새로운 세력이 필요했다. 지금의 세력으로는 여러 가지로 부족했기에 공작으로서는 파룬 후작의 뜻에 반대를 하지 않았다. 하지만 문제는 4대 명문 귀족 가문 중 마리온 후작이었다. 꽉 막힌 사고방식으로 전통을 지나치게 따지는 그와의 대립이 걱정스

러운 것이다. 제국을 떠받드는 4개의 기둥들끼리 다투어 분열이 되어
서는 안 되는 것이다. 황제를 섬기는 것은 같으나 서로의 뜻이 어긋나
게 되면 문제가 발생한다. 그는 그것을 염려하는 것이다. 그렇게 생각
하는 중에도 파룬 후작의 말은 계속 이어지고 있었다.

"…이지. 다행스럽게도 황제께서는 아주 호전적인 분이시라는 말을
들었어. 기사를 가까이 두신다지. 그렇다면 오히려 잘된 일. 나중에 몸
이 괜찮아진다면 황제께 이 일을 주청 올릴 것일세. 돕지 않아도 상관
없네. 다만 마리온 후작이 내 일에 끼어들지 않게 만들어주기만 하게.
디트리하나 베를리오즈는 웬만하면 중립을 지킬 테니까."

"그것이 더 힘들 일이야. 그들 가문은 나름대로 황제를 위해서 일하
고 있어. 비록 내가 그들 중 제일 상급의 위치에 있으나 끼어들 권한은
거의 없어."

"하하하, 자네의 언변은 세상이 다 아는 사실이야. 노력해 보시게
나."

공작은 피식 웃었다.

"하긴. 누가 나와 말싸움을 해서 이기겠나. 돕도록 노력은 해보겠지
만 너무 큰 기대는 말게나."

"하하하."

후작은 한차례 웃었다. 그리고 곧 무엇이 떠오른 듯 씁쓸한 미소를
머금었다.

"오늘 오면서 잠시 황궁의 연무장에 들렀었는데 연무장은 여전하더
군. 우리 때는 그래도 기사들의 검술 연습하는 모습이 보였는데 메마
른 땅에 술병만 이리저리 굴러다니니……."

"이름뿐인 연무장이지. 일주일에 한 번 기사들이 모이기는 하지만

어디까지나 형식적인 것일 뿐이야. 왜, 자네의 반생에 걸쳐 귀족들의 반대를 누르고 만든 것이 그렇게 돼버리니 허무한가?"

"글쎄, 이미 예상하고 있었으니 상관없어. 하지만 그래도 어느 정도는 변화가 있을 줄 알았는데. 폐하께서 기사에 관심이 많으시다면 그 모습을 보여주고 싶을 정도야. 혹, 아는가. 그 모습을 보고 폐하께서 화를 내시며 기사들을 양성하겠다고 소리칠지."

"그야 모르지만, 지만트, 미리 얘기하겠지만 이번 황위에 오르신 카이스님은 내가 판단하기로는 역대 그 어느 황제 폐하보다도 더 무서우신 분일 걸세."

"음? 그게 무슨 소린가? 카이스 황제 폐하께서는 황자 시절부터 상당히 부드러운 분이셨던 것으로 기억하네만."

"그건 겉으로 비춰지는 모습일 뿐, 속을 알 길이 없었어. 그 무엇도 기억 못하는 상태이기는 하나 연회장에서 얼핏 비쳤던 그분의 모습은 한마디로 날카롭게 벼려진 검과 같았어. 그분의 생신을 축하하기 위해 연회장에 왔었던 귀족들이 하얗게 질린 표정이 아직도 눈에 선하네. 웬만한 것에는 눈 하나 깜짝하지 않는 그들이."

"정말인가?"

"내 말을 못 믿겠으면 다음에 기회가 되면 그 모습을 볼 수 있게 되길 바라겠네. 하지만 나는 다시 보고 싶지 않다는 것이 솔직한 내 심정이야."

파룬 후작은 놀라기도 했지만 호기심이 더한 모양이었다. 더 얘기해 보라 말했지만 공작은 더 이상 말하고 싶지 않은지 입을 다물어 버렸다. 그 누구에게라도 두려움이라는 감정을 느껴볼 일이 없으리라 자부하던 그였지만 연회장에서 그 일은 공작의 생애에서 최초로 두려움이라는 감정을 느끼게 했던 일이었다. 태후가 물러나는 뒷모습을 노려보는 황제의 눈에는 그 모든 것을 집어삼킬 듯 진득한 살기로 가득했다.

한 마리의 맹수를 보는 듯한 눈빛에 공작은 몸을 떨었다. 아마도 그 자리에 있던 귀족들도 그와 비슷한 마음을 느꼈을 것이다. 그 일 이후 귀족들의 행동거지가 조심스러워질 만큼 황제의 그 모습은 충격 그 자체였다. 공작이 그런 미묘한 감정을 반쯤 눈치 챈 파룬 후작은 슬쩍 말을 딴 곳으로 돌렸다.

"말하기가 그렇다면야 굳이 말하길 강요하지는 않겠네. 그런데 어차피 할 일도 많을 텐데 나와 이렇게 팔자 좋게 앉아 있을 텐가?"

"흠. 그러고 보니 아직 일도 다 끝내지 않았는데. 미안하네만 여기서 그만 대화는 접어야 할 것 같군."

"바쁜 사람 시간 뺏긴 그러하니 나는 그만 가겠네."

공작은 그의 말에 고개를 끄덕이곤 밖에 서 있는 집사를 불렀다. 70줄에 들어선 그의 집사는 공작의 부름에 기척없이 다가왔다.

"후작을 배웅해 드리게."

"네."

"그럼, 잘 가게나, 파룬 후작."

파룬 후작은 빙그레 웃었다.

"그럼, 다음에 공작과의 만남을 기대하고 저는 이만 물러나겠습니다."

그리고 후작이 일어나 다시 정중하게 공작에게 취하는 예의를 갖추어 고개를 숙이자 공작은 웃었다

"그럼, 파룬 후작, 빠른 시일 내로 황성에서 만날 수 있길 빌겠소."

"후후, 노력해 보지요."

후작은 그렇게 말하며 방을 나섰고 집사는 그를 배웅하기 위해 함께 뒤따라 나갔다. 필연적으로 넓은 방 안에 홀로 남은 리보아 공작은 조용해진 실내를 바라보며 길게 숨을 토해냈다.

"후우."

역시 나이가 나이인만큼 그의 몸도 지친 모양이었다.

"나도 나이를 먹긴 먹은 모양이군. "

소파에 등을 바짝 기댄 채 눈가를 손끝으로 누르며 노곤한 몸을 달래고 있던 공작은 소리없이 웃었다.

"각하?"

후작이 배웅하러 나가고 한참 뒤에 다시 방 안으로 들어온 집사가 거처로 돌아가 쉴 것을 권했지만 그는 그냥 소파에 등을 기댄 채 손을 휘휘 저으며 물러가게 했다. 집사는 공작의 그런 모습에 오랜 경험으로 방해해서는 안 된다는 것을 아는 듯 다시 문을 닫고 물러났다. 집사가 나가자 방 안은 다시 고요했다.

한참을 그렇게 있던 공작은 평소와 다름없는 표정으로 끝내지 못한 일 처리를 위해 아침나절 여태껏 쌓아두고 끝내지 못한 서류가 자신을 반기는 그 방으로 돌아와 바쁘게 손을 놀리기 시작했다. 그리고 책상 위에 문서가 조금씩 줄어들어 바닥이 드러나자 공작은 다시 한 번 길게 숨을 토해내며 혼잣말하듯 중얼거렸다.

"어차피 시작될 일이라면 미리 예방해 두는 것도 나을 테지. 후우. 한동안 바빠지겠어."

공작은 자리를 털고 일어나 방을 나갔다.

뒤이어 찾아든 침묵만이 공작이 나간 뒤 텅 비어버린 방 안을 맴돌고 있었고, 그 침묵 한가운데 방금 전 그가 무슨 생각을 했는지, 그리고 지금 이 순간에 무슨 생각을 하고 있는지는 오직 공작 본인만이 알 일이었다.

제 3 장

무신들과의 만남

1

무신들과의 만남

"어억!! 아프다. 온몸이 막 쑤시고 결려. 어억."

"폐하, 괜찮으십니까?"

"조금 있으면 곧 치유사가 도착할 겁니다. 참아보세요."

내가 반실신 상태로 두 호위 기사들의 부축을 받으며 옮겨온 곳은 아담한 작은 건물.

내 의식이 사물을 판별할 정도로 돌아온 것은 약 20분 전쯤이다. 그리고 눈이 떠지자 사람의 모습이 시야에 들어왔다. 20대 초반과 후반의 잘생긴 미남자 두 명이 걱정스레 나를 내려다보고 있는 모습. 당연히 그 두 명은 나로서는 아주 잘 아는 사이인 노엘과 루이스, 바로 나의 호위 기사들이다.

으억. 나 죽는다. 내가 깨어나자 반색하던 노엘과 루이스는 내가 근육 결림으로 아픔을 호소하자 꽤나 걱정스러운 표정들이다.

다다다다.

덜컹.

문이 급히 열리는 소리가 들린다.

"이제 오시면 어쩝니까. 부른 지가 언젠데."

"빨리 이쪽으로 오세요."

"늦어서 미안하긴 하네만 내일까지는 휴가인데 부르는 이유는 또 뭔가?"

낯선 사내의 목소리가 둘의 말을 맞받아친다. 휴가라면 성질나겠구만. 으으, 이렇게 생각할 때가 아니다. 오메, 나 죽는다.

"아파… 으."

"쯧, 아직 젊으신 분께서 웬 엄살을 그리도 피우십니까. 가만히 좀 계십시오. 치료는 해야 하지 않겠습니까."

"으… 누구?"

눈을 떠보니 둘보다는 좀 미모가 달리지만 그래도 꽤 볼 만하게 생긴 30대 초반의 사내가 내 시야에 들어왔다

"움직이지 마시라니까요."

"으……."

욱씬거리는 근육통으로 몸을 꿈틀거리던 나는 아예 눈을 감아버렸다. 별로 도움이 될 거라고 생각은 하지 않지만 이렇게 하면 그래도 덜 아플 거라고 생각했기 때문이다.

"웅얼웅얼."

방금 전에 들어온 사내가 누군지는 모르지만 내게 마법으로 치료를 해주는 모양이다. 내게는 조금 낯선 스펠 외우는 소리와 함께 한 사내가 내 가슴에 손을 댄다.

"류이타."

파아아.

가슴 쪽에 닿은 사내의 손에 하얀 빛무리가 나타나면서 내 몸을 감쌌다.

그리고 잠시 뒤 나는 눈을 번쩍 떴다. 온몸에 힘이 쫙 빠져 푸욱 늘어져 있던 내 몸에 알 수 없는 따뜻한 기운이 복부로부터 온몸으로 퍼져나갔다.

"어떻습니까. 몸은 가뿐해지셨는지요?"

나는 순식간에 좋아진 몸을 이리저리 움직여 보며 고개를 끄덕였다.

"아아, 아주 좋아. 고마워."

"고마운 걸 아시면 몸 좀 소중히 하십시오. 그럼 소신은 바빠서 이만."

바람처럼 나타났다가 바람처럼 사라진다. 전형적인 엑스트라의 등장과 퇴장이었다. 내가 깨어남과 동시에 방을 나간 이름 모를 남자의 뒤통수를 떠올리며 잠시 무한한 동정을 표했다. 그리고 뒤이어 나는 내가 기절하기 직전의 일이 떠올랐고 순간 내 머리 속을 가득 메운 감정은 살.았.다! 였다.

내가 그 악마 같은 놈의 마수로부터 벗어났다니. 오옷. 이 불쌍한 중생을 구제해 주신 부처님의 자비에 경의를… 내 이웃을 내 몸같이 사랑하라고 하신 하느님의, 아니, 예수님의 사랑에 경의를… 그리고 제가 이는 수만의 잡신님들 모두 복받을 겁니닷! 만세, 만세, 만만세!

"폐하."

내가 이렇게 속으로 열광하고 있을 때 당황함에 찌든 목소리가 나를 부른다.

왜 부르는가 싶어서 돌아보자 방금 목소리의 주인공인 노엘은 참으로 황당하다는 눈빛으로 내 얼굴을 쳐다보는데. 쓰읍… 이런 개쪽이 있나. 속으로만 한다는 게 너무 흥분했던 모양이다. 천장을 향해 어느 순간부터 팔이 펼쳐진 채 할레루야를 외치고 있는 나의 모습에 멋쩍게 웃으며 손을 내렸다.

"하, 하하하."

자중하자. 흠흠. 아니, 그보다 내가 이러고 있을 때가 아니지. 분명히 내 옆에 있는 녀석 두 놈은 내 호위 기사들이다.

당연히 두 놈이 내가 반기절하기 직전에 그 망할 놈의 영감 손에 복날 개처럼 변견(일명 똥개) 훈련을 받을 대로 받던 나의 SOS 요청을 외면한 놈들이라는 것도 상기했다.

그것을 상기한 순간 그들을 보는 내 시선이 곱지 않았음을 말한다면 입 아플 것이요, 둘 역시 내 시선의 의미를 눈치 챘음을 모른다면 당신은 둔치라 칭해도 부족함이 없을 일이다.

"흠흠."

나의 이 곱지 않은 시선의 이유를 너무나도 잘 아는 그 둘은 헛기침을 하며 애써 내 시선을 외면한다.

쓰읍, 저것들이 이 일이 어디 외면한다고 해결될 일이더냐. 나를 치료했던 자는 이미 밖으로 나갔고 이곳에 있는 건 너희들과 나 이렇게 셋 뿐이다. 큭큭큭. 너그들 이제 죽었어.

나는 본격적으로 노엘과 루이스를 째려봤고 그들은 땀을 삐질 흘리며 스리슬쩍 뒤로 몸을 뺀다.

어쭈. 도망가겠다? 시도는 좋다. 하지만 그걸 내가 가만히 보고 있겠냐, 요것들아.

"둘 다 거기까지다. 그 자리에서 스톱. 이런 쌍. 거기 안 설래? 죽고 잡어?"

흠. 역시 말이 험해지니 알아서 기는군. 바로 멈춘다. 나는 그들에게 씨익 웃으며 한마디 했다.

"둘 다 변명할 기회를 주마. 해봐."

"하… 하하. 폐하, 그것이……."

"흠… 흠."

헛기침만 하며 외면하는 루이스와 그래도 변명을 해보겠다고 입을 여는 노엘…….

변명을 하라고 했지만 필요없다. 너희 둘 다 내 손에 주웠어.

"대가리 심어."

"예?"

"개기는 거냐. 대가리 박아!"

내가 방이 떠나가라 소리를 지르자 그들은 급히 머리를 바닥에 박는다. 나의 분노를 너무나도 잘 아는 그들의 표정은 체념으로 가득하다.

흐흐. 그렇다고 내가 봐줄 줄 알고. 너희들은 오늘 내 밥이다.

"좌로 굴러. 우로 굴러. 뒤로 취침. 앞으로 취침. 어딜 스리슬쩍 눈치 봐? 노엘, 너 혼자 좌로 굴러. 앞으로 취침. 오, 루이스, 아주 잘하는데 너는 1분 쉰다."

"헥헥. 에엑! 폐하, 너무하십니다."

"시끄러, 임마. 하라면 해. 고작 1분 쉬는데 뭘 그렇게 따져. 얼른 해."

10분 뒤.

"흑흑. 폐하, 잘못했어요. 다음부터는 잘할게요."

"용서해 주십시오. 으흐흑. 저희들 이제 손가락 하나 까딱할 힘도 없… 헥헥… 습니다."

"손가락 하나 까딱할 힘은 없지만 말할 힘은 있네. 계속해."

얼씨구. 뒤로 발라당 자빠지고 이리 비틀 저리 비틀. 끌끌. 이제 고작 왕복 100번밖에 안 했는데 지치는 거냐? 나는 너희들보다 어릴 때 300번은 넘게 했다. 수련이라는 명목 하에 독사 같은 누님들에게 말이다. 흠. 그런데 더 이상 하면 저것들 죽겠다. 얼굴이 벌겋게 되어가지고 땀을 뻘뻘 흘리는데 이러다가 송장 치우는 거 아닌가 싶어서 여기까지 하기로 했다.

"일어나. 원상 복귀해."

루이스와 노엘은 다리에 힘이 빠진 듯 비틀거린다. 나는 침대에서 일어나 근방에 있던 의자 두 개를 가져왔다.

"앉아."

"에, 헥헥. 어찌 폐하의 앞에서 그런 무례를… 감사히 앉겠습니다."

"저도."

황당하다.

무례가 어쩌고저쩌고하더니만 의자에 털썩 주저앉는다. 확실히 지친 모양이다.

그 모습에 나는 아주 약간 미안함을 느꼈지만 그렇다고 그냥 넘길 생각은 없다. 이렇게 그냥 넘어가면 다음에도 그럴 수 있다는 사실. 가까운 미래에 있을 위험을 생각한다면 미리 예방을 해둬야 해. 그렇게 결심을 내린 나는 일부러 화난 척 얼굴을 굳히며 소리쳤다.

"둘 다 어떻게 나한테 이럴 수가 있어. 앙? 말해 봐(뿌드득). 내가 도와달라고 그렇게 소리쳤는데 외면을 해? 그 악랄한 마법사한테 내가 그런 수모를 당하고 있었는데? 둘 다 내 호위 기사 맞긴 맞는 거야?"

"네(×2)."

"지금 그 말이 나와? 너희들이 외면한 덕에 내가 이 꼴이 됐는데. 난 황제란 말이야. 절대 그냥은 못 넘겨! 내 목숨을 지킬 기사들이 이렇게 무책임할 수가 있는 거야? 너희들은 내가 전투 중에 적군에게 등을 찔릴 위험이 있을 때도 그럴 거냐?"

"그런 일은 절대 있을 수 없는 일입니다(×2)."

모른 척하며 슬슬 빼기만 하던 그들은 내 말에 얼굴을 잔뜩 굳힌다. 역시나 이 말에는 반응한다.

"폐하께서는 저의 군주이시며 제 목숨과도 맞바꿀 수 없는 소중한 존재이십니다. 당신께서 죽는 날 저의 목숨은 끝이 날 것이오, 당신께서 살아 계신 한 저의 목숨은 당신의 것입니다."

루이스의 힘있는 외침에 나는 잠깐 감동을 받았지만 이게 어디 이런 감동으로 그냥 넘길 일이냐.

"그렇게 말하는 녀석이 내가 이 꼴이 될 때까지 내비둬?"

"하하, 폐하. 그건 저희들도 살아야 한다는 생각에……."

"살아? 그럼, 나는 뭐야! 나는 사람도 아니냐? 너희들이 살고 싶다고 생각했으면 나도 그랬을 거 아냐, 임마. 뜨아악. 생각하니까 열나네. 도대체 그 영감탱이 얌전하기만 하더만 갑자기 성격이 그렇게 180도 바뀔 수 있는 거야!"

도대체? 어찌해서? 왜, Why!!

나는 머리를 쥐어뜯으며 절규했다.

노엘과 루이스는 그런 내 모습에 어찌할 바를 모르고 있다가 설명을 해주기는 했는데 망할 그놈의 영감쟁이. 한 몸에 두 놈이 살고 있었구만. 오옷, 대체 이놈의 세계는 어떻게 돌아가는 거야.

"우오오오!"

나는 머리를 싸쥐며 한 차례 괴성을 울렸다. 도대체 말이야 날 보내주려거든 내가 있던 곳과는 전혀 다른 곳으로 보내줘야 할 거 아니야.

"폐, 폐하."

나의 이런 행동에 노엘과 루이스가 당황에 찌든 표정을 짓는다. 하지만 그 모습에 일말의 감흥도 없이 나는 눈꺼풀을 일그러뜨렸다.

"빠득! 너희들은 호위 기사들도 아냐. 그런 일이었으면 즉각 나한테 말해 줘야지. 그런데 아무 말도 안 해? 크으으. 생각하니까 또 열불나네. 다시 박엇!"

그리고 다시 구르기를 시작한다.

"똑바로 굴러. 어쭈, 노엘. 엉덩이 바로 안 붙일래?"

누구도 내 앞에서 요령을 피울 수 없닷! 노엘, 넌 나중에 천천히 교육을 시켜주마.

나는 그들에게 앉았다 일어났다 50번, 팔굽혀펴기 100번, 앞뒤로 취침 200번 등등을 시킨 다음에야 화를 조금 식힐 수 있었다. 씩씩, 이거 열받네. 후후. 하지만 이럴 땐 나만의 화를 삭이는 방법이 있지.

"둘 다 원상 복귀."

다시 비실비실 거리며 일어선다. 흠, 좀 심했나 보다.

하지만 그 꼴을 당했으니 담부터는 정보 제공이 빠르겠지. 우헤헤헤. 역시 난 천재야.

몸이 완전히 회복되자 나는 기합받아 비실거리던 두 놈을 끌고 밖으로 나왔다.

그리고 널찍한 공터로 나온 나는 방금 내가 한 말에 뒤에 큰 거 못 싼 사람처럼 얼굴을 일그러뜨리고 있는 그들을 향해 히죽 웃었다.

"둘 다 준비됐어?"

"폐하."

"명을 거두심이… 저희들이 폐하께 어찌 감히!"

"괜찮아, 뭘 그리 따져. 어차피 연습이잖아. 오랜만에 몸이나 풀 겸 그러는 거니까, 마음껏 해봐."

내 손에는 연습용 진검이 쥐어져 있다. 여기서 눈치를 챈 사람도 있을 테지만 나는 스트레스를 검으로 푼다. 그날 생긴 스트레스를 풀고 난 뒤에야 나는 상쾌한 기분으로 다음날 아침에 눈을 뜬다. 한국의 아버지에게서 받았던 엄격한 검술 수련으로 언젠가부터 생겨난 습관이다. 그런데 내 호위 기사들은 목검을 쥐고는 있었지만 황제께 검을 겨누는 것을 불경이라며 나와의 대무를 거부하고 서 있는 것이다.

이 널찍한 공터 비스무레한 곳에서 10분째 나는 '하자' 그들은 '못합니다', '하자니까! 개길래?', '네, 개깁니다' 하며 대치하고 선 채 나는 절대 못합니다를 소리 높여 외치고 있는 노엘과 루이스를 바라보았다. 저것들이 죽으려고. 그냥 하자니까 왜 저래. 비 오는 날 먼지나도록 두드려 패고 싶은 마음이 굴뚝같았지만 나는 마지막으로 선택의 기회를 주기로 했다.

"기합받을래, 아님 나랑 대무할래. 둘 중 하나를 선택해 봐."

"기합을 받겠습니다."

쳇. 알아서 머리를 박는다. 육체적 고통인 기합보다는 대무가 나을 텐데 정말 고지식할 정도의 충성심이다. 하지만 너희들이 공격 못한다고 내가 가만히 있을까? 절대로 아니다. 어디 목숨이 왔다 갔다 하는 와중에도 그렇게 가만히 있을 수 있을지 한번 보겠어. 발은 어깨 넓이 정도로 벌려 자연스럽게 섰다. 그리고 나의 시선은 정면을 향해 있다.

"하지만 난 싫어. 그러니 내 검을 막아보라곳!"

"헉, 폐하."

머리를 박고 있던 둘은 기겁을 하며 몸을 튼다. 왜냐? 내가 그들의 급소를 향해 정확하게 찔러 들어가고 있었거든. 내가 가진 검은 연습용으로 만들어져 날이 없지만 그렇다고 위협적이지 않은 것은 아니다. 솔직히 말해서 내 검 솜씨는 자랑은 아니지만 상당한 경지에 이른 상태다. 300명이 넘는 직계 박가(家)에서도 내 검술 실력은 알아주던 몸이다. 내 검을 받아내는 사람이라고는 나의 검술 스승인 염 장로뿐이었으니까.

"본국검법 제1초식 지검대적(智劍對敵)."

부웅. 쉐에에엑.

나의 검은 한 치의 어긋남도 없이 노엘과 루이스를 향해 찔러갔다. 살기는 없지만 내 검에 깃든 나의 투기만으로도 위협이 되기에 충분할 터, 검을 아래로 늘어뜨리며 나와의 대무를 거부하던 두 사람이 빠르게 방어 자세를 취한다. 본국검법. 이곳에서 쓰게 될 줄은 몰랐지만 저들이 과연 막을 수 있으려나.

나는 이 세계의 검술에 대해 약간의 호기심을 가지고 있었기에 그들이 어떻게 반응할 것인지에 대해 온 신경을 쏟았다.

차앙, 챙!

호오, 막았군. 좀 딱딱하긴 해도 말이야. 흠, 마음에 들었어. 유연성은 없었지만 그래도 무난하게 내 검을 막는 두 사람의 실력에 나는 맘 놓고 공격을 하기로 마음먹었다.

"아주 잘 막는걸? 둘 다 얼른 공격해. 이래도 안 할 거야? 쯧쯧, 나만 공격하면 너무 재미없잖아. 공격 좀 하라고."

챙! 챙!

"오옷, 잘 막는데? 하지만 둘 다 그렇게 방어만 해서는 이게 어디 대무라고 할 수 있겠어? 안 그래? 아니면 내가 황제라는 이유로 검을 들이댈 수 없다는 이유인가. 그럼, 내가 그 이유를 날려 보내주지. 또 간다. 제3초식 금계독립(金鷄獨立)."

시선은 정면으로 한 나는 오른발을 앞으로 내밀며 빠르게 검을 높이 들었다가 오른 편 어깨 쪽으로 내리면서 왼쪽으로 틀었다. 공격 대상은 노엘. 연속적이라고는 할 수 없지만 유연하게 이어지는 나의 공세에 그들은 당황하며 방어에만 전념하고 있었지만 어느 순간 노엘의 비워진 허리를 발견한 내가 이런 적절한 공격 유효 시기를 놓칠 리가 없다.

내 공격 목표가 어딘지 알아챈 노엘이 황급히 검을 거두어 방어하지만 이미 늦어도 한참 늦었다. 한국의 속담에는 미운 아이 떡 하나 더 주고 착한 아이 매를 더 주라는 말이 있다.

하지만 나는 미운 놈 더 패준다. 흐흐. 노엘, 니가 한실력 한다지만 내 검 실력에 비하면 새발의 피야. 나는 한 치의 망설임도 없이 그의 허리를 향해 검을 휘둘렀다.

우선 노엘은 떨어졌어. 우쿄쿄쿄.

＊   ＊   ＊

쉐에에엑.

얼래? 이건 또 뭔 소리야. 내가 마지막 일격을 가하려는 그때 옆에서 들려오는 날카로운 검의 파공성에 본능적으로 살짝 몸을 옆으로 돌렸다. 그리고 노엘을 공격하려던 검을 빠르게 회수하여 파공성이 들려오는 방향을 얼핏 짐작하여 검날을 세웠다.

차앙!

전혀 불쾌함이 없는 시원한 금속음.

"호오."

나는 유쾌한 듯 입꼬리를 부드럽게 말아 올렸다. 옆에 날아온 검의 주인은 루이스였다. 노엘이 몰리는 모습에 도와주려고 한 모양이다. 루이스, 드디어 할 맘이 든 모양이다.

"할 생각이 들었구만. 그렇다면 얼른 시작하자고."

"……."

하지만 결과는 침묵이었다. 제길, 아직도냐.

"아직도 검을 맞댈 상대가 황제라는 게 거슬리냐. 아우, 정말."

나는 온몸에 기운이 쫙 빠졌다. 고지식한 자식들. 대무라는 것 좀 해보자는데 뭣이 그렇게 따지는 게 많아. 황제에게 검을 들이대는 게 불경죄라고? 그런 거 따지는 놈 삽질해 두는 게 좋을 거다. 왜냐고? 당연히 내가 파묻어 버릴 거니까!!

으으. 오늘 스트레스 풀려던 거 망했다. 에이, 거처로 가서 마법 공부나 하자. 의외로 알아먹기도 쉽고 독학으로도 가능할 것 같으니까. 나 이제 관둘 거야. 저런 성격 파탄자 밑에서 마법을 배울 순 없다. 차라리 다른 사람으로 붙여달라고 해야지. 안 된다면 차라리 안 배우고 만다. 에이, 이제 검도 치우자. 어차피 하지도 못할 거. 허탈함에 온갖 잡생각을 하며 검을 이리저리 보며 집어 던질 생각을 하고 있던 내게 루이스가 검세를 취한다.

그리고 부우웅 검이 날아든다. 그렇게 아쉬워하고 있던 내게 옆으로 휘어지듯 공기를 가르며 날아오는 검.

공격 목표는 어깨. 나는 그걸 확인한 즉시 발을 뒤로 빼며 검날을 늘어뜨렸다.

차앙.

검을 막아낸 나는 자동적으로 검의 주인에게로 시선이 돌아갔다. 지금 그의 눈빛에는 한 감정이 서려 있다. 내가 그냥 바라봐도 느낄 수 있을 만한 감정. 이른바 호승심이라 불리는 감정. 조금 전까지만 해도 검을 쥔 채 움직이는 것을 망설이던 루이스와는 전혀 딴판이다.

그것을 알아챈 순간 나는 열광했다. 드디어 대무를! 오옷. 내 자랑 같기는 하지만 검을 쓰는 기사라면 당연히 강한 자와 대무를 기대하는 것은 당연한 것. 그것을 깨달았다면 의외로 재밌을지도 모른다. 저 녀석이 진지해지면 어떻게 변할지 기대가 됐다.

루이스에게서 시선을 돌려 노엘을 바라보니 그 녀석도 마찬가지인 듯 방금 전까지만 해도 조금은 바보스럽게 보이던 녀석이 기사다운 절제된 태도로 검을 쥐고 있다.

"둘 다 공격할 건가?"

우선 묻는다. 나야 1:1승부도 즐겁지만 2:1은 훨씬 더 즐겁다.

"폐하께서 승낙하신다면."

"좋아, 승낙해. 이번에는 진지하게 해보자고."

둘 다 공격해서 내 머리카락 하나라도 벨 수 있다면, 이 말은 하지 않았지만 그들은 내가 끝내지 못한 말의 여운을 눈치를 챈 모양이다. 노엘과 루이스는 눈빛을 빛내며 진지하게 검세를 취한다. 검세라고 해봤자 내 눈에는 너무도 허술한 자세이지만 그래도 그들과의 대무를 즐기기 위해서 나는 아래로 늘어뜨린 검을 다시 정면으로 부드럽게 늘어뜨렸다.

둘은 나의 특이한 몸동작에 의아한 빛을 띠지만 추호의 흔들림도 보이지 않는다. 그 모습에 나는 오늘 스트레스는 완전히 풀 수 있을 거라 생각하며 미소를 지었다.

"먼저 공격해."

하겠다고는 했지만 여전히 몸이 굳어 있는 그들에게 나는 상냥하게 웃으며 먼저 선공을 허락했다. 둘은 잠시 망설였지만 곧 공격을 한다. 정면에서 루이스의 검이 내게로 날아들었다. 흔히들 이 세계에서 말하는 정령 실프를 양단할 듯 굉장한 기세다.

호오, 상당한 실력이야. 유연함이 있다면 좋았을 텐데. 나는 유유히 검을 들어 그의 공격을 막았다. 그리고 검의 진로를 유연하게 틀어 그에게 공세를 펼쳤다. 하지만.

챙!

방금 전 루이스에게 도움받았던 것을 떠올렸던 걸까. 노엘이 그의 가슴팍으로 날리던 내 검을 빠르게 방어한다.

후. 재밌어.

창! 가가각— 그그극— 챙!

검과 검이 맞부딪치며 울리는 금속음이 나를 흥겹게 했다. 온몸에 팽팽히 감도는 긴장감과 그리고 검과 검이 마주하며 뿌리는 검광. 검을 마주할 때의 전율하는 온몸의 감각. 그 모든 것이 나에게는 즐거움이요 하나의 유희와도 같은 것이다.

나는 그 흥겨움에 어느새 춤을 추고 있었다. 검을 벗삼아 덩실덩실

몸을 움직여 춤을 추며 그들을 공격해 들어갔다. 유연하게, 하지만 날카롭게 그들을 압박해 들어갔다. 즐겁다. 하늘과 땅, 그리고 나 자신이 동화되어 추는 검무가 너무도 흥겹다.

"억!"

"크윽!"

둘의 신음이 얼핏 내 귀에 들린 것 같았다.

나는 눈을 떠 정면을 응시했다. 둘의 손에 쥐어져 있어야 할 검이 바닥에 떨어져 있었다. 하지만 상관없었다. 나의 모든 정신은 검에 집중되어 있었다. 나는 검의 흐름에 맞춰 춤을 추었다. 즐겁지만 왠지 허전하다. 상대가 없기 때문일까. 아쉬움 때문이었을까? 갑자기 그가 떠오른다. 지금까지 유일하게 나와 검을 대등하게 마주했던 그를… 보고 싶다. 하지만 기억하기 싫다. 이미 4년 전에 기억 속에 묻어버린 녀석이다. 나는 그를 기억해 줄 의무도 책임도 자격도 없다.

"후우."

나는 길게 숨을 토해내며 검을 내렸다.

옆에는 숨김없는 감탄의 표정을 드러낸 두 명의 호위 기사들이 보인다. 자식들 뭘 그렇게 감탄한 표정을 지으며 서 있냐. 부끄럽게시리.

"목 말라. 물 한잔 줘."

"여기."

잠시 뒤 노엘이 가져온 물을 단숨에 쭉 들이킨 나는 바닥에 털썩 주저앉았다. 하아, 제기. 기분 전환은커녕 오히려 기분만 더 나빠져 버렸다. 떠올리기 싫은 기억이 표면에 드러난 것 때문일까? 기분이 조금, 아주 조금 꿀꿀하다. 별로 볼 것도 없는 검을 이리저리 훑어보며 나는 아쉬움 반 짜증 반으로 바닥의 돌멩이를 밟아 뭉갰다. 그렇게 하고 있으려니 노엘과 루이스가 내 곁에 다가와 선다.

"한 판 더 할까나."

나의 이 중얼거림을 들었는지 노엘과 루이스는 온몸으로 거부의 의사를 표했다.

하긴 내 검 실력은 나 자신이 더 잘 안다. 나는 피식 웃으며 농담이었다고 말하곤 다시 입을 다물었다. 내가 조용해지니까 지루하다. 잠이 쏟아지기 전에 얼른 거처로 돌아가야겠다. 어차피 오후에 대신들과 정산지 뭔지를 봐야 하니까. 흐아암. 입 찢어지겠다.

"폐하."

지루함에 슬슬 일어나자고 생각하고 있으려니 루이스가 나를 불렀다. 왜 부르냐는 표정을 지으며 고개를 돌리니 뭔가 머뭇거리는 듯 주저하는 루이스와 노엘이 보인다.

"묻고 싶은 게 있음 물어. 말하고 싶은데 안 하면 병 생긴다."

그래, '임금님 귀는 당나귀 귀'라는 얘기처럼. 내가 이렇게까지 말했는데 한참이나 주저하던 두 사람. 결국은 입을 열었다.

"폐하께서는 검을 배우셨습니까?"

하지만 루이스의 입에서 나온 질문은 나를 아주아주 황당스럽게 했다. 너무도 당연한 질문을 하는 그에게 나는 너 바보지 하는 표정을 띠며 대꾸했다.

"너, 눈 나쁘냐? 보면 몰라?"

자기가 생각해도 너무 당연한 걸 묻는다고 생각했던지 얼굴을 살짝 붉히는 그. 하지만 한 번 말을 뱉었으니 결론을 봐야겠는지 다시 입을 연다.

"의외군요. 황제께서 상당한 검술을 구사한다고 듣기는 했지만…

그럼, 무례하다고 하실 수도 있겠지만 폐하께서는 기사라 불리우는 이들을 어찌 생각하십니까?"

"기사들? 좋지. 기사도를 중심으로 왕에게 충성하고 약자를 보호하며 사랑하는 여인을 지키며 살아가는 자존심 강한 이들이지. 사실 내가 황제가 아니었다면 기사가 되고 싶었지."

하필이면 황제가 뭐야. 사실 나는 기사가 되고 싶었는데. 내 앞에 푸르딩딩이만 있다면 당장에 바꿔달라고 하고 싶다. 이런 골치 아픈 자리 따위 때려치우고 싶어. 흑. 내 말에 저들이 얼굴이 구겨진다고 느껴지는 건 내 기분 탓일까.

그런데.

"푸… 흐."

뭐야, 이 요상스런 소리는?

"……?"

"푸크극."

내가 고개를 갸웃거리며 있으려니 루이스가 터져 나오려는 웃음을 애써 참는 듯 손바닥으로 입술을 가린 채 말로 형용하기 힘든 무언가에 대한 노골적인 비웃음과 경멸을 담은 채 나를 보고 있었다. 헐~ 쟤 왜 저런대?

"후후, 하하하하하."

한참을 입을 가리고 큭큭거리던 루이스가 결국은 크게 소리 내어 웃는다. 얼래? 왜 웃지?

"루이스, 폐하의 앞입니다. 자중하세요."

그것도 아주 배꼽을 잡으면서 숨넘어갈까 염려스러울 정도로 소리 내어 웃는다. 옆에서 노엘이 루이스를 달래는 듯싶은데 영 그렇다. 내가 잘못 말했나?

"푸흐흐, 제국의 황제께서 모두가 천시하는 검술의 대가이신 것도 문제인데 황제께서 기사를 두둔하는 말씀을 하시다니 황궁의 대신들이 기겁하겠군요."

천시? 검술을? 이 세계에서는 검술은 귀족이라면 필수적으로 배우는 게 아닌가? 내가 의아함이 가득한 표정을 지으며 고개를 갸웃거리고 있자 루이스는 너무도 당연하다는 듯 그렇게 말하며 혼자 중얼거린다.

"기사 수업은 귀족이라면 으레 배우지 않나?"

주 애독서 대상이었던 판타지 소설의 기사에 대한 내용을 떠올리며 말하긴 했지만 아닌 모양이다. 루이스의 표정은 그야말로 노골적인 비웃음으로 가득하다. 그의 표정뿐 아니라 노엘의 표정도 만만치 않다. 항상 미소를 짓던 그의 표정도 뒤틀려 있다는 사실에 나는 잠시 당황스러움을 감추지 못했다.

대체 뭐야, 뭐? 설명이나 제대로 해주고 생각하는 사람 흉내를 내란 말이야. 노엘도 처음에는 그와 비슷한 표정을 지었지만 왠지 알 것 같다는 표정을 지으며 나를 바라본다.

"그러고 보니 폐하께서는 기억이 없으셨죠."

그리고 내 쪽으로 다가와 중얼거리듯이 하는 말이다. 하긴 노엘이야 내가 지금 기억상실증에 걸려 있는 줄 아니까. 하지만 나는 약간 예상되는 점이 있었다. 리본에게 받은 여러 가지 수업 덕에 제국이 '문학정책'을 하고 있으며 검술을 그다지 중요하게 여기지 않는다는 것을 배워서 알고 있다. 그래도 황궁에는 연무장도 있고 2명의 기사단장과 일만 명이 넘는 기사들이 있다. 문이 중심이라고는 해도 무 또한 어느 정도 직위도 있었고 황궁을 자유롭게 드나들어 그저 그러려니 하고 넘겼는데. 하지만 저들이 내 말에 저토록 비웃음을 띨 정도라면 대체 어느 정도란 건지? 내 처소에 암살자가 들 때마다 황제의 가신들이 기사들을 달달 볶는 것도 봤었다. 하지만 그건 어디까지나 나의 경호를 제대로 못해서 잔소리를 하는 것뿐이라고 생각하고 그냥 넘겼는데 아니라는 건가?

그렇게 약간의 혼란을 느끼고 있을 때 나는 문득 연무장을 떠올렸다. 기사들이 검술을 연마하는 장소. 나는 검을 쥐고 있을 때가 제일 즐겁다. 그렇다면 이곳의 기사들은? 갑자기 보고 싶어졌다. 분명히 황성의 남쪽 건물에 있다고 들은 기억이 있다. 그렇다면 이렇게 가만히 앉아 있을 내가 아니다.

"간다. 따라와."

"폐하?"

"어디를……?"

노엘이 내게 묻는다. 당연하게도 나는 뒤도 돌아보지 않고 대답했다.

"기사들 연무장에."

나는 한 번 하고자 결심한 건 반드시 행동에 옮긴다. 당연히도 궁금한 게 생긴 이상은 이렇게 땅바닥에 엉덩이를 붙이고 있을 정도의 여유는 없다.

"그곳은 폐하께서 가실 만한 곳이 못 됩니다. 특히나 오늘은."

"……왜?"

드물게도 나의 앞길을 가로막는 노엘에게 내가 납득할 수 있을 만한 이유를 물었다. 하지만 노엘은 우물쭈물거리며 주저할 뿐 이유는 말하지 않는다.

"어쨌든 안 됩니다."

무슨 이유에선지 기겁하는 노엘의 표정을 보며 나는 그곳에 가고자 하는 결심을 굳혔다.

나는 무슨 이유에선지 결사 반대를 외치고 있는 노엘과는 다르게 덤덤하게 나를 응시하고 있는 루이스에게 시선을 돌렸다.

"너도 반대냐."

"폐하의 뜻을 막을 권리는 제게 없습니다. 하지만 폐하께 한마디 한다면 그곳에 가시면 분명 폐하께서는 후회하십니다."

"절대 후회 안 해."

그렇게 말하고 연무장으로 향했다. 그리고 연무장에 발을 디디는 순간 나는 노엘의 알 수 없는 행동과 루이스의 말뜻을 이해할 수 있었다.

"여기 수울 더 없어? 음냐."

"후헤헤헤. 너어, 수울… 약해. 헤헤헤헤."

지금 연무장에서 연출되고 있는 광경을 바라보는 내 눈. 상당히 곱지 않을 것이라고 확신한다. 연무장에는 땅바닥에 뒹굴고 있는 술병과 갖가지 포즈로 일부는 뒤집어엎어져 자고 일부는 술 대작을 하고 있는 기사들의 모습이 보인다.

내가 상상하던 곳과는 전혀 다른 모습.

"노엘."

"예."

"저 녀석들 기사 맞냐?"

"네, 맞습니다."

그래도 약간은 기대했는데. 아니라고……? 헛웃음이 실실 새어 나온다.

"저들이 기사들이라고? 그 기사라는 작자들이 신성해야 할 이 연무장에서 저 꼬락서니로 논다? 하하, 아주 멋진 풍경인걸."

둘의 표정은 굳어진다.

"썩어 빠졌어. 기사라는 것들이 연무장에서 술을 퍼마시고 놀다니."

나는 미소를 지었다. 즐거워서 웃는 것이 아니라 그냥 웃는 것이다.

"노엘."

"네, 폐하."

"검."

"예?"

"검을 달라고 했어. 내 말이 안 들려?"

"네? 아, 예. 여기."

나는 노엘에게서 검을 건네받았다. 저들이 기사라고?

서로의 검을 주고받는 신성한 이 연무장에서 술 처마시고 빈둥거리고 놀고 있는 저 녀석들이. 그 썩어 빠진 정신 상태를 뜯어고쳐 주지.

"후읍."

나는 길게 숨을 들이쉬었다. 이 검이 청명검이 아니라는 사실이 아쉽지만 그래도 잠시 실례하겠어. 박살나지만 않을 만큼. 나는 천천히 검에 나의 기운을 불어넣었다.

우웅우우웅.

검날이 운다. 흰색 검기가 아지랑이처럼 피어 오른다. 몇몇 제정신이던 기사들의 눈이 크게 떠지며 나에게로 시선이 모였다. 하지만 대부분은 모두 술에 취해 자빠져 있는 상태. 나는 기분 좋게 검의 진동을 들으며 한 걸음 한 걸음 내 앞에서 가장 가까운 곳의 기사에게 다가갔다. 반쯤 취해서 헤롱헤롱거리는 초점을 보는 순간 나는 망설임없이 검으로 사내의 팔을 내리찍었다.

"으아아악!"

당연하게도 비명 소리가 들렸다.

"비명을 지르는군."

"아악!! 내 팔이!"

"자르지는 않았으니 입 닥쳐."

나는 그의 비명을 별 감흥 없이 들으며 대꾸해 주곤 천천히 다른 기사에게로 다가갔다. 방금 전 비명이 의외로 컸는지라 곤드레만드레 취한 녀석들을 제외하고는 기사들의 눈이 똑바로 떠진다. 그리고 급히 일어나 방어 태세를 갖추지만 내 눈에는 여전히 허술하다.

"술에 취한 기사들이라. 큭, 우습지도 않아."

나는 검을 가볍게 휘둘렀다. 비틀비틀거리며 일어서는 기사들은 모두 하나같이 내 검에 베어지거나 내 발길질에 차여 바닥에 자빠졌다. 그 썩어 빠진 정신 상태를 모조리 뜯어고쳐 주지. 나는 무표정하게 기사들 하나하나를 한번씩 정신이 번쩍 들도록 흠씬 두들겨 팼다. 연무장에 있던 기사들은 대략 20명 정도였지만 별로 힘들이지 않고 모조리 팼다.

제정신인 기사들은 모두 내가 황제임을 알아봤기 때문인지 부복한 채 그 모든 것을 관망했고… 실망스러웠다. 그 실망스러움이 나를 화나게 했다.

퍽퍽.

나의 발길질 소리는 연무장 안을 한참 동안 울렸다. 어지간히 열받은 탓인지 내 손속에는 인정 따위는 없었다. 하지만 어느 누가 황제인 내 행동에 반대를 하겠는가. 묵묵히 두들겨 맞거나 칼침에 찔릴 뿐이다. 한참 그렇게 두들겨 팼을까. 연무장 안의 기사들 모두 나에게 두 번 이상씩 얻어맞아 바닥에 뒹굴었다. 그리고 조금 거칠어진 숨을 고르며 나는 연무장 바닥에 구르고 있는 그들을 싸늘하게 노려보았다. 저런 녀석들이 기사들이란 말이야. 젠장, 더 이상 이곳에 있고 싶지도 보고 싶지도 않다.

"빌어먹을. 노엘, 루이스, 돌아……."

더 이상 이곳에는 볼일이 없다고 나는 말하려 했다. 하지만 내 말을 끝내지 못했다. 연무장 안에 언제 들어왔는지 실망스러움에 화를 삭이고 있는 내게 다가와 부복을 하는 뜻밖의 방문객 때문이었다. 그리고 그 남자를 보는 순간 나는 그의 얼굴이 아주 낯이 익다는 느낌을 받았다. 어디선가 한 번 본 것 같은 느낌. 그래, 연회장에서 봤던 그 남작. 근데, 이름이 뭐였지?

"소신 밀루아, 황제 폐하를 뵈옵니다."

그래, 바로 그 이름이었어. 밀루아 남작. 다른 귀족과는 달리 풍기는 분위기가 신선해서 꽤 마음에 들었던 귀족이라 기억에 남아 있었다. 그런데 이 남자가 왜 여기에 있는 거지. 지나가다가 들른 건가. 나의 의문 어린 시선을 보았던 걸까? 고개를 든 밀루아 남작은 연무장을 한 번 둘러보고선 내게 알 수 없는 미소를 지으며 이렇게 말했다.

"소인과의 약속을 지키기 위함이시라면 좀 과하신 듯싶습니다, 폐하."

지금 저 작자가 뭐라고 씨부리는 거지? 약속이라니.

"하지만 폐하께서 하신 행동이 저의 부탁을 지키기 위함이라면 소신……."

이 몸이 분골쇄신, 즉 몸의 뼈가 가루가 될 때까지 충성을 어쩌고 저쩌고 외치는 그. 그의 말을 들으며 나는 순간 이 말을 해주고 싶어졌다.

약속? 나 그런 거 뭔지 몰라. 당신은 알아? 물론, 생각만 그렇게 했을 뿐이었지만. 나는 밀루아라는 이름의 남작을 물끄러미 내려다보았다. 그리고 당연하게도 그가 말하는 사정을 전혀 모르고 있는 나로서는 알아서 줄줄 사정을 말하는 남작으로 인해 약속의 대강을 알 수 있었다. 그렇게 된 거로군. 나의 입가에 짙은 미소가 떠어졌다.

"대신들을 모두 불러."

노엘과 루이스의 표정이 굳어졌다.

"하지만 폐하, 아직 회의 시각이 되려면 세 시간 정도 남아 있습니다."

"다시 한 번 말한다. 노엘 메르델 경. 대신들을 모조리 불러들이라고 전해. 그리고 루이스 애스턴 경은 기사 기숙사로 가서 기사단장을 내 방으로 불러와. 일찍 죽고 싶지 않거든 지금 당장 오라고 해."

내 입가에서 웃음을 싹 거두었다. 오늘 다 죽었어. 대신들이고 뭐고 나를 이렇게 실망스럽게 하다니.

"하! 이들이 기사들이라고? 내 기사? 자랑스런 가이칸 제국의 수도 기사단? 술에 취해서 비실거리는 저들이. 하하하! 우습지도 않아."

나는 그렇게 중얼거리며 이를 부득 갈았다.

"폐… 폐하, 하, 하지만……."

"불복하는 건가, 메르델 경?"

"그건 아닙니다."

"그럼 당장 불러와."

"네."

둘은 내 말에 잠시 얼굴을 굳히며 물었지만 나의 굳은 표정을 봤는지 고개를 숙인다.

젠장, 더 이상 이곳에 있고 싶지도 않았다. 나는 그들의 대답을 들으며 나에게 맞서서 신음을 흘리고 있는 기사들을 뒤로한 채 연무장을 나와 버렸다.

그래, 모조리 바꿔주지. 내가 황제로 있는 이상은 이런 광경이 벌어지는 꼴 못 봐. 절대로!

데인 밀루아.

가이칸 제국인으로서는 흔한 갈색 눈과 머리칼을 소유한 깔끔한 외모의 그는 올해로 스물일곱의 청년이다. 제국의 무신 귀족으로 남작의 작위를 가진 그는 오늘 기사들의 모임이 있는 것을 알고 오랜만에 황성에 나온 터였다. 황성 입구를 지키고 있던 기사들이 그에게 고개를 숙였고 그가 간단한 인사를 나누고 연무장으로 통하는 복도를 지나려니 익숙한 시선이 느껴졌다. 조롱, 비웃음, 경멸. 처음에는 견디기 힘들었지만 시간이 흐르며 무감각해져 버린 시선들이다. 무신가의 자손이라면 누구나가 철들기 전에 자연스럽게 느끼게 되고 또한 익숙해지게 되는 시선이다.

하지만 그런 시선을 받으면서도 전혀 아무렇지도 않다면 그건 거짓말일 거다. 데인은 걸음을 빨리해 그 시선의 홍수 속에서 벗어나고자 했다. 하지만 그는 그런 행동을 관뒀다. 어릴 때부터 가져온 신념을 위해서였다. 그의 부친은 제국의 제1의 기사였고 선황의 신뢰를 받는 존경받은 분이셨지만 무신이라는 이유로 천시당했었다. 무식한 검잡이 주제에 너무 설친다는 문신들의 질투와 조롱도 있었지만 그분은 돌아가시는 그 순간까지 언제나 당당하셨다. 그런 분의 단 하나뿐인 자식인 자신이 이렇게 피한다는 것은 있을 수 없는 일이었다. 어떤 상황에서도 비굴하게 피하지는 않으리라. 현 황제 폐하의 배려로 연회장에 들어갈 수 있었던지라 그는 연회석 안에서 황제께 주청을 올렸었다. 당장에 죽더라도 할 말은 해야 할 것 같아 기사들에게 혜택을 달라고. 그리고 정계로 가는 길을 조금만 넓혀달라고 황제 폐하께 말했었다. 당연하게도 문신들의 곱지 않은 눈초리가 자신에게로 쏟아졌지만 황제 폐하는 자신에게 미소 지어주셨다. 유쾌하다는 듯 환한 미소를 지었다. 그 미소에 그는 희망을 걸었다. 혹시 말만 그렇게 한 것이 아닌가 싶어서 본의 아니게 황제의 행동을 주시했었는데 현 황제께서는 기사를 가까이 두시고 검술에 대해 관심도 많아 보여 그 말이 빈말이 아님을 알았다. 그래서 오늘 연무장에 모일 기사들에게 이번 일을 얘기해 줄 생각으로 황성에 온 것이다.

연무장에 그렇게 도착하고 보니 으레 벌어지고 있을 술 파티는 뒤집어엎어져 있고(술판이라고 해도 맨땅에 술 대작을 벌이는 것뿐이지만) 기사들은 모두 땅바닥을 기고 있었다. 그리고 그는 눈이 커질 수밖에 없었다.

기사들이 바닥에 뒹굴고 있는 것보다는 그의 시야를 사로잡는 하나의 인영. 그 소란의 중심에 제국인이라면 누구라도 알 수밖에 없는 검은 머리의 황제가 서 있었다.

"으악, 내 팔!"

"크읏, 다리가, 아악! 내 다리!"

퍽퍽.

연무장은 발길질 소리와 비명 소리가 가득했다. 현 황제인 '카이스 진 엘 가이칸' 은 무엇에 그리 분노했는지 차가운 표정과 눈빛으로 기사들을 흠씬 두들겨 패고 있었다.

"비명을 지르는군."

검에 찔려 바닥에 뒹굴며 고통을 호소하는 기사들을 바라보며 황제가 내뱉은 말 한마디 한마디가 얼음처럼 차갑고 냉랭하여 그는 잠시 몸을 떨었다. 살의. 지금의 황제는 살의를 띠고 있었다. 연회장에서 보았던 부드러워 보이던 황제와는 딴사람처럼 전혀 다른 모습이었다. 무엇이 그를 이토록 분노하게 한 것일까.

하지만 그는 곧 연회장에서 있었던 황제와의 약속을 떠올렸다. 자신이 주청한 사안을 알아보려고 이곳에 들렀던 모양이다. 실망스러웠던 것일까. 자신과의 약속을 생각해 연무장에 들렀지만 모든 광경이 그에게 실망스러움을 넘어서 분노를 금치 못하는 표정이다. 하지만 기사들의 이런 모습들은 모두 오래전부터 제국 안에서 있어온 일이었고 문화 정책으로 무를 상대적으로 천시해 온 제국의 황제가 있었기에 가능한 모습이다.

하지만 황제가 이런 모습을 보인다는 것을 무신에 대한 상대적인 관심을 표출하는 것이기도 했었기에 그는 내심 기뻤다. 그래서 거친 숨을 내쉬며 연무장을 나서려는 낌새가 보이는 황제에게 빠르게 다가가 부복 자세를 취했다. 황제는 자신이 다가오는 것조차 몰랐던지 놀란 표정을 띠었지만 그것도 잠시. 뭔가 생각을 하려는 기색이 뚜렷이 드러났다. 자신의 얼굴을 기억하지 못하는 모양이다. 손으로 자신을 가리키며 뭔가 말하려고 하는데 기억이 나지 않아서인지 입만 벙끗거렸다. 그 모습에 왠지 모를 희열을 느낀 그는 감격해 고개를 조아렸다.

"소신 밀루아, 황제 폐하를 뵈옵니다."

자신이 말하자 황제는 그제야 기억이 났던지 미소를 지었다. 하지만 곧 의문 어린 시선으로 그를 내려다보는데 왜 자신이 이런 곳에 있는 것이냐는 뜻 같았다. 시선의 의미를 알아챈 데인. 그는 고개를 들었다. 그리고 바닥에 쓰러져 신음을 흘리고 있는 기사들의 얼굴을 하나하나 쳐다보았다. 방금 전의 그 일로 술이 모두 깨었는지 모두 눈의 초점이 어느 정도 돌아와 있었다. 그리고 얼굴을 찌푸려 가며 부복 자세를 취하려는데 황제는 인상을 찡그리며 말없이 고개를 돌려 버렸다. 그 모습에 기사들의 표정을 더 일그러졌다.

'후후, 처음 대면부터 이토록 강하게 나오시다니.'

데인, 그가 보기에는 황제께서 호위 기사들 둘만 대동하고 연무장에 들이닥쳤다는 것은 기사들, 즉 무신에 대한 일을 확고히 하겠다는 것으로 보였다.

"이번 일이 소인과의 약속을 지키기 위함이시라면 좀 과하신 듯싶습니다, 폐하."

말은 그렇게 했지만 그는 상당히 감격해하고 있었다.

"하지만 폐하께서 하신 행동이 저의 부탁을 지키기 위함이라면 소신은 황제 폐하께서 내리신 은혜에 꼭 보답하겠사옵니다. 저의 목숨이 끊어지는 날까지."

그래서인지 지금 그는 자신이 무슨 말을 하는지 몰랐다. 두서없이 머리 속에서 나오는 말을 그대로 입 밖으로 내고 있을 뿐이었다. 물론 황제는 자신의 태도에 대해서 아무 말 없이 내려다보았다. 그리고 잠시 동안 감격스러움에 눈물마저 흘릴 뻔한 그는 침착해지려고 무던히 노력했다. 제국의 황제 폐하의 앞이다. 냉정함을 되찾아야 했다. 그렇게 속을 다스리고 있을 때 황제는 자신에게 이것저것 물었다.

다 아는 사실을 돌려가면서 묻는 것이 조금 이상한 마음이 들긴 했지만 그래도 성실하게 답변했다. 그런 것을 묻는 이유가 궁금하여 물어보려는 찰나 황제의 입가에는 짙은 미소가 지어지며 닫혀져 다시는 열릴 것 같지 않던 입이 열렸다.

"대신들을 모두 불러."

황제의 말이었다.

"다시 한 번 말한다. 노엘 메르델 경. 대신들을 모조리 불러들이라고 전해. 그리고 루이스 애스턴 경은 기사 기숙사로 가서 기사단장을 내 방으로 불러와. 일찍 죽고 싶지 않거든 지금 당장 오라고 해."

자신이 한 말 중 황제의 심기를 어지럽힌 말이 있었던 모양이었다. 황제의 표정은 분노로 가득했다. 알 수 없는 대상에 대한 지독한 살기. 데인은 또 한 번 몸을 떨었다.

"하! 이들이 기사들이라고? 내 기사? 자랑스런 가이칸 제국의 수도 기사단? 술에 취해서 비실거리는 저들이. 하하하! 우습지도 않아."

그는 그렇게 중얼거리며 이를 부득 갈았다. 다른 이들은 멀리 있어서 듣지 못한 듯했지만 데인, 그는 들었었다.

"폐… 폐하, 하, 하지만……."

"불복하는 건가, 메르델 경?"

"그건 아닙니다."

"그럼, 당장 불러와."

"네."

호위 기사들로 보이는 두 사람은 황제의 명령에 잠시 얼굴을 굳히는가 싶었지만 곧 황제의 거듭된 명령에 고개를 숙였다. 그리고 황제는 더 이상 이곳에는 미련도 없는지 연무장 밖으로 휭 하니 나가 버렸다. 부복하고 있던 데인은 황제의 살기에 순간적으로 경직된 몸의 근육을 느끼며 어느샌가 등줄기와 이마를 타고 흐르는 한 방울의 땀을 손등으로 닦아냈다. 기사들도 마찬가지인 모양이다. 방금 전 그 일로 조금씩 질린 표정들이다. 몇몇은 그래도 평정을 유지하고 있지만 그가 보기에는 그들도 별반 다르지 않아 보였다. 오랜만에 온몸이 떨릴 정도의 두려움을 맛본 기사들이다.

아마도 충격이었으리라. 다른 건 몰라도 기사로서 검을 쓰는 한 그 누구에게라도 공포를 느끼는 것은 수치였다. 자신과 가까운 곳에 있던 이들의 시선이 모두 그에게로 몰렸다. 그들은 설명을 구하고 있었다. 황제가 왜 자신들을 찾아왔는가에 대해서.

"황제 폐하께서는 우리 무신들의 권한을 높여주기로 나와 약조하셨다. 오늘 친히 이토록 방문하신 것은 나와의 약속이 과연 어느 정도의 가치가 있는지를 확인하기 위해서일 터. 이제, 이제 우리도 떳떳하게 고개를 들 수 있게 될 것이다."

데인. 그는 자신이 추측한 것을 기정 사실로 여겼다. 그래서 기사들 모두에게 이렇듯 연설을 하고 있었다.

"우리에게도 기회가 온 것이다. 기뻐하라, 동지들이여."

"예? 지금 무슨 소리를 하시는 겁니까, 남작님?"

"폐하께서 우리들을 어쩌신다구요? 농담하시는 거죠?"

기사들은 너무도 갑작스러운 말에 어리둥절해하고 있었다. 밀루아 남작은 기사들의 모습에 유쾌한 웃음을 터뜨렸다. 선황이신 그레이엄을 이어 황제가 된 카이스 진 엘 가이칸이 무신들에게로 시선을 돌렸다. 문신들이 아닌 무신들에게. 기사들은 흥분했다. 검을 빼 들고 환호성을 질렀다.

"하하하하!"

유쾌함 때문일까? 마음이 심히 들떴다. 아마 이번 일을 문신들이 알게 된다면 기겁할 것이다. 하지만 그로서는 상관없는 일이다. 그는 권리를 찾으면 그만이니까. 선황께서 그랬던 것처럼 현 황제의 이런 행동은 황실에 상당한 혼란을 줄 것이다. 또한 어차피 이 일이 정계에 논의된다면 좋은 쪽으로든 나쁜 쪽으로든 혼란은 야기될 것이다. 하지만 우리들로서는 좋은 기회다. 선황은 문신들의 반발로 실패했지만 지금은 다르다. 오래전부터 무시되어 온 무신들의 권한을 우리들은 되찾아야 한다. 다음 대의 자신들의 후손들을 위해 피를 흘리라면 흘릴 것이다.

그의 부친도 이루지 못했던 일을 성사시킬 수 있다면 데인, 그는 그게 신이든 악마든 따를 것이다.

여느 때와 다름없이 한 달에 한 번씩 있는 술 파티가 연무장에서 벌어졌다. 제국의 기사들에게 있어서는 수없이 받아온 문신 귀족들의 멸시와 조롱을 씻기 위해 술로 하루를 달래는 시간. 술병 채로 벌컥벌컥 마시는 기사들이 여기저기 보였다. 모두가 삼삼오오 무리를 지어서 술을 마시고 있었지만 유독 한 사람만이 그곳에서 조금 떨어진 곳에 앉아 있었다. 그의 이름은 레이온 파커스. 제국의 친위 기사단인 붉은 검 기사단의 일원이었다.

"후우."

그는 요 며칠째 기분이 썩 좋지 않았다. 한 달 전 그의 연인이었던 클로디아의 약혼이 정해졌기 때문이었다. 모든 것이 혼란스러웠다.

"클로디아가 약혼했다는 말 들었다."

무리에서 떨어져 멍하니 하늘을 쳐다보고만 있는 그에게 스물네

섯 살쯤 되어 보이는 레이온과 비슷한 또래의 기사가 다가와 옆에 털썩 주저앉았다.

"제논."

그는 자신의 옆에 와서 술을 권하는 기사를 잘 알고 있었다.

기사단에 입단한 후 알게 된 친구 제논. 그리고 보니 제논도 연인이 있었다. 보랏빛 머리칼이 무척이나 매력적이었던 베논 후작가의 막내딸. 몇 달 전에 시집가기는 했지만 어떻게 보면 그도 레이온 자신과 같은 처지였다.

"자, 마셔."

그리고 그에게 술을 내밀었다. 반 정도 비워져 있는 와인이었다. 먹고 싶지 않다고 말하려고 했는지 굳게 닫혀 있던 그의 입이 열리면서 흘러나온 것은 목소리가 아닌 가늘게 새어 나오는 흐느낌이었다.

"크… 흑."

그리고 그 소리에 당황하며 벌어진 입으로 뭔가 짭짤한 물이 들어온다. 눈물인가. 투둑, 툭. 소리없이 흘러내린 물방울이 손등을 적셨다.

"울려면 울어, 임마. 니 맘, 제길! 니놈이 느낀 그 감정. 하아, 나도 다 아니까. 나도 한번 느낀 감정이기도 하니 충분히 이해할 수 있다고. 그러니 울려거든 맘껏 울어. 여기 널 비웃을 놈은 없으니까."

"하하. 나는 그녀를 사랑했는데… 내가 잘한 짓인가. 그녀는 다 상관없다고 했는데, 나만 있으면… 나만 있으면 된다고 했는데, 내가 왜 그녀를 보낸 걸까."

자신의 모든 것이었던 그녀는 아버지의 뜻에 따라 이름 높은 문신 가문의 장남과 약혼을 했고 다음 달에 혼인을 한다. 그가 원하는 대로 클로디아는 명문 귀족가 여식으로서의 행복을 찾았다. 기뻐해야 할 테지만 정말 잘한 짓인가. 그는 후회스러웠다.

이렇게 나약한 자기 자신이 사랑하는 이마저 지켜줄 수 없는 자신의 나약함이 정말 죽고 싶을 정도로 미웠다. 그리고 원망스러웠다.

"잊어. 어차피 우리들 무관들에게 있어서는 사랑 따위는 사치야. 그저 하루 연명할 수 있다면 다행스럽지. 클로디아도 그곳으로 시집가면 행복할 거다."

"크흐흐흑."

자신이 울고 있었다. 아버지가 전쟁에서 전사했을 때도, 어머니가 병에 걸렸을 때 약 지을 돈이 없어 돌아가셨을 때도 울지 않았었는데 고작 사랑하는 연인이 떠나가는 것뿐인데 눈물을 흘리다니… 한심스럽다.

가슴이 아팠다. 클로디아는 자신과 도망가자고 했지만 기사인 자신으로서는, 이제 거의 몰락해 가는 무신 가문의 자손인 그로서는 그녀를 행복하게 해줄 수 없었다. 그래서 그녀에게 행복하라고 말하며 애써 그녀를 달랬다. 그녀의 행복을 위해서라면 당연한 것이라고 그는 그렇게 생각하며 헤어졌는데 너무도 슬펐다. 가슴이 미어지도록. 죽고 싶다.

기사 가문의 자손으로서 제국에서 살아온 그였다. 아무리 실력이 뛰어나도 레이온은 항상 문신에게 억눌려 사는 무신이다. 이미 붕어하고 없는 선황이었던 그레이엄. 새로 황제가 되신 카이스 진 엘 가이칸은 어렸을 적부터 검에 관심이 많아 기사에 대해 신경을 많이 써주어 그래도 생활이 나아졌다고는 하지만 여전히 무신에 대한 문신들의 경멸은 여전하다. 무신이 그다지 대접을 받지 못하는 이곳에서 뭘 바랬을까. 실력은 뛰어나지만 모든 것은 문신 중심으로 돌아가는 이곳에서 자신이 할 수 있는 일이라고는 그저 오만하고 잘난 문신들을 보호하고 그저 하루를 연명하는 것뿐. 그는 한참을 그렇게 소리 내어 울었다.

레이온의 이런 모습에 근처 기사들은 아무런 말도 할 수 없었다. 문신의 딸과 한번쯤 이루어질 수 없는 사랑을 해본 경험이 있는 기사들은 그저 모른 척 술병만 계속해서 기울일 뿐이다. 다른 동료들과는 달리 술을 잘 마시지 않던 그였지만 오늘 벌써 싸구려 와인 두 병을 깨끗이 비운 상태였다. 지금으로써는 아무것도 할 수 없었다.

옆에 있는 친우들이 술을 권했지만 먹고 싶지 않았다. 술을 마시면 마음이 풀어지니까 기껏 다잡은 마음이 흐트러질까 봐였다. 우리들 무신들에게 있어서는 제논의 말대로 사랑은 사치일 것이다. 결코 이룰 수 없고, 또 넘볼 수 없는 독약과도 같은 것. 클로디아. 아름다운 자신의 연인은 지금의 나의 모습을 보면 뭐라고 할까. 항상 그녀는 당당한 내가 좋다고 했는데 이렇게 축 늘어진 나를 보면 뭐라고 말했을까. 날 보고 한심하다고 했을까.

"이제 어떡할 거냐?"

"글쎄. 나도 잘 모르겠다. 그냥 마음이 좀 안정이 되면 그때 가서 생각해 볼 거다."

"그러든가. 우선 좀 마셔라. 좀 마시고 나면 기분이 나아질 거다."

제논은 말없이 술을 마시고 레이온에게 술을 건넸다. 그가 본 것만 해도 두어 병은 마신 것 같은데 별로 취한 것 같지도 않다. 유달리 술에 약한 그를 빼면 웬만한 기사들은 술에 절어 산다고 해도 과언이 아니니까. 아마도 술이 없다면 무신들은 미쳐 버렸을 것이다. 현실의 냉정함과 미래에 대한 불확실함으로. 그런 그들의 마음을 달래주는 것은 술뿐이었다. 그래서인지 기사들 중 알코올 중독자도 많았다. 그가 아는 녀석들 중에서도 그런 이들이 있었다. 유달리 술이 센 제논 녀석에게는 두 병 정도는 식후 디저트용일 것이다. 그는 피식 웃으며 톡 쏘는 향기의 술을 한 모금 마셨다. 후끈후끈한 열기가 뱃속에서 솟구쳤고 가라앉았던 기분이 조금 나아졌다.

기사여,
하늘로 향해 날아라.
이름을 드높여라.
전투의 여신 아레나여,
나의 이름을 기억하소서.
이 땅에 흘린 이 기사의 피를.
조국을 위해 흘린 이름 모를 기사의
피는 대지에 서려 후세에 이름을 남기리니.
오오, 기사여,
검을 들어라.

어디선가 노랫소리가 들린다. 오래전부터 기사들의 입에서 입으로 전해져 내려온 노래. 누가 지었는지 알 길은 없지만 대륙의 기사들이라면 모두가 알고 있는 대중적인 노래다. 그도 그 노래를 따라 불렀다. 본래는 기사들의 강인함과 용맹성을 나타내는 것이지만 지금 기사들의 노랫소리는 한없이 서글프고 처량했다. 노랫가락처럼 그들에게는 명예도, 자부심도 잃었다. 언제 그들은 명예롭게 기사로서의 긍지를 가질 수 있을까. 문신의 세상인 이곳에서는 힘들 일. 기사들 대부분은 모두 그런 삶을 포기했다.

그저 일말의 자존심을 유지하며 개처럼 살지 않기만을 바랄 뿐이다. 그렇게 얼마간 시간이 흘렀을까, 연무장에 누군가 들어오는 기척이 느껴졌다. 지나가던 문벌 귀족들이겠지. 심심해서 시비나 걸려고 들어온 것이라고 생각하며 신경을 쓰지 않았다. 그저 그날 힘없이 헤어져야 했던 클로디아를 떠올리고 있을 뿐이었다. 하지만 연무장에 들어온 그 누군가들은 아무런 움직임이 보이지 않는다. 슬쩍 보니 검을 차고 있다. 또 어떤 문신 귀족들을 경호하고 있는 기사들인 모양이었다. 왠지 안절부절못하는 것을 보니 어떤 철없는 젊은 문신 자제가 기사들의 대무 장면을 보고 싶다고 온 모양이었다. 그런 일은 간간이 있어왔으니 오늘은 기분도 꿀꿀한 데 잘됐다고. 오늘은 이 귀찮은 일을 내가 하리라 마음먹고 자리를 털고 일어나려 했다. 하지만 레이온은 기사들의 호위를 받고 있는 상대의 얼굴을 본 순간 그 자리에서 얼어붙을 수밖에 없었다.

검은 머리. 대륙에서 그런 머리를 가진 사람은 단 한 명뿐이다. 가이칸 대제국의 황제 카이스 진 엘 가이칸. 그 외에 다른 이들 몇몇도 그것을 눈치 챘는지 황급히 부복을 하려 했지만 곧 몸이 굳어버렸다.

"저들이 기사들이라고? 그 기사라는 작자들이 신성해야 할 이 연무장에서 저 꼬락서니로 논다? 하하, 아주 멋진 풍경인걸."

바로 황제의 입에서 흘러나온 거친 비아냥 때문이었다.

뒤에 서 있는 호위 기사들 역시 표정이 썩 좋지 못했다. 연무장에 흩어져 반쯤 자고 있는 기사들의 얼굴을 하나하나 쳐다보며 황제의 표정은 더없이 굳어져 있었다. 스쳐 지나가는 황제의 시선과 마주친 레이온은 가슴이 덜컹 내려앉았다. 입은 웃고 있었지만 저런 눈빛이 있을까 싶을 정도로 너무나도 차갑게 가라앉은 냉엄한 푸른빛 눈동자는 깊은 실망감과 분노가 서려 있었다.

"썩어 빠졌어. 기사라는 것들이 연무장에서 술을 퍼마시고 놀다니."

움찔. 레이온을 비롯한 이성이 아직 남아 있는 기사들은 몸을 살짝 떨었다.

그의 목소리에서 분노를 읽은 탓이다. 하지만 그는 미소를 짓고 있다. 아무런 뜻도 담겨 있지 않은 미소를. 분명 온화해 보이지만 동시에 왠지 온몸을 전율하게 만드는 무시 못할 살기를 담은 그 미소에 기사들의 표정은 더욱더 굳어졌다.

"노엘."

황제가 누군가를 불렀다. 두 명의 호위 기사 중 하나의 이름이라고 생각했다 옆에 있던 20대 초반의 준수한 용모를 가진 기사가 고개를 조아리며 말한다.

"네, 폐하."

"검."

"예?"

"검을 달라고 했다. 내 말이 안 들려?"

"네? 아, 예. 여기."

다짜고짜 검을 달라는 황제의 말에 황제에게 노엘이라고 불린 기사는 잠시 머뭇거렸지만 옆에 차고 있던 자신의 검을 건넨다. 검을 건네받은 그는 한참을 무슨 생각을 했던지 아쉬운 듯한 표정을 지으며 검날을 뽑더니 숨을 크게 들이쉰다. 그리고 눈을 감더니 가볍게 숨을 토해냈다.

우웅―

우우웅―

검날이 울고 있었다. 검기였다. 서늘해 보이지만 날카로운 검기의 기운이 검날을 타고 실 타래처럼 엮이며 피어 오르고 있었다. 술을 덜 마신 기사들은 그것이 자신들이 목표로 삼고 있던 소드 마스터의 경지에 이른 자만이 가지는 검기의 초급 경지라는 것을 알아채고 눈을 크게 떴다. 아니, 그보다 황제가 소드 마스터라는 사실에 놀라워했다.

거의 모든 황제가 검에 관해서는 문외한이었고 특이한 사람이라고 해봤자 선대 황제가 검에 관심이 많아 무신들에게 힘을 실어준 것을 제외하면 제국의 황제 중 검술의 마스터가 나온 일은 드문 일 중에 드문 일이었다. 특히 친히 연무장까지 찾아온 경우는. 왜, 어째서 이곳까지 황제가 찾아온 걸까. 모든 기사들의 의문에 찬 시선을 받으며(기사라고 해봤자 겨우 5명 정도에 불과했지만) 그는 검의 진동을 들으며 가장 가까이 누워 있는 기사에게 다가갔다. 술에 취해서 잠에 빠져 있는 기사들을 바라보는 황제의 눈썹이 살짝 찌푸려진다.

그리고 아무런 표정 변화 없이 검으로 사내의 팔을 내리찍었다.

"으아아악!"

기사의 비명이 터져 나왔다. 처절까지는 아니었지만 충분히 고통스러움이 담긴 비명.

"비명을 지르는군."

"아악!! 내 팔이!"

"자르지는 않았으니 입 닥쳐."

황제인 그는 기사의 비명에 아무렇지도 않다는 표정으로 대꾸해 주곤 천천히 다른 기사들에게 다가간다. 방금 전 사태로 술에 취했던 기사들도 무슨 일인가 싶어 일어나지만 황제는 그 모습도 마음에 들지 않는다는 듯 진검으로 망설임없이 기사의 팔을 찌르고 베고 발로 두들겨 팬다. 제정신을 가지고 있던 기사들은 급히 일어나 방어를 하려 했지만 황제의 검은 유연하게 그들의 몸을 비집고 들어가 베어버린다. 그래도 술에 취하지 않은 기사들은 살살해 주려는 듯 검날이 아닌 등으로 후려친다. 물론 레이온, 그도 한 대 크게 얻어맞았다.

"술에 취한 기사들이라… 우습지도 않아."

반사적으로 일어난 기사들은 다시 한 번씩 검날에 피를 보거나 발길질을 당했고 황제는 무표정한 모습으로 기사들 하나하나를 봐주지 않고 두들겨 팼다. 썩어빠진 정신 상태를 뜯어고쳐 주겠다고 말하면서 그렇게 한참을 패던 황제의 발길질이 멈췄다.

거의 10분을 넘게 발길질을 하던 황제가 거친 숨소리를 내뱉으며 몸을 확 돌렸다. 더 이상 이곳에 머무르고 싶지도 않은 듯했다.

"빌어먹을. 노엘, 루이스, 돌아……!"

그렇게 소리치며 황제는 발걸음을 돌렸지만 그는 말을 끝내지 못했다. 어깨쪽의 통증으로 신음을 흘리며 고개를 든 레이온은 황제의 걸음이 멈춘 이유를 알 수 있었다. 황제의 앞에서 부복하고 있는 젊은 귀족. 그에게는 물론 제국의 기사들에게는 눈에 익어 있는 귀족으로서 30여 개 무신 가문의 대표자인 밀루아 남작이었다.

황제와 남작과 아는 사이였을까? 남작을 보는 순간 황제의 표정은 기묘해졌다. 멀어서 잘 보이지는 않았지만 레이온이 보기에는 기억을 떠올리려는 듯이 보였다.

"소신 밀루아, 황제 폐하를 뵈옵니다."

남작이 부복한 자세로 예를 취하자 황제는 그때서야 기억이 났던지 미소를 지었다. 하지만 곧 알 수 없는 시선으로 남작을 내려다보는데 그는 고개를 들었다. 그리고 방금 전까지 바닥에 쓰러져 있는 기사들을 쳐다보며 입가에는 미소가 지어져 있었다.

그는 황제가 이곳에 방문한 이유를 알고 있는 것 같았다. 레이온은 황제의 앞에서 누워 있는다는 게 걸렸던지라 몸을 일으켜 예를 취하려고 했지만 황제의 표정이 일그러지며 고개를 돌려 버렸다. 그와 함께 기사들의 표정도 함께 일그러졌지만 밀루아 남작의 입에서 나온 말에 그들의 눈빛은 달라졌다.

"이번 일이 소인과의 약속을 지키기 위함이시라면 좀 과하신 듯싶습니다, 폐하."

약속. 남작이 말했다.

"하지만 폐하께서 하신 행동이 저의 부탁을 지키기 위함이라면 소신은 황제 폐하께서 내리신 은혜에 꼭 보답하겠사옵니다. 저의 목숨이 끊어지는 날까지."

레이온은 지금 남작이 황제에게 무슨 말을 하고 있는지 몰랐다. 하지만 들어보니 황제와 남작 간에 무슨 약속이 있었고 황제는 그 약속을 지키기 위해서 이곳에 온 모양이다. 그게 어떤 것인지는 모르지만 남작이 저렇듯 감격해하는 것을 보면 보통 일은 아닐 것이라는 추측만 될 뿐이었다. 황제와 남작 간에는 대화가 오고 갔다.

방금 전과는 달리 상대적으로 작은 목소리였는지라 잘 들리지 않았지만 시시각각으로 변해가는 황제의 표정을 보며 좋은 일은 아닐 거라는 느낌을 받았다. 그리고 그들만의 대화가 모두 끝났던지 묵묵히 닫혀져 있던 그의 입이 열렸다.

"대신들을 모두 불러."

한참이 흐른 후 황제의 입에서 흘러나온 말이었다.

"다시 한 번 말한다. 노엘, 메르델 경. 대신들을 모조리 불러들이라고 전해. 그리고 루이스 애스턴 경은 기사 기숙사로 가서 기사단장을 내 방으로 불러와. 일찍 죽고 싶지 않거든 지금 당장 오라고 해."

황제의 표정은 그야말로 분노로 가득했다. 황제의 말 한마디 한마디가 결코 가벼이 넘길 수 없는 위엄과 어우러져 그의 몸을 더 더욱 굳어지게 만들었다.

"하! 이들이 기사들이라고? 내 기사? 자랑스런 가이칸 제국의 수도 기사단? 술에 취해서 비실거리는 저들이. 하하하! 우습지도 않아."

그의 헛웃음과 함께 흘러나온 그 말에 레이온은 잠시 부끄러움을 금치 못했다. 황제의 말대로 그는 기사였다. 어떤 일에도 흔들림이 없어야 하는 기사… 그런 기사인 자신이 이렇게 한심스럽게 시간을 보내고 있음에 그는 자신이 가진 검으로 당장에 목을 찌르고 죽고 싶었다. 그가 그렇게 생각하고 있는 사이에 황제가 두 명의 기사들에게 무얼 명령했는지 그들은 정중하게 고개를 조아렸다.

그리고 황제는 더 이상 이곳에 자신과 기사들에게 아무런 눈길조차 주지 않고 연무장을 나가 버렸다. 밀루아 남작은 황제의 뒷모습이 사라지자 긴장이 풀렸는지 크게 어깨를 들썩이더니 중심을 잡고 일어났다. 그리고 무엇이든 설명해 주길 바라는 심정으로 그를 바라본 그들은 그에게서 믿을 수 없는 사실을 들었다.

"황제 폐하께서는 우리 무신들의 권한을 높여주시기로 나와 약조하셨다. 오늘 친히 이토록 방문하신 것은 나와의 약속이 과연 어느 정도의 가치가 있는지를 확인하기 위해서일 터. 이제, 이제 우리도 떳떳하게 고개를 들 수 있게 될 것이다."

그 말을 듣는 순간 처음에는 무슨 말을 하는지 몰랐다. 전혀 뜻밖의 말이었고 우리들로서는 기대도 하지 않았던 것이기에 더욱 그러했는지도 몰랐다. 그도 처음에는 그랬지만 밀루아 남작이 이해를 하지 못하고 있는 이들을 위해 친절하게 다시 반복해 말해 준 뒤에야 레이온은 알아들을 수 있었다.

"우리에게도 기회가 온 것이다. 기뻐해라, 동지들이여."

제국의 최고 권력자인 황제가 친히 연무장을 찾은 것만으로도 대단한 일이었지만 방금 그가 한 말은 기사들에게는 엄청난 파문 효과를 일으키고 있었다. 거의 대부분은 도저히 믿을 수 없다는 표정들이었지만 남작의 자신만만한 태도와 황제가 친히 연무장으로 찾아와 직접 자신들 한 명 한 명에게 검을 휘두르고 발길질을 한 것을 떠올렸다.

아무 의미가 없다면 없는 행동일 테지만 그것이 그들을 맞이하기 전에 오랜 세월 동안 해이해진 무신들의 정신을 바로잡기 위한 하나의 메시지이며 그 메시지를 알리는 행동이라고 한다면.

와아아아아!

몇몇 기사들의 입에서 흘러나온 환호는 주변의 기사들에게 전염이 되어 연무장을 울렸다.

"레이온."

"왜."

"이게 대체 무슨 일일 것 같아?"

그 환호성에 묻힌 채 제논의 얼빠진 음성과 함께 레이온은 고개를 저었다. 그리고 무례하다는 것도 잊은 채 보았던 황제의 얼굴을 떠올렸다.

남자다운 강인한 외모와 아름다움을 함께 공유하고 있는 제국의 황제. 밤하늘처럼 검은 머리칼과 냉엄한 푸른 눈이 조화를 이루어 군주다움을 간직한 황제였다. 레이온의 시선은 황제가 사라진 연무장 밖으로 향해져 한참 동안 그곳에 머물렀다. 그와 비슷한 생각을 했었던 건지 모르지만 제논의 시선도 함께 그곳에 멈춰 있었는데 이윽고 시선이 마주친 둘의 눈동자는 빛이 머물러 있었다.

"너도냐?"

"그럼, 너도?"

잠시 침묵.

"포기해."

"너나 포기해."

"죽을래?"

"너나 죽어."

레이온과 제논의 눈은 가늘어졌다.

"실력으로 하자."

"좋아."

스르릉.

"진 사람이 포기하는 거다."

"좋아."

기사의 한 사람으로서 동일한 생각을 가진 동지로서 제논과 레이온은 서로의 검을 맞대었다.

"하하하하!"

그리고 남작의 웃음소리와 기사들의 환호성이 울리는 연무장의 하루는 더없이 밝아 보였다.

2

무스클과의 만남

　이곳은 나의 방이다. 지금 내 방에는 리본과 6명의 대신들이 몰려 있었다.

　살기를 풀풀 풍기던 나는 근처에 얼빵하게 서 있는 두 호위 기사(정확하게는 노엘만이었지만)에게 10초 이내로 그들을 모조리 내 방으로 불러오게 했다. 이 넓은 황성 밖으로 나가는 데만 해도 한 시간은 걸릴 것이었지만 그런 것을 신경 쓸 정도로 내 인내심이 당시에는 많지 못했다. 그것을 너무나도 잘 아는 둘은 내 명령에 토씨 하나 안 달고 밖으로 튀어 나갔다. 내가 부른 이들은 모두 모였다.

　리본을 제외한(그는 대공이다. 대공은 공식 석상이 아닌 사석에서는 황제에게 부복을 하지 않아도 된다고 했다. 그래도 고개를 숙이는군. 흠…) 6명의 대신들이 죽 늘어져 부복을 하다가 일어선다. 재무대신인 피올로치 백작, 외교대신인 레페리언 백작, 문부대신인 스터커 후작, 법무대신 샤스 후작, 그리고 국방부대신인 키스토 백작이 내 눈에 하나하나 들어왔다. 그중 국방부대신을 좀 오래 쳐다봤는데 그를 바라보면서 이가 부드득 갈리는 소리가 방금 전보다 조금 더 컸었다.

모두들 내가 부르고 또 앞에서 이렇듯 노골적으로 이를 가는 이유를 전혀 모른다는 듯한 표정이었지만 모두 얼굴이 조금씩 굳어 있었다. 사정을 모른다고 하더라도 지금 내 표정을 본다면 누구라도 내 심기가 편치 않을 것이라는 것을 알 것이다.

그만큼 내 표정은 더럽게 험악했다. 그나마 평이한 표정이라고 한다면 리본뿐이었다. 나는 이들을 부른 이유를 말해 줄 예정이었다. 그리고 모든 설명을 해주고 이들마저 내 뜻을 반대한다면 모조리 죽일 생각도 있었다. 그만큼 밀루아라는 이름의 남작에게 들은 사실은 쇼크였고, 또한 선량하게 살려고 했던 나의 여리디여린 이 마음에 분노의 불을 당겼다. 그 분노는 나에게 이 세계에 오고 난 후 최초는 아니지만 태연하게 살인을 벌일 수도 있을 정도로 강렬했다. 나는 마음을 진정시키기 위해 길게 숨을 들이마셨다.

"모두 들어서 알고 있을 거라고 생각하고 단도직입적으로 말하지. 나는 무신들을 육성할 생각이다. 너희들은 내 뜻에 반대하냐?"

말이 없다. 이런 부분에서는 빼놓지 않고 끼어들던 리본도 입을 꾹 다물고 있었다. 5명의 대신들 역시 처음에는 나의 말에 놀라운 기색을 띠긴 했지만 곧 고개를 숙인 채 아무런 뜻도 내비치지 않는다. 순간 나의 이마에는 굵은 핏줄이 섰다가 사라졌다.

반대라 이 말이냐? 후. 열 오른다. 하지만 참아야 하느니라. 냉정해지자. 나는 코로 크게 심호흡을 했다.

"지금 내 결정에 대해 너희들한테 찬성이냐 반대냐를 묻고 있다."

친절하게 다시 말을 번복했지만 입에 아교라도 붙인 듯 쉬이 열리지 않았다. 그들이 방 안에 들어온 뒤에도 그랬지만 내가 그 말을 꺼내고 난 후부터는 더하다. 다음부터는 분위기는 때를 봐서 잡아야지. 방금 전에 그 일로 너무 분위기를 깔았다. 원래 약간의 공포 분위기를 조장할 생각이긴 했지만 이렇게 조용해지니 오히려 내가 겁난다.

"폐하."

"말 해."

한참 동안 침묵하던 대신들을 대표하듯 키스토 백작이 입을 열었다. 아마도 이번 일은 그와 가장 관계가 깊은 일이니만큼 관심도 가장 많을 터. 내가 얼른 얘기해 보라는 제스처를 취하자 백작이 조용히 입을 열었다.

"소신은 폐하의 뜻에 반대하지 않사옵니다. 1,000년이란 오랜 세월이 광활한 가이아 대륙의 강대국으로 있어왔습니다. 분명 말씀드리지만 무신들에 대한 일은 제국의 황족이나 귀족들에게 있어서는 금기와도 같은 것입니다. 폐하께서는 기억은 없으실 테지만 선황이신 그레이엄께서도, 입에 올리기는 그러하오나 선황의 총애를 받으셨던 폐하의 모친께서 이 일을 간언하신 적이 있었고 그것을 받아들이시어 무신들의 권한을 살리고자 하셨으나 실패하셨습니다. 폐하의 뜻은 분명 훌륭하시지만 성공하기 힘들 것입니다."

하지만 내 사전에는 불가능이란 없다. 방법은 만들면 그만이다.

"그건 내가 알아서 할 일이니 신경 꺼, 키스토 백작."

"네, 폐하."

흠흠, 좋아. 얼래? 가장 중요한 인간이 안 보이네.

"근데, 한 명이 안 보인다? 분명히 기사단장도 부른 걸로 아는데 왜 보이지 않지? 아직 도착하지 않았나?"

"아닙니다. 그는 벌써 도착해 있습니다."

휘휘 둘러봐도 방 안에는 꼴 보기도 싫은 리본이랑 6명의 대신들뿐이다. 굳이 끼워준다면야 문 양쪽에 서 있는 두 명의 귀여운 시녀들이랑 나도 있다. 하지만 요리 보고 저리 봐도 없다. 꼭꼭 숨어라 머리카락 보일라도 아니고.

"없는데?"

내가 말하자 이번에는 법무대신이며 나의 공부 스승인 샤스 후작이 말했다.

"단장은 이미 도착하여 지금 문밖에 대기하고 있습니다."

"그럼, 퍼뜩 들어오라고 그래. 밖에 죽치고 앉아 있으라고 하지 말고."

"저, 그것이……."

얼래? 더듬는다? 왜 저런데?

"왜 더듬어? 더듬을 이유가 있어? 할 말 있거든 빨리 말하고 불러. 기사단장이라는 작자의 낯짝이나 봐야겠어."

"그게… 저."

내가 재촉했지만 키스토 백작은 주저하며 뭔가 말하려고 하는 듯 자꾸만 말을 끊는다. 나는 성질이 대단히 급한 편이다. 고로 질질 끄는 것을 아~주 싫어한다. 당연하게도 내 이마에는 핏줄이 하나둘씩 돋아나다가 사라지길 반복. 어느새 쥐어진 내 주먹에는 힘이 조금씩 들어가고 있었다.

그런 나의 모습에 위기를 느낀 듯 샤스 후작의 표정은 조금 굳어졌고 입은 도저히 열릴 기미가 보이지 않았다. 후. 또 열 오른다.

"열 셀 동안 말 안 하면 샤스 후작 너, 내 손에 죽는다. 하나, 둘, 셋, 넷."

"예? 에? 말, 말하겠습니다, 폐하. 제발 진정을… 에, 그러니까 그는 무신이라 이곳에 들어올 수 없습니다."

내가 하는 말이 농담이 아닌 것을 짧은 경험으로나마 알고 있던 샤스 후작이 하얗게 질리며 급히 내게 설명을 했다.

"왜?"

하지만 그 설명을 나는 이해하지 못했다. 당연하게도 나는 그 이유를 물었다. 그러자 샤스 후작은 또다시 주저했고 내 손에는 관절이 마찰하면서 울리는 소리가 울렸다.

우드득 우득. 흠, 소리 좋고.

"크윽. 폐하, 말씀… 드리겠습니다. 그건 그러니까, 국방부대신을 제외한 무신들은 황제 폐하의 거처에 한 발자국도 들어올 수 없습니다. 이곳에 들어올 수 있는 자들을 예외라고 한다면 폐하의 소수의 친위 기사들뿐으로 기사단장이라고 해도 폐하가 기거하는 대전에 들어오는 것은 황실의 법도상 금기된……."

조금 진정되는가 싶던 내 복장이 다시 뒤집어진다.

"들여보내."

"하지만 폐하, 황실의 법도상 그건 무리……."

법돈지 뭔지 내가 알 게 뭐냐.

"한 대 맞고 들여보낼래, 두 대 맞고 들여보낼래?"

"폐하, 차라리 하교하실 것이 있으시면 제게 하십시오. 단장에게는 제가……."

쓰읍. 저것이 끝까지. 나는 키스토 백작에게 다가갔다. 겁나냐? 쫄

앗어? 하지만 나는 지행일치를 생활의 신조로 삼는 대한민국의 바른 청소년이라서 말이다.

후후.

퍼억.

"으엑!"

지금 이 소리가 무슨 소리인지는 굳이 언급하지 않겠다. 모르는 사람은 새로운 마음으로 앞쪽의 글을 읽어주길 바란다. 잠시 뒤. 왼쪽 눈에 퍼런 자국이 명예롭게 단 키스토 백작은 단장을 안으로 불렀다. 진작에 그럴 것이지 왜 개겨.

나는 조금 벌겋게 변한 주먹을 어루만지며 만족스럽게 웃었다. 끼익. 문이 열린다. 흐음, 어떻게 생겨먹었는지 얼굴 좀 보자. 호오, 등발 좋고. 외모가 좀 평범하긴 해도 믿음이 가게 생겼고 우선 첫인상은 좋은 편이다. 점수를 굳이 준다면 70점 정도. 체구도 상당히 균형이 잡혀 있고. 흐음, 잠깐, 수정이다. 얼굴이 벌겋다. 많이 한 건 아니지만 낮술을 한 모양이다. 벌점 10점. 점수 60점으로 정정이다.

"폐하의 부르심… 딸꾹. 흐음… 을 딸꾹!"

내 앞에서 부복은 했지만 비틀거리며 정신을 못하는 꼴 보니 낮술을 한 게 확실하다. 보아하니 자기도 정신 차리려고 노력하는 거 같은데. 쓰읍. 이러면 내가 볼일을 못 보지. 대신들도 내 마음과 같은지 술 취해서 혀가 완전히 꼬인 비틀거리는 단장의 모습에 인상을 팍 구기고 있다. 단장에게 아주 사소한 볼일이 있었지만 이 상태로는 무리니까 술부터 깨게 해줘야 쓰겠지? 내 고향 한국에서는 술 취한 사람을 깨우는 데 확실한 방법은… 흐흐흐.

촤아악!

"어… 우왓!"

그는 방금 내가 술을 깨게 하기 위해 해준 친절한 행동의 결과로 기겁하며 펄쩍 뛰었다. 그 모습을 지켜보며 내가 생각해도 사악하게 웃었다. 알 사람은 알 거다. 술 취한 사람을 깨우는 데는 찬 물 한 바가지가 최고다. 흐음, 정말 효과 끝내준다. 흐리멍텅하던 눈빛이 벌써 빠릿빠릿하게 돌아왔다가 아니고 또 멍해진다. 그럼, 한 바가지 더 붓자. 나는 시종에게 가져오게 하여 물 한 동이를 건네받은 뒤 싱글벙글 웃으며 술 때문에 헤롱거리는 단장의 머리 위로 쏟아 부었다.

"흐흐, 시원할 거다. 정신이 번쩍 들지?"

"……."

대답이 없구만. 그렇다면.

"물 한 동이 더 가져……."

"정신을 차렸습니다. 폐하, 감사하옵니다."

정신 못 차렸으면 한 바가지 더 부으려고 했더니만. 흐흐.

"신상명세."

"예?"

"이름, 나이. 직분, 가족 관계, 좋아하는 음식 등등을 읊어보란 말이다."

"아… 예, 폐하."

신상을 밝히기 시작하는 단장 그의 이름은 릭이라고 했다. 발음하기도 힘들지. 쩝. 성은 없으며 평민 출신의 기사라고 했다. 가족은 본인을 포함해서 5명. 처 한 명, 자식이 세 명이란다. 나이는 서른네 살이고. 본래는 용병이었는데 선황의 눈에 띄어 기사단장 중 한 명이 되었단다. 한 명이 더 있었는데 며칠 전에 죽어서 지금은 그밖에 없다고 했고. 하하. 농담 삼아 한 말이었는데 좋아하는 음식도 말했다. 그렇다면 내가 단장을 부른 본래 목적을 말해야겠지.

"릭 단장."

"네, 폐하."

"너, 세 대만 맞아."

"……?"

나는 무슨 소린지 모르겠다는 표정을 짓고 있는 릭에게 성큼성큼 다가가 그의 턱을 발로 찼다.

빠아악!

"어억!"

소리 좋고. 흠흠. 우선 한 대.

"이 한 대는 황제인 나의 부름에 술에 취해서 내 복장을 뒤집어지게 한 죄의 벌이고."

나는 한 손으로는 턱을 부여잡고 한 손으로는 바닥을 짚고 있는 그의 가슴팍에 발을 턱 올렸다. 그리고 힘주어 뒤로 밀듯이 찼다.

퍼억!

"이번 것은 그런 모습을 내게 보여줌으로써 실망감을 안겨준 기사들에 대한 죄고."

흠, 근데 너무 세게 쳤나?

"컥."

반대쪽 벽으로 처박히는 그를 바라보며 나는 오른쪽 뺨을 긁적였다. 하지만 그렇다고 마지막 한 대를 안 때릴 수는 없지.

"그리고 마지막으로 이 한 대는 흠, 부를 죄가 없으니 그냥 맞아. 아니, 그냥 사랑하는 부하에게 정신 차리라고 주는 사랑의 매라고 불러다오."

퍼어억.

"어어억!"

쿵. 숨넘어가는 듯한 괴성을 지르며 그는 바닥에 대(大)자로 뻗었다.

흠. 이제야 속이 후련하네. 얼래? 그런데 입에 거품을 왜 물었대? 그리고 눈이 뒤집어진 것이 얼래? 기절한 거야? 그거 한 대 맞았다고? 이거 보기보다 약골이냐? 또 나를 보는 대신들의 눈초리가 왜 저런대? 인간이 아닌 괴물을 보는 듯한 눈초리. 그거 지금 미(Me)를 의미하는 거야?

"왜 그런 눈으로 봐? 내가 너무 심했다고 보는 거야? 난 딱 세대밖에 안 때렸다구. 벽에 금이 좀 가고 단장이 거품 물고 기절한 것뿐인데 뭘 그래? 난 살살했어. 그런데 저 치가 너무 약해서 저렇게 된 거라고. 아니, 지금 나한테 맞기 싫어서 꾀병 부리는 걸 거야. 이 연약한 주먹에서 한 대 맞았다고 기절할 리가 없다고."

그 눈빛에 너무도 억울한 마음을 금치 못해 그렇게 소리쳤지만 대신들의 반응은 변함이 없다. 그 뻔뻔한 리본마저도 나를 외면하고 기절한 단장에게 무한한 연민의 눈길을 보내고 있다. 이럴 수가! 아무도 내 말을 안 믿다니. 오옷. 저들에게 나에 대한 믿음이 이 정도밖에 안 된다는 것인가. 깨어나기만 해봐라. 다시 한 번 실험해서 나의 무죄를 입증하고 말리라. 기절하는 척한다면 내가 아는 수많은 고문법을 시행해서라도 꼭! 꼬옥, 입증할 거다. 울트라 캡숑 초 필살 간지럼 고문이 내게 있다. 릭, 퍼뜩 정신 차려라. 10년 동안 익혀온 나의 고문 기술을 초 스페셜로 내게 제공해 주마. 음하하하.

"폐하."

"하하하. 흐음… 왜 불러?"

"어디 아프십니까?"

"마른하늘에 홍두깨도 아니고 갑자기 그건 왜?"

"왜 그러는데 라니요. 의자에 앉아서 씩씩거리던 분이 갑자기 손등으로 입을 가리면서 웃어 젖히는데 안 묻게 생겼습니까?"

황당에 찌든 얼굴로 말하는 리본과 그 말에 수긍을 하는 기타 등등들. 으음, 그랬나? 상상의 나래를 펼치다가 그게 행동으로 나온 모양이다. 그런데 저 작자들은 평소에 필요한 때는 별 상관도 않던 인간들이 전혀 신경 써줄 필요가 없는 부분에서는 신경을 쓴다. 사람 부끄럽게시리.

"그냥 넘어가."

"네, 폐하. 하오나 설마 해서 말씀드리는 것이온 데 다른 어의는 정신 치료에도 일가견이……."

저것이.

"죽어."

퍼억. 후… 속이 시원하다. 새로운 동료가 생겼군. 단장과 부디 둘이서 사이좋게 극락왕생해라. 자비로우신 부처의 손을 꼭 잡고 극락으로 가길 빈다.

나는 때맞춰 나온 오후 간식을 먹었다. 우리 세계의 홍차와 맛이 비슷한 차와 함께 갓 구워낸 바삭한 쿠키가 나왔다. 역시 맛있다. 달달하고 짭짤한 이 맛 끝내준다. 도대체 재료가 어떤 건지 궁금할 정도야. 나중에 요리사한테 가서 물어봐야지.

흠? 그런데 내가 느긋하게 쿠키 맛을 평가하고 앉아 있을 때가 아니다. 내가 아는 짧은 지식으로는 분명히 내가 하려는 일은 제국의 집권 귀족들에게 있어서는 결사 반대 표를 받을 일이다. 하지만 아무리 무신들을 중요하게 생각하지 않는 귀족들이라지만 제정신이 박힌 녀석이 한 명도 없겠냐. 방법이 없다면 만들면 된다. 안 되면 되게 하라. I can do it(나는 할 수 있다). 아잣!

*　　　*　　　*

"말도 안 됩니닷! 폐하!!"

"왜?"

"왜? 왜냐니욧!"

"내가 하려는 게 그렇게 충격적이었어?"

"당! 연! 하지요! 어찌 그런 생각을!"

"괜찮아."

"폐하!!"

이크. 고막 떨어지겠다. 기차 화통을 삶아 먹었나 뭣이 저리 목소리가 크대? 으음, 그래도 이해해야겠지. 내가 한 말의 비중을 생각해 본다면 기겁할 만도 하니까. 암.

"내가 한다는 데 뭐가 그렇게 말이 많아? 그냥 넘어가."

"못 넘어갑니다."

"나한테 개기는 거냐?"

"폐하, 아무리 그래도……."

"내가 누구지."

"이 제국의 황제 폐하이십니다."

"그럼 너는?"

"…폐하의 신하죠."

"나는 황제고 너는 황제인 내 명을 어겼다. 이때 저촉되는 죄명은?"

"…사, 사형입니다."

"그렇지, 아주 정확해. 그렇다면 이럴 때 어떻게 해야 하지?"

정색을 하고 말하니 법무대신인 샤스 후작은 알아서 입을 다문다. 쯧. 내가 이렇게 일일이 말해 줘야 하다니.

"난 한다. 불만없지?"

"……."

말이 없는 걸로 봐서는 불만없다.

"…폐, 폐하, 다시 한 번 생각해 보심이……."

"안 들려."

"암만 생각해도 귀족들이 이 명에 따를 리가 없습니다."

"이 좋은 세상 뜨고 싶은 거라고 간주하고 죽여."

"크으. 이건 제국의 역사상 없는 일입니다."

"내가 만들면 돼."

하지만 샤스가 떨어져 나가니 방금 전까지만 해도 내가 말한 여파로 입만 벙끗거리던 리본 이하의 대신들이 정신을 차리면서 너도나도 내게 다시 한 번 생각하기를 권고했다. 물론 나는 그들의 권고를 하나하나 무시해 주며 그것을 리본에게 건넸다.

그것을 살펴본 리본의 표정은 그야말로 경악에 금치 못해 수전증이라도 걸린 듯 손을 부들부들 떨고 있었다.

"자, 공작이 확인하고 키스토 백작이 확인 도장을 찍어주면 돼. 잊지 말고 사인도 하라고."

리본의 표정에 전염이라도 된 듯 근처에 있던 대신들도 순간적으로 실어증이라도 걸린 듯 입만 벙긋거리고 있었다.

"폐하."

실어증을 극복했나 보다. 국방 대신인 키스토 백작이 울 것 같은 표정을 지으며 나를 본다. 아마도 제발 철회해 달라는 뜻 같은데 그건 안 되지.

"확인 부.탁.해. 키스토 백.작. 이건 명령이 아니라 순수한 나의 부탁이야. 설마 황제인 내가 이렇게 부.탁.을 했는데 거절하진 않겠지? 안. 그. 래?"

차마 큰소리는 못 내고 '그래도' 라고 중얼거리는 키스토 백작에게 나는 그렇게 말하고는 짐짓 유쾌하다는 표정을 지었다.

"내일까지야, 백작. 그리고 공작도 확실히 확인 도장 찍어둬. 여기 있는 대신들도 절대 함구하도록 하고."

"폐하."

"아아, 오늘은 날씨도 무척 좋아서 마음이 싱숭생숭한데 로위나에게나 찾아가 볼까나?"

"폐하아, 제발!"

"아주 좋아할 거야, 안 그래?"

푸흐흐흐흐.

어차피 이번 일로 한동안 못 볼 텐데. 황후궁에나 가봐? 그래, 가보자. 일단 중요한 일은 모레부터 시작하면 되니까 그동안 예쁜 부인 얼굴이나 보고 와야겠다.

"그럼, 내일 보자고."

아아, 골치 아픈 일을 생각하고 있으려니까 갑자기 무지막지하게 그리워진다. 로위나를 떠올리며 나는 베란다로 걸어갔다. 정원이 저 안

쪽이고 돌아서 가기엔 귀찮아. 그렇다면 방법은 이것뿐이군. 이 정도면 뭐 가뿐하겠어. 나는 한 손으로 난간을 잡았다.

"푸억, 폐하아아!"

오옷. 이 소리는 두 번째로 듣는 리본의 괴성이었다. 뭐, 방금 전의 비명 소리로 다 눈치를 깠겠지만 나는 난간을 가볍게 뛰어내렸다. 참고로 내가 있던 곳은 3층이었고 보통 사람이 여기서 뛰어내렸다면 대충 팔다리가 부러지던가 했겠지만 나는 아니다. 원래부터 신기로 단련되어 귀신 때려잡느라 자연스럽게 내 운동 능력은 보통 사람의 그것을 훨씬 뛰어넘는다. 3층이 아니라 10층 높이라고 해도 가뿐하게 뛰어내릴 수 있는 것이다.

게다가 이계로 오고 나서 느낀 내 힘은 어떤 경로인지는 모르지만 검술의 경지를 높여주었을 뿐만 아니라 이해력도 높아져 이 세계에서 흔히 말하는 소드 마스터라고 불린 경지에 다다라 있었다. 그것도 최상급인 하이 소드 마스터가. 물론 다른 이들은 대부분 모른다. 그저 검술 실력이 좀 된다는 것 정도로 알고 있다. 내가 아는 바론 이 세계에서 소드 마스터라고 불리는 존재는 고작해야 다섯 명 정도로 그들도 겨우 초입의 경지에 다다른 자들이거나 중급의 경지일 뿐 나처럼 상급의 경지는 못 된다. 그래도 물론 한번 만나보고 싶은 사람이긴 하다. 그리고 또 엘프, 드워프, 마족 등등 내가 판타지 소설에서나 보던 종족들을 보고 싶다.

물론 그들을 보기란 무척 힘들 것이라고 해서 반쯤 포기하기는 했지만 그래도 보고 싶은 건 보고 싶은 거다. 또 하나 특이한 건 마족이 내가 보던 판타지 소설에서 나오는 것처럼 그다지 두려움의 대상이 아니라는 것이다. 드래곤과 마찬가지로 유희를 즐기고 인간과의 친분을 유지하는 일족. 지난번에 본 『신학대전』에 따르면 신족과 마족은 사이가 썩 좋은 것은 아니지만 그렇다고 나쁜 것도 아닌 평범한 관계란다. 게다가 그들은 인간사에 참견하지 않으며 대체로 관망만 하는 편이었다.

"폐하!"

잠시 딴 생각을 하는 사이에 중력의 법칙으로 아래로 떨어진 내 두 발은 바닥에 가볍게 착지했다. 으차. 100점 만점. 역시 내 실력은 녹슬지 않았어. 암. 나는 3층 베란다에서 놀란 듯 소리를 지르는 리본들에게 여류롭게 손을 흔들었다. 그런데, 어라? 옆에 있는 리본은 잔뜩 표정을 굳히고 있었다. 넓기만 한 황궁 복도를 걸어서 지나가기에는 나의 연약한 발목에 무리가 갈까 싶어 그냥 뛰어내린 건데 뭐가 잘못됐나?

에. 그러고 보니 이 모습을 본 사람은 한 명도 없네? 당연히 리본도 처음 본 것이었으니 엄청 놀란 모양이다. 놀랄 만도 하지 3층이라고는 하지만 잘못 떨어졌다가는 기냥 갔을 테니까. 근데 암만 봐도 저건 걱정했다는 표정이 아니다. 에, 뭐라고 해야 하나? 그래, 저건 분노다. 도저히 용납할 수 없는 일을 했다는 저 눈빛. 으윽, 왜 저런 눈으로 날 바라보는 거지. 으윽, 무섭다. 곧 나의 의문은 그의 입에서 튀어나온 외침으로 풀 수 있었으니 그 외침이란.

"그런 품위없는 짓을! 황족의 행동 지침 100가지 지침서를 100번씩 읽고 쓰고 외우게 한 것이 언제적 일인데!"

비틀! 나는 순간적으로 중심을 잃었다.

하하. 역시 무서운 노인네야. 보통 사람 같음 거의 정신이 나가서 폐하가 뛰어내리셨다. 전의를 불러라든가, 혹은 폐하께서 자살(?)하셨다.

'장의사를 불러'라고 했을 텐데. 으음, 그런데 이건 좀 심했다. 나의 꿈은 천년만년 오래오래 사는 건데 어찌 이 젊은 나이에 자살이라는 끔찍한 발언을 타인에게 들어야 한단 말인가.

음… 어쨌든 신경 굵기가 어지간한 리본이라니까. 하하하. 나는 아직 패닉 상태에서 벗어나지 못한 리본 외의 대신들에게 친절하게 손을 흔들어주었다. 그리고 막 걸음을 때려는데 뒤에서 내 귓전을 때리는 고함 소리가 들렸다.

"폐핫! 저희들도 데리고 가셔야지요."

"폐하!"

천둥 소리라고 하기엔 너무 과장되긴 하지만 그래도 상당히 큰 목소리. 뒤를 안 돌아봐도 누군지 뻔히 짐작이 간다. 내 호위 기사들 노엘과 루이스다. 쩝, 그래도 호위 기사라고 날 따라오겠다는 모양인데. 저기서 여기까지 오려면 한참은 걸릴 거다. 살인적인 황궁의 크기와 복도 길이를 염두해 보고 또 방금 전 내가 뛰어내린 곳이 3층이라는 것을 고려한 결과 시간 아깝게 내가 기다릴 이유가 없다는 거다. 베란다에서 나에게 스톱을 외치고 있는 둘의 얼굴을 예의상 한번 쳐다본 뒤 그냥 황후궁 쪽으로 걸음을 옮겼다.

그런데.

슈웅(얼래? 뭐가 떨어지는 소리?)—

퍽(오옷, 소리 한번 디따 크다. 소리를 들어보니 무게가 상당히 나갈 것 같은데)—

"으악!"

"폐하아~"

정녕 무식한 것들.

내 호위 기사들이 뛰어내려 버렸다. 충성심도 좋지만 저기서 뛰어내리면 어쩌겠다는 거야. 적색등이 켜지고 결국은 유혈 사태 발생. 나는 중력의 법칙으로 바닥에 찰싹 붙어서 으으거리고 있는 두 기사들을 보며(노엘은 그렇다 치고 하지만 믿었던 루이스마저 뛰어내리다니 노엘의 바보균이 옳았구나. 쯧쯧 불쌍한 것) 한숨을 한차례 푹 쉬고 양쪽 겨드랑이 끼고 (힘도 좋지) 황후궁으로 발걸음을 돌렸다. 멍하니 나를 쳐다보고 있는 (리본 빼고) 대신들의 눈빛을 뒤로한 채.

"으으……."

"폐하, 치료를……. 소신 죽습니다."

"양지바른 데 묻어줄 테니까 좋은 데 가라고."

"폐에하아아."

절규하는구나.

마지막 가는 길에 미련을 갖지 못하도록 곡을 하자.

이제 가면 언제 오나. 어이야 디이야. 아아, 가련하도다. 저들의 가련함에 내 눈에서 절로 눈물이 나온다. 큭큭.

자, 가자. 황후궁으로.

3

무스를 과의 만남

"와아, 근사해요. 황후마마께서 수놓는 솜씨가 좋다는 말은 들었지만 이렇듯 훌륭할 줄이야."

오늘따라 날씨가 무척 쾌청하여 정원에 마련된 의자에 앉아 수를 놓던 로와나는 기별도 없이 찾아온 제국의 제3황녀 아리스 진 가이칸을 바라보며 미소를 지었다.

"그런가요?"

"그런가요가 아니라 진짜로 훌륭하다구요. 정말 이렇게 잘 떠진 수는 전 처음 봐요."

올해로 열일곱 살인 아리스 황녀는 그녀가 놓은 수를 보며 연신 감탄사를 연발하고 있었다. 그녀의 순수한 감탄의 표정에 로와나는 특유의 온화한 미소를 지을 뿐이었다. 지금 로와나 그녀가 지금까지 수를 놓은 것은 가이칸 제국의 상징인 '봉황'으로 오래전부터 제국의 황실의 상징으로 쓰여져 왔다. 타국에서는 용맹함을 상징하는 그리핀을 사용하지만 제국만은 유독 봉황을 나라의 상징으로 삼았다.

불의 정령왕인 이플리타의 또 다른 모습이라고도 칭하는 성수인 봉황은 건국왕 당시부터 제국의 황제의 권력을 칭해져 왔고 황실 내에서 가장 사랑을 받는 성수이기도 했다. 아리스는 그녀가 수놓고 있는 천을 바라보며 고개를 갸웃거리다가 문뜩 뭔가 눈치 챈 듯 장난기 어린 미소를 지었다.

"언니, 암만 봐도 수상해요. 봉황을 수놓아서 누구에게 주려는 거죠? 날 속일 생각은 버리라구요."

로위나의 취미 생활 중 하나가 수놓는 것이니 그녀의 행동에 별로 이상하다고 생각할 것은 없지만 아리스는 봉황의 의미를 잘 알고 있었다. 로위나는 지금 그녀가 무슨 말을 하고 싶어하는지 잘 아는 모양… 순간적으로 그녀의 얼굴은 잘 익은 홍시마냥 붉어졌다.

"황녀께서는 너무 호기심이 많으시군요."

"말을 돌리려고 하지 말라구요, 언니. 이거 폐하 주시려고 만드는 거죠?"

로위나와 똑같은 금발 머리의 어린 황녀는 장난스럽게 웃었다. 아리스는 봉황을 상징하는 바가 무엇인지, 그리고 이것을 누구에게 주기 위해 만드는 것인지 충분히 짐작할 수 있었다.

"하긴 요새 폐하, 아니, 오빠가 로위나 언니를 유독 챙기시는 건 알고 있었지만 흐음, 봉황을 직접 수놓아 줄 생각까지 다하다니. 의외로 대담하시네요."

아리스는 진지한 표정을 지으며 붉어진 로위나의 얼굴을 찬찬히 쳐다보며 말하였다.

"아리스 황녀님, 저를 너무 놀리지 말아주세요."

"어머! 대담한 게 사실이잖아요. 봉황의 숨은 의미를 로위나 언니가 모르실 리는 없을 테고. 흐음, 오빠는 참 좋겠어요. 이렇게 열렬하게 생각해 주는 사람이 있다니. 아니, 이제 몸조심부터 시켜야 하나?"

황녀의 말에 로위나의 얼굴이 더욱더 붉어졌다. 아리스의 말에 할 말이 없었던 것이다. 사실은 사실이었으니까. 봉황은 분명 황제의 상징이지만 평생을 함께하는 성수처럼 사랑의 맹세를 위해서 연인들끼리 사랑하는 이성에게 서로의 감정을 고백하는 상징물이기도 했다. 그 이유는 봉과 황은 서로 평생을 함께하기 때문이다. 서로가 어떤 이유에서든 떨어지게 되면 서로가 가진 화염으로 태워 죽임으로써 죽음까지 함께하는 금슬 좋은 성수였기에 사랑하는 연인들끼리는 영원한 사랑을 맹세할 때 주로 쓰였다. 이것을 줄 때는 평생 나 하나만을 사랑해 달라는 부탁과 그렇게 하지 못한다면 어떤 이유에서든 떨어지면 서로를 죽이는 봉황처럼 자신과 함께 죽어달라는 약간은 협박성이 담긴 의미를 가진다.

그것을 잘 아는 아리스 황녀는 얼굴을 붉히고 있는 로위나에게 '내 말이 맞죠, 안 그래요?' 라는 표정을 띠며 싱글벙글 웃었다.

네이시아는 부끄러운 듯 수를 놓는 것을 멈춘 채로 고개를 살짝 수그리고 있는 로위나의 모습에 기쁨을 느꼈다. 근래에 와서 눈에 띄게 황후의 얼굴에는 생기가 돌았다. 몇 년 동안 모셔온 내실의 여주인이 생기에 찬 모습이어서 네이시아는 기쁨을 감출 수 없었다.

"평소에도 정성을 들이시지만 이번만큼은 더욱 지극 정성이십니다."

황후궁의 직속 시녀장인 네이시아는 이제 거의 슬슬 바닥을 보이는 붉은 실을 가져다 주었다. 로위나는 그녀가 가져온 실을 다시 바늘로 꿰었고 수를 한 땀 한 땀 놓아 나가는 모습을 보며 아리스는 진지한 표정으로 입을 열었다.

"흐음. 하긴 카인 오빠가 오죽 잘났어요. 동생된 입장으로, 또 언니의 마음을 아는 동지로서 제가 역시 오빠에게 바람피우지 말라고 얘기해 주는 것이 좋겠죠?"

현 황제인 카이스의 애칭을 당당히 부르고 또한 폐하라는 칭호가 아닌 오빠라고 불렀지만 주변인 중 누구도 그녀를 탓하진 않았다. 어릴 적부터 황궁에서 황후인 로위나를 제외하면 유일하게 황제의 이름을, 정확하게는 애칭을 부를 수 있는 소녀였고, 또한 황제 역시 사석에서만큼은 그녀가 자신을 뭐라 불러도 상관하지 않았기에 황후궁 내에서만큼은 익숙한 말투였다. 게다가 나이에 비해 조숙하고 인형 같은 보통의 황녀들과는 달리 영특하고 로위나가 황후가 되고 나서부터 황궁 생활에 적응하지 못한 그녀에게 도움을 많이 주어온 속 깊은 황녀였다. 한 살 아래로 로위나 역시도 개인적으로 친여동생처럼 여기고 있어 사석에서는 서로 말을 놓고 지내고 있었다.

"황녀."

"로위나 언니는… 이건 짓궂은 게 아니라 당연한 거라구요. 요새 오빠가 언니에게 빠져 있는 건 황실 모두가 다 아는 사실인데 뭘 그래요? 언니가 황궁 연회장에 참석하지 않아서 잘 모르겠지만 오빠는 요사이 황궁 연회에서 딴 여자한테 눈길 한번 안 준다구요. 요새는 이르디아의 집에도 가지 않고. 아직 혼약도 하지 않은 나지만 알 건 다 안다구요. 밤마다 언니의 처소에 들고. 안 그래요?"

"……."

그 말에 로워나의 표정이 순간 어두워졌다. 하지만 워낙에 순간적으로 스쳐 지나간 표정인지라 가장 가까이에 있던 아리스와 네이시아도 볼 수 없었다.

"맞습니다, 아리스 황녀님. 폐하께선 항상 황후마마의 처소에 드시지요."

"그렇지, 네이시아? 요새 들어 언니가 예뻐진 것도 다 그것 때문이라니까."

네이시아는 그 말에 동감한다는 듯 고개를 끄덕였고 아리스는 신이 난 듯 재잘거렸다. 로워나는 힘없이 미소를 지었다. 아리스 황녀의 말대로 카인은 항상 자신의 처소로 찾아온다. 하지만 그녀를 안아주지는 않았다. 다만 항상 곤란해하는 듯한 얼굴로 그녀를 침대로 데려가 잘 때까지 함께 있어줄 뿐 그녀가 잠들면 방을 나가 버린다.

다음날도 그 다음날도 항상 이런 일이 반복될 뿐. 그때마다 그녀는 알 수 없는 허탈감과 불안감에 가슴이 답답해져 왔다. 카인은 항상 그녀를 배려하고 애정을 보여주지만 혹시 겉으로만 이럴 뿐 또 다른 여인을 찾는 것은 아닌지 두려웠다. 그 두려움을 애써 떨쳐 보고자 매일 아름답게 밤 치장을 하고 그를 맞았지만 그는 언제나 같은 표정으로 자신과의 합방을 하지 않았다. 예전에는 그래도 가끔씩 찾아오면 꼭 함께 정을 나누었는데. 그녀는 벌써 3일째 잠을 이루지 못했다.

잠들 때까지만큼은 힘있게 안아주는 남편의 손의 온기가 좋았기 때문이었다. 그 온기를 놓치기 싫어 자신이 자지 않으면 카인은 그냥 그날 하루 있었던 사소한 이야기를 밤새워 얘기해 줄 뿐, 그녀가 바라는 것을 해주지 않았다. 로워나 그녀는 그의 아이를 낳고 싶었다. 그를 닮은 검은 머리칼의 황자를 낳아서 그의 정실임을, 그리고 사랑받는 여인임을 확인받고 싶었다.

'나는 그분을 사랑하는데, 그분의 아이를 가지고 싶은데, 왜…….'

그분은 왜, 왜 날 항상 이렇게 가슴 아프게 하는 건지. 항상 불안해하며 그와 밤을 지새우는 그녀는 아리스 황녀의 말에 표시를 내지 않으려 했지만 마음은 어쩔 수 없는 것처럼 표정이 눈에 띄게 어두워졌다.

"왜 그래요, 언니?"

갑자기 굳어진 그녀의 얼굴에 아리스는 뭔가 이상한 것을 느꼈던지 걱정스레 물어왔다. 로위나는 아무것도 아니라는 듯 미소를 지으며 다시 수를 놓았지만 아리스 황녀가 누군가. 황궁 내에서 알아주는 왈가닥인데다 궁금한 게 있고 답을 해줄 이가 있다면 그게 설사 드래곤이라 해도 달려나갈 소녀다. 로위나가 아니라고 말했다고 아리스가 어디 그냥 넘길 아이인가. 정확한 이유를 알 때까지는 절대 곱게 넘어갈 수 없을 것이다.

"무슨 일인데 그래요, 언니?"

"아무 일도 아니에요, 아리스 황녀."

로위나가 고개를 저었지만 아리스의 표정은 여전히 바뀌지 않는다. 하지만 오히려 그녀가 자신에게 숨기는 것이 있다고 여겼던지 샐쭉한 표정을 짓더니만 갑자기 표정이 확 구겨진다.

"혹시… 오빠가 또 언니 괴롭히는 거예요? 아니면 또 바람을 핀데요? 네? 언니, 말해 봐요."

"……."

"말을 못하는 걸 보니 사실인 모양이죠! 이 나쁜… 당장 가서 따질 거야."

그녀가 말하지 않은 것은 아리스의 말이 너무도 황당했기 때문이었고 그녀가 말한 것이 로와나 자신도 아니라고 생각하고 있지만 마음속에서 불안감으로 앙금같이 남아 있었기 때문에 당장에 부정할 수도 없었던 것이다. 그러자 아리스는 그렇게 주저하는 로와나의 모습에서 황제인 오빠가 또 딴 여자에게 빠져 착한 언니를 괴롭힌다고 생각했던지 인상을 팍 구겼다. 이미 승하한 부친을 닮아 오는 여자 안 막고 가는 여자 안 말린다는 신념의 오빠였기에 그러고도 남을 위인이라는 것을 아리스는 경험적인 생활의 지식으로 알고 있었다.

평소에도 마음속에 묻어두는 로와나의 심성을 잘 아는 아리스는 차마 말은 못하고 어쩔 줄 몰라 하는 그녀의 모습에 대뜸 그렇게 결론 내려 버렸고 그녀는 분노로 얼굴이 확확 타올랐다. 네이시아도 눈이 휘둥그레 떠져 로와나를 응시하고 있는데, 로와나는 절대 아니라는 표정을 지으며 온몸으로 부정의 뜻을 비쳤지만 네이시아의 표정도 별반 바뀌지 않았다. 그녀의 입장으로서는 정말 당황할 일이었다.

"아, 아니에요, 황녀. 이건 개인적인 감정이지 그런 종류의 것은… 카인이 나를 괴롭힌다거나 하지는 않아요. 오히려 제게 너무도 잘해줘요. 그건 아리스도 잘 알잖아요."

"이익! 언니는 아직도 오빠 편을 드는 거예요! 벌써 몇 년 동안 그렇게 고생을 해놓고. 언니는 용서한다고 해도 나는 용서 못해."

"그게 아니라니까요, 아리스."

"뭐가 아니라는 거예요. 오빠는 그러고도 남아! 카인 오빠한테 당장 가서 따질 거예요. 오빤 모든 여자의 적이야!"

타이르듯 말하던 로와나의 목소리도 평정을 잃고 조금씩 커졌다. 그만큼 아리스의 언성도 더 더욱 높아졌다는 증거였지만 로와나는 당장에라도 튀어 나갈 태세인 그녀를 붙잡기 위해 애를 썼고, 네이시아도 나름대로 아리스를 말리고는 있었지만 황후를 모시는 그녀의 입장으로서는 방금 전 황녀의 말에 표정이 어두워지는 것은 어쩔 수 없는 일이었다.

혹시나 그렇다면 또 그녀가 모시는 여주인은 다시 슬픔에 빠질 테니까. 네이시아에게 도움을 청하려고 돌아보니 그녀의 표정도 별반 다르지 않은 것을 본 로위나는 자기 입으로 이런 말을 하기에는 조금 부끄러웠지만 사실대로 말하기로 했다.

"말해 줄 테니까 아리스님은 자리에 앉으세요."

아리스 황녀의 성격으로 봐서는 분명 로위나의 남편에게 달려나가 따지고도 남을 당찬 소녀였기에 오히려 그의 분노를 사면 큰일이라고 생각했고, 이번 일로 자신에게 마음이 멀어질까 두려웠다. 사실대로 말하지 않으면 일이 커질 것을 염려했던지라 사실대로 말했다.

그녀가 고민하는 잠자리에 대해 이야기를 모두 말했고 모든 상황을 그녀의 입에서 들은 아리스와 네이시아의 얼굴은 '거짓말' 하는 표정을 짓고 있었다.

사실인지 눈을 지그시 아래로 내리깔고 아랫입술을 깨물고 있는 로위나의 모습에 아리스는 아리스대로 네이시아는 네이시아대로 그녀의 말이 진실임을 받아들일 수밖에 없었다. 그리고 이 충격적인 사안에 각자 생각에 빠져들었는데……

'오빠가 여자를… 그것도 로위나 언니를 건드리지 않다니. 이건 기적이야!'

'벌써 일주일이 넘도록 함께 침대를 쓰셨는데 아무 일도 없으셨단

말인가. 허억! 혹시 폐하가 그새 남색으로 취향을 바꾸신 것은 아니 겠지.'

'흐음. 그럼, 진심이라는 말인데. 후후, 그 오빠가 드디어 찾은 건 가?'

'그게 사실이라면 어떡하면 좋단 말인가. 이제 마마께서는 폐하께서 사랑하는 남자(?)에게 슬픔을 느끼셔야 한단 말인가.'

본인이나 로위나가 들었다면 기절초풍할 생각을 하는 한 사람의 시 녀와 웬지 흐뭇한 미소를 지으며 싱글벙글거리고 있는 대조적인 표정 의 한 사람의 황녀, 아리스는 로위나가 수놓은 봉황을 보며 눈을 반짝 였다.

"축하해요, 언니."

"예? 뭐가 축하한다는 거죠?"

"오빠가 언니를 건드리지 않는 거."

전혀 축하할 것도 아닌 것을 당연하다는 듯 그렇게 말하는 아리스의 예상치 못한 말에 로위나는 잠시 할 말을 잃었다.

"으음, 하긴 이해가 안 가긴 하겠다 뭐."

"어째서죠?"

로위나가 약간 떨리는 음성으로 되풀이해 묻자 아리스는 방긋 웃었 다.

"오빠가 언니를 사랑하고 있거든요. 그것도 아주 깊이요."

자신있게 대답하는 황녀의 말에 로위나는 잠시 멍한 표정을 지었다. 사랑이라니.

"사랑… 그분이 저를요? 어째서 그렇게 확신하시죠?"

믿을 수 없다는 듯 약간은 떨리는 음성으로 되묻는 그녀에게 아리스는 픽 웃었다.

"언닌 남자들의 본능에 대해서 너무 모르네요. 남자들은 아무런 감정 없이 여자를 안는 것이 가능할지 몰라도 진짜 사랑하는 여인에겐 그럴 수 없다구요. 오빠 부왕이신 아버님과 여성 편력이 비슷해요. 진짜 사랑하는 여자가 아니라면 상대가 사랑하고 안 하고를 떠나서 손가락 하나 못 댄다구요. 이런 말하긴 그렇지만 아버님은 저와 오빠를 낳은 어머니에게 일 년이 넘도록 손끝 하나 대지 않으셨다고 들었어요. 물론 어머니의 마음은 얻지 못하셨지만 그래도 상당한 인내셨죠. 음… 지금 내가 무슨 소리를… 말이 딴 데로 샜네요. 흠. 다시 말하자면 오빠는 언니를 너무 사랑해서 손을 대지 못하고 있는 거라구요. 미움받을까 봐."

"아……"

"게다가 오빠 여인을 총애하는 게 길어봤자 1~2년 정도죠. 언니도 알잖아요, 우리 오빠가 황태자 시절부터 얼마나 여자를 밝혔는지. 물론 한꺼번에 여러 명을 품지는 않으셨지만 매년 총애하는 여인은 바뀌었죠. 뭐, 이르디아야 좀 오래갔고 정식 측실로 정해지긴 했지만 여느 여자와 마찬가지로 소문만 무성했을 뿐, 측실로만 남은 여인이죠. 그건 내가 알아요. 자신이 마음을 줄 수 있는 여인이 있다면 그 여인만을 사랑하고 아낄 거라는 말. 오빠는 그때 열세 살이었고 내가 여덟 살 때였던가 내게만 그런 말을 했었어요. 오빠는 내가 어려서 기억하지 못할 거라고 생각하지만 나는 똑똑히 기억하고 있다구요."

아리스의 눈빛은 자신의 발언을 확신하듯 자신만만했다.

"훗훗. 난 사실 카인 오빠에게 그런 여자가 생길 거라는 생각 꿈에도 하지 못했어요. 여자를 안을 수는 있지만 사랑은 못할 타입이거든요. 워낙에 성격이 뭣 같아서. 사실대로 말하자면 오빠가 언니를 찾는 건 어서 후계자를 얻어 황권이 오빠 자신에게 굳어지게 만드는 것 정도라고 생각했어요. 미안해요. 하지만 오빠가 언니를 사랑하고 있다는 걸 알았으니까 뭐, 다행이죠. 그리고 덧붙이면 이건 제 생각이고. 다음에 언니가 직접 물어봐요. 어차피 오늘 밤도 언니 거처로 올 것 같은데. 어쨌든 어떤 여자도 가지지 못했던 오빠의 사랑을 얻은 것을 축하드려요."

그리고 아리스는 네이시아가 내온 찻잔을 들었다가 뭔가를 본 듯 눈가에 묘한 웃음을 띠었다.

"아니, 이제 본인도 왔으니까 직접 물어보는 게 낫겠는걸요?"

순식간에 주위는 조용해졌다. 본인이라니. 그 말뜻을 알아채기도 전에 그들의 귓가에는 낯익은 음성이 들렸다.

"여어, 네이시아. 로위나 여기 있지?"

기분 좋게 울리는 굵직한 저음의 목소리. 너무도 익숙한 목소리였기에 누구의 것인지 로위나는 금세 알아챘다. 그리고 그녀보다 한 발짝 빠르게 네이시아의 입에서 비명 섞인 음성이 터져 나왔다.

"황제 폐하."

언제 온다는 기별도 없이 그들의 뒤에는 언제 다가왔던지 로위나의 앞에 싱글벙글 웃으며 황성 내에서 단 한 명밖에 없는 검은 머리칼을 휘날리며 서 있었다. 그리고 양쪽에 피투성이 기사들을 낀 채로 태연자약하게 걸어와 당황하고 있는 로위나의 볼에 키스를 해주었다. 그리고 환하게 웃음을 지었다.

'카인.'

소리 내어 웃음을 터뜨리는 그의 모습이 너무도 멋져 멍하니 쳐다보던 로위나는 아리스 황녀가 한 말을 떠올리며 얼굴을 붉혔다.

'사랑. 이분이 나를… 정말일까. 정말, 사실일까.'

아리스를 바라보니 그녀의 입가는 환한 웃음을 띠고 있었다. 확신할 수 없었다.

그가 자신을 사랑한다면 너무도 행복할 것이지만 그의 마음을 몰랐다. 혼자 기대하고 있다가 그게 아니라면 실망은 배가 된다.

"로위나."

로위나는 부드럽게 그녀의 이름을 불러주는 카이스, 아니, '카인'을 바라보았다.

그리고 왠지 자신이 먼저 그를 안아주어야 할 것 같았다. 그의 양 옆 구리에 끼어진 기사들을 배려한다면 말이다. 그녀는 자신에게 다가오는 카인의 품에 파고들었다. 그리고 그만이 들을 수 있는 낮은 음성으로 말했다.

"어서오세요, 카인. 사랑하는 나의 님."

나중은 어떻게 될지 몰라도 지금 이 순간만큼은 그녀는 정말 행복했다.

＊　　　＊　　　＊

황후궁에 도착한 후 정원으로 나온 로위나를 발견한 나는 정원에 놓인 테이블에 앉아 수를 놓고 있는 그녀의 볼에 키스를 해줬다. 기별을 안 한 탓인지 시녀들도 내 방문에 상당히 놀란 모양이다. 나의 방문에 놀란 표정의 로위나를 보니 절로 미소가 지어졌다.

역시 사랑스러운 여인이다. 볼에 키스를 할 때 그녀의 몸에서 흘러 나온 향긋한 향운이 내 후각을 자극했다. 여기는 샴프도 없을 텐데, 냄새 정말 좋다. 캬! 이것이 여인의 향기라는 건가? 정말 좋다. 으음. 근데 이 분신(?) 녀석, 헛지랄을. 나의 순수한 감성을 저것이 저속함으로 바꾸려 하다니… 죽어, 죽어, 임마. 니 주인은 그짓을 할 맘이 없다 이거야! 죽엇! 훗훗. 죽었다. 역시 난 의지의 한국이었어. 암.

보기만 해도 행복한 듯 미소를 지으며 드물게 그녀 쪽에서 나를 안고 내 가슴속에 파고드는 로위나의 태도에 나는 잠시 당황했지만 그냥 가만히 있었다. 기분이 나쁘지만은 않았기 때문이다. 깨물어주고 싶을 정도로 사랑스러운 미소를 지으면서 미녀가 자기 품에 안겨오는데 기분 째지지 않을 남자가 어디 있을까. 그런데 순간 얼굴이 확확 달아오르는 발언을 그녀가 해버렸다.

"어서 오세요, 카인. 나의 사랑하는 님."

나는 심장이 멎을 듯 놀랐다. 허거걱?! 숨넘어가겠다.

갑자기 사… 랑하는 니… 니… 님… 이라니. 내 심장이 갑자기 터질 듯이 뛰었다. 모 군의 노래처럼 심장아, 제발 멈춰다오. 속으로는 이렇게 생각하고 있지만 그녀의 고백에 사실 기분이 아주 좋았다. 내게 하는 것이 아니라 카인에게 하는 것임을 알지만 그래도 좋았다.

"잘 있었소, 로위나?"

매일 보지만 그래도 형식적으로 로위나의 안부를 물었고 그녀는 예의 부드러워 보이는 미소를 지었다.

"카인, 당신은요?"

"나야 건강한 것 빼면 시체지 않소"

내 말에 별로 웃을 것도 없을 텐데 로위나는 낮게 웃으며 내 품에서 떨어질 생각을 않는다. 홍조를 띤 채 행복한 듯 미소를 짓고 있는 그녀의 모습이 너무도 사랑스러워서 강제로 떼어내기에는 좀 그래서 그냥 가만히 있었다.

뭐 좋은 일이라도 있었나?

"무슨 기쁜 일이라도 있었소. 표정이 아주 밝은걸?"

"그럴 일이 있었죠."

"무슨 일인데 그러지?"

"그건……."

그녀가 말하길 잠시 주저했다. 평소에는 내가 묻지 않아도 잘만 얘기하던 그녀였는데.

"왜 내가 알면 안 되는 건가?"

"그건 아니지만, 이번 이야기만큼은 카인에게 미안하지만 말하고 싶지 않아요. 저의 착각일지도 모르니까요. 그저 마음속에 묻어두고 싶은데… 그래도 괜찮겠죠?"

기쁨은 나누면 두 배가 되는데… 으음, 뭐 말하기 싫다는데 강제로 말하라고 할 순 없지.

그래, 잊자, 잊어. 크으. 그런데 되게 궁금하다.

"폐하, 자리를 준비했으니 앉으십시오."

황후궁의 네이시아 시녀장이 내가 앉을 의자를 가져와 내게 권한다.

얼래? 그러고 보니 모두 일어서 있네. 나 때문인가. 내가 서 있어서 다른 사람들은 앉질 못하는 모양인데. 으음. 그럼 당장 앉아야지. 다리 아프게 하루 종일 서 있게 할 수는 없지 않겠어. 내가 의자에 앉자 로위나도 뒤이어 앉았다. 흠흠, 이러면 되는 거겠지. 얼래? 그런데 아직 할 말이 더 남아 있는 모양인지 네이시아가 머뭇거리면서 내 주위를 맴돈다.

"왜 그러지?"

"저기, 폐하께서 옆구리에 꿰고 계신 두 기사분들을 이제 그만 내려 두심이… 상처가 꽤 심한 듯한데……."

아항, 이 녀석들, 그리고 보니 잊고 있었네. 사내자식들이 계집애들마냥 가벼워서. 하하하. 그제야 알아챈 내가 원망스러웠던지 양 옆구리에 끼인 채로 나를 올려다보는 그들의 눈빛이 곱지만은 않았다. 쓰읍, 이 자식들이 어디 하늘 같은 주인님을 꼬나봐. 죽을려고.

"눈 깔아."

똘망똘망(싫습니다).

"어쭈! 안 깔아?"

똘망똘망(못 깝니다).

"호오, 개기겠다? 너그들, 머리 박을래?"

"……."

흠. 알아서 내리까는군. 다행인 줄 알아라. 안 깔았음 치료고 뭐고 없었어. 나처럼 자상한 주인이 어디 있는 줄 알어.

"네이시아, 지금 즉시 이 두 놈을 키몬에게 데려다 놔. 내가 친히 부탁했다고 하면 자상하게 치료해 줄 거야."

"폐하, 소신을 버릴 생각이십니까?"

"폐하, 미워요. 여기까지 어떻게 따라왔는데… 크흑."

각자 개성이 나타나는 말. 마음껏 욕하고 미워해라. 원래 욕 많이 들어먹는 사람이 오래 살거든. 우키키키. 그리고 나는 자상하게 둘은 바닥에 뉘이고(정말 자상하게라니까. 그런데 온몸을 왜 저렇게 배배 꼬는 거야) 키득거리는 시녀들의 손에 이끌려 끌려 나가는 모습을 만족스럽게 바라보았다. 크크크크. 오늘 저놈들 좀 깨질 거다.

키몬. 아니, 시져. 내 몫까지 확실하게 밟아주게나.

"푸흐흐. 풋. 킥킥."

그런데 뭐야. 나의 유쾌함을 반감시키는 이 요상스런 음성의 출처는.

"파핫핫핫. 캬하하하하. 호호호호호."

나의 인상이 찌푸려졌다. 내 앞에서 간뎅이 크게도 이렇게 웃을 수 있는 녀석은 황성 내에서 한 명뿐이다. 그리고 그 한 명이 방금 전 들어왔을 때 있었던 바로…….

"아리스."

로위나와 비슷한 금발 머리를 아래로 늘어뜨리고 있는 소녀가 눈에 보인다. 터져 나오는 웃음을 참지 못해 온몸을 부들부들 떨며 테이블 위를 붙잡고 괴로운 듯 웃고 있는 저 아이는 바로 제국의 제3황녀인 아리스. 바로 나의 유쾌함을 반감시키고도 모자라 얼굴만 떠올려도 분노케 하는 나(카인)의 유일한 혈육이자 원수인 아리스였다. 아주 넘어가는구만.

"안 그칠래."

"호호호호."

오히려 더 크게 웃는다. 저것이 죽으려고. 그래, 언제까지 웃는가 두고보자.

"당장 그 웃음 못 그쳐? 뭐가 그렇게 우습다고 그렇게 웃는 거야, 너, 죽고 잡냐."

"쿄호호호. 오빠, 바보지. 웃기니까 웃는 거잖아. 그런 단순한 것도 굳이 묻다니. 오빠, 확실히 바! 보! 야. 게다가 내가 오빠가 죽인다고 곱게 죽어줄 위인으로 보여? 게다가 오빠 옆에 기사들 끼고 나타나다니… 한 달 못 봤을 뿐인데 정말 위에 언니들한테 보여주고 싶을 정도로 인상적이었어. 캬하하하하. 아마도 이거 언니들한테 말해 주면 나처럼 웃을걸? 세상에 정말 무뚝뚝 냉랭하던 카이스 오빠 맞는 거야?'

"아리스야, 난 황제란다. 당장 안 그치면 끌어내 버린다."

"어머, 오빠가 황제면 난 황녀야. 황제의 명이라고 해도 적당한 죄상이나 이유없이 황족을 끌어낼 수는 없어. 못 믿겠음 샤스 후작을 불러서 물어보라고."

파직.

목에 핏줄이 돋아나는 것이 느껴진다. 저것이 오늘도 해보겠다 이거냐. 끔찍할 정도로 사랑스러운 동생아, 큭큭, 그 도전 받아주마.

두두두두. 대결 시작.

"그렇구나, 아리스. 이 오빠가 무지해서 너에게 중요한 사실을 알게 됐구나. 고맙구나. 하하하."

"어머, 오빠 무식한 거 인제 알았어? 어릴 때부터 그랬지만 오빤 정말 멍! 청! 했어. 나는 어려서 기억 못하지만 위에 언니들이 하는 말이 오빠가 일곱 살 땐가 닭이 알을 품으니 병아리가 나오는 게 신기하다고 몇 날 며칠을 닭장에 틀어박혀 있었다면서? 오빠의 멍청함은 어릴 적부터 알고 있었지만 그 정도일 줄은 정말 몰랐어."

그게 무슨… 나는 전혀 모르는 일이얏! 이게 무슨 에디슨 이야기도 아니고 내가 미쳤다고 알을 품어?

"하하, 어릴 적 일은 다 용서가 된단다. 분별력이 없었으니까. 근데 말이다, 아리스. 너도 이제 일 년 후면 시집을 가야 할 여인으로서 아직 어리다고는 하나 이젠 좀 조신해야 하지 않겠니? 아무리 황녀라고는 해도 너도 엄연히 여자가 아니더냐. 그렇듯 경박하게 웃어대서야…
하하하."

　속으로 멍청한 시키를 시작으로 온갖 욕설을 퍼붓고 있었지만 겉으
로는 아무렇지도 않다는 듯 담담하게 하.하.하. 웃었고 곧 되받아쳤다.
원래라면 어릴 적 기저귀 찼던 시절의 이야기를 해주고 싶었지만 내가
그런 기억을 가지고 있는 것도 아니니 이걸로 만족해야지.

　하하하. 그리고 되받아쳐진 내 말에 아리스는 잠시 나를 죽일 듯이
노려보다가 곧 상큼하게 웃는다.

　"호호, 오빠가 나를 그렇게 염려해 줄 줄 몰랐어. 하지만 걱정하지
않아도 돼. 오히려 오빠부터 처신을 잘해야 하는 거 아니야? 매일매일
여자를 바꾸면서 질리면 그 여자들 처리는 맨날 리보아 공작에게 맡기
고. 게다가 로위나 언니도 마음 고생이 무척 심했고 말이야. 거기에 비
하면 내 정혼자는 얼마나 멋져. 성격 좋지 외모 핸섬하지. 나 말고 딴
여자 돌아보지도 않고. 호호호, 얼마나 좋아. 안 그래? 바람둥이 오
빠."

　저것이 이제 본격적으로 나오겠다 이거지!

　"호오, 넌 이제 임자가 있으니 행실에는 상관이 없다는 거냐. 호오!
통재라. 타국에서 시집갈 대제국의 황녀가 제국의 명성에 금가게 할
발언을 하다니. 이 일을 추진하신 부왕께서 슬퍼하실 거다."

　고오오. 파지직!

　나와 아리스는 눈을 마주하고(한마디로 노려보고 있다) 우리 둘 사이
에는 고압 전류라도 흐르는 듯 천둥이 울리고 있었다.

　"훗훗훗! 입 닥치시지, 오라버니."

　"오오! 오라버니? 네 입에서 그런 정중한 발언이. 이 오라비 감동받

았다."

쿠르릉. 콰쾅. 파지지직(아마도 여기다가 고기 구워 먹으면 딱 좋을 거다. 그냥 대충 봐도 100만 볼트는 넘어가지 않을까 추정됨).

"그, 그만두세요, 두 사람 다. 남매끼리 무슨 짓이에요."

흠… 역시 대단한 여자다. 다른 시녀들은 꼼짝도 못하고 있는 이 상황을 로위나가 끼어들어 중재한다.

"피를 나누신 남매끼리 서로를 험담하시다니. 그건 부끄러운 행동이에요. 그만 하고 자리에 앉으세요."

얼른 사과하는 눈빛을 띠며 나를 응시하고 있는 로위나를 보며 핏웃었다. 허리에 두 손을 얹히고 화난 듯 매섭고(?)(오히려 더 귀여웠다. 정말 로위나는 화난 표정이 안 어울린다) 질책성 어린 말에 나는 웃음이 터져 나오는 것을 겨우 참으며 아리스에게로 시선을 돌렸다. 아리스도 로위나의 매서운(?) 눈빛에 잠시 멍하니 있다가 나와 시선을 마주한다. 투지를 불사르던 방금 전과는 다른 눈빛으로. 아마도 로위나의 상상치도 못한 무서운(?)모습에 상당히 질린 표정.

"하하, 언니가 그렇게 말한다면 오늘은 내가 특별히 참아주겠어, 오빠."

"호오~ 내가 할 말을 네가 대신해 줘서 고마울 뿐이란다, 누이야."

"이익."

훗훗훗, 하지만 오늘은 내가 이겼다. 18승 19무 무패. 댕댕댕. 시합 종결됐어.

"칫! 난 갈래요. 어차피 오빠가 와서 그만 갈 생각이었으니까. 언니는 어쨌든 오빠한테 그걸 물어보라구요."

"잘 가거라, 동생아. 나중에 꼬옥 방문하마."

"절대 오지 마."

역시 반항을 하는군. 아직 어리다는 증거라니까. 하지만 그런만큼 귀엽지. 그렇지 않았음 동생이고 뭐고 내가 이렇게 가만히 있었겠어. 보통 때 같았음 벌써 팔 걷어붙이고 엉덩이를 두드렸을 거다. 크헬헬헬. 다행으로 여기라고. 나는 횡 하니 정원을 빠져나가 버리는 아리스에게 손을 흔들어주었다. 그리고 로위나는 씩씩거리며 나가는 아리스의 모습을 걱정스레 쳐다보다가 조금 화난 표정으로 내 허리를 꼬집는다. 음, 좀 아프다.

하지만 저것도 요즘 들어 내게 표하는 애정 표현이니까 뭐, 참을 수 있다. 비록 꼬집힌 살이 나를 괴롭힐지라도 말이다.

"오랜만에 절 찾아온 황녀를 쫓아내면 어떡해요."

"난 쫓아낸 적 없어. 제 발로 들어왔다 나간 거지. 제풀에 화나서 밖으로 튀어 나갔다고. 당신도 봤잖아."

난 죄없어. 나는 하늘에 우러러 부끄럼 하나 없는 사람이라구. 그녀와 나는 사석에서는 서로 말을 놓는다. 방금 전에는 아리스가 있어서 할 수 없이 말을 조심스럽게 해야 했지만 지금은 다르다. 평범한 부부처럼 서로의 이름도 부르고 농도 주고받는다. 처음에야 네이시아나 기타 황후궁 시녀들이 그런 나와 로위나의 태도를 어색해했지만 지금은 자연스러운 일상처럼 익숙해져 있었다.

"봤으니까 이런 말이 나오는 거잖아요. 카인, 같은 어머니에게서 태어난 동생을 그렇게 구박하는 건 결코 옳지 못한 것인데… 게다가 아리스가 자기 성격에 대해서 뭐라고 하는 걸 싫어하는 걸 다 알면서 그런 말을 면전에서 하다니, 너무했어요. 오늘 중에 찾아가서 사과해요."

그런데 사랑스럽게 미소 짓던 그녀는 어디 가고 로위나는 새침하게 나를 쏘아보며 몰아붙인다. 절대 난 잘못없음을 외쳤지만 당신이 충분히 잘못했어요 하는 표정을 지으며 로워나는 한 치의 용서도 없는 눈길로 나를 뚫어지게 쳐다보고 있다.

흐음… 아리스에게야 별로 마음이 쓰이지 않지만 내 아리따운 부인이 화난 표정으로(그래 봤자 귀엽기만 하지만) 나를 노려보는데 아무리 내가 양심적이고 하늘 아래 한 치의 부끄럼도 없는 남자라고는 하지만 가슴이 어찌 아프지 않으랴. 하지만 그렇다고 먼저 시비 건 흉악스런 누이에게 직접 찾아가서 사과를 하자니 하늘보다 더 높은 내 자존심이 허락 못한다고. 말빨로 구슬리고 대충 넘어가야지. 우히히히.

"으음. 당신, 설마 이 세상에서 하나뿐인 사랑하는 남편보다 저 어린 시누이가 좋다는 건 아니겠지?"

"훨씬 낫죠. 카인은 혼약한 후부터 지금까지 제 맘을 얼마나 상하게 하셨는데요. 그에 비해서 아리스 황녀는 당신과는 비교가 안 된다구요."

이럴 수가!! 안 통한다. 사랑을 특히 강조했는데!

이렇게 말하면 당연히 로워나 왈.

'아뇨, 당연히 당신이죠. 어떡해… 기분 상하게 해서 미안해요.'

라고 말하고 나는 일부러 얼굴을 화난 것처럼 표정을 굳히며, '당신 태도가 그렇잖아! 황제인 내가 왜 저런 싸가지 밥 말아 먹을 동생에게 사과해야 하지? 기분 나빠. 당신은 내 아내야. 내 편을 들어줘야지! 불쾌해!' 하고 말하면, 너무 나를 몰아세운 것에 양심의 가책을 느껴 나를 안아주며 미안하다고 사과를 하고. 움… 그럼, 나는 그 사과를 못 이기는 척 받아들이는 것으로 진행이 돼야 하는데… 그런데, 그런데……

"그녀는 황궁 생활에 적응 못하던 제게 정말 평생 잊혀질 수 없을 정도로 과분한 관심을 가져 주었고 도움도 주었다구요. 내게 친 여동생 같은 아이라구요. 둘이서 한참 즐겁게 담소를 나누고 있었는데 당신이 그런 말을 하고 쫓아냈으니 제 입장으로는 당신이 백 배 천 배 잘못한 걸로 보여요."

쿠웅(여기서 베토벤의 운명 교향곡이 배경 음악으로 깔리고)!

왜 저런 말이 나오냐구우웃~~ 이건 배신이야!

이~럴~수~가! 어떻게 내 사랑해 마지않는 로위나가 내 편이 아닌 저 사악하기 그지없는 아리스를! 먼저 시비건 건 저쪽이란 말이야. 그런데 왜 내가 으흑 믿는 도끼에 발등 찍힌다더니. 나는 양발이 쌍으로 찍혀 버렸다.

"사과하고 오세요, 카인."

"로오위이나아… 제에바알."

"길게 부른다고 결과는 안 바껴요. 어서 가서 사과해요."

그 말에 잽싸게 말과 태도를 바꾸는 나.

"로위나, 나도 자존심이 있는데 어떻게……."

게다가 지난번에 싸워서 내가 얼마나 깨졌는데. 난 절대로 사과 못해. 이건 엄연히 정당한 복수전이라고. 당장 가서 사과를 하라는 그녀의 말에 내가 울상을 짓자 새침하게 눈을 살짝 치켜뜬 채로 나를 쏘아보던 로위나의 눈동자가 순간 슬픔을 띠었다고 느낀 것은 내 착각이었을까.

"로위나."

왠지 평소와는 달리 무겁게 가라앉은 그러면서도 뭔가 기대하는 눈빛으로 반짝이는 로위나의 모습에 나는 잠시 고개를 갸웃거릴 수밖에 없었다. 그녀는 그렇게 말하며 내 앞으로 다가왔다.

"그럼, 사과하러 가지 않아도 되니까 내 부탁 하나만 들어줘요."

당연하게도 그 말에 나는 미칠 듯이 기뻐했다. 오옷, 그럴 수만 있다면 무슨 부탁이든 다 들어준다. 사과하러 가지 않아도 되는데 무슨 부탁인들 내가 못 들어줄까. 암~ 내가 고개를 끄덕이자 로위나는 근래에 들어 잦아진 미소를 지으며 내게 다가왔다. 그리고 로위나는 내 목을 휘감으며 포옹을 해왔고 순간 그녀의 향기가 짙어지면서 바라던 것은 아니었지만 내 몸에 살짝 닿는 봉긋한 가슴의 감촉에 얼굴이 확확 달아올랐다. 그 느낌이 싫지는 않지만 험험, 좀 민망하군. 다른 사람들이 다 보는데.

"카인, 날 사랑하나요?"

"당연히 당신을 사랑하지. 내 입에서 뭘 나올지 잘 알면서도 그런 걸 묻다니. 부끄럽게 남편의 입에서 그런 걸 확인하려고 하다니. 쩝, 당신도 아닌 것 같으면서도 참 짖궂단 말이야."

내가 심장이 터지기 일보 직전이라는 것도 모른 채 로위나는 한참 동안 나를 안은 채 떨어질 생각을 하지 않았고, 억지로 떼어내기엔 무리였다. 이런 경우엔 그다지 모질게 나오지 못하는 내 성격상 그냥 가만히 있을 수밖에 없었다. 지금 죽어도 여한이 없어. 흑흑, 좀 더 산다면 더 좋겠지만 흠. 내가 이런저런 생각을 하는 사이 내 품에 파고들듯 안기며 불안한 듯 행복한 듯 몸을 가늘게 떨던 그녀가 목을 위로 들어 올리며 내 얼굴에 바짝 갖다 댔다.

그리고 내 뺨을 지나 귀로 입술을 갖다 댔다. 그녀가 숨을 쉴 때마다 귀 주위가 간질거려 웃음이 새어 나왔지만 귓속말을 할 생각인가 싶어 웃음을 참으며 고개를 숙여주었다. 새로 정착(?)한 몸이 키가 상당히 커서 어림짐작으로 180쯤 된다. 내가 보기에는 165도 겨우 될 듯한 로위나가 나와 같이 옆에 서 있으면 전봇대에 매달려 있는 매미를 연상시킨다.

당연하게도 그런 그녀가 내게 귓속말을 하기에는 상당히 무리가 있다. 나는 페미니스트(맞나? 맞겠지… 그럴 거야)로서 그녀를 배려하기 위해 허리를 숙여 로위나가 불편하지 않을 자세를 취해주었다. 그러자 그녀는 그런 나의 배려에 기쁜 듯 내 볼에 키스를 해주며 귓가로 뭔가를 속삭인다.

"……."

"……!"

그리고 나는 그녀가 한 말에 순간적으로 몸이 굳어질 수밖에 없었다.

"…로위나."

어떻게 말해 줘야 할지 몰라 망연자실한 표정을 지으며 그녀를 내려다보니 아니나 다를까, 애절한 눈빛으로 나를 쳐다보고 있는 로위나의 얼굴이 시야에 들어왔다.

"카인."

그런 내 모습을 물끄러미 올려다보던 로위나가 내 귓가에 입술을 갖다 댄다.

"난 당신의 아이를 가지고 싶어요. 안 되나요?"

제길. 그녀의 눈빛은 정말 뿌리치기 힘들다. 나는 씁쓸한 표정을 지으며 로위나의 뺨을 쓸었다. 로위나 드 리보아. 이 세계에서 바라지는 않았지만 나의 아내가 되어버린 여자의 이름이다. 그리고 그녀가 사랑했던 카인의 사랑을 받지 못하고 버려졌던 제국의 황후. 황제를 사랑했지만 사랑받지 못한 그녀가 너무 가엾어 신경을 써주었었는데 그런데 어느 샌가 나 자신이 사랑하게 돼버린 아름다운 금발의 그녀. 모든 것을 들어줄 수 있지만 결코 들어줄 수 없는 한 가지 부탁을 그녀가 내게 하고 있었다.

로위나는 이미 나에게 이제는 없어서는 안 될 여자가 돼버렸다. 한 달도 안 되는 그 짧은 시간 동안 나의 마음을 사로잡아 버린 여자이지만 지금까지 그녀와 잔 적은 없다. 그건 당연하다. 나는 그녀가 사랑한 카인이 아니니까.

"나의… 아이?"

로위나가 고개를 끄덕인다.

"그래요."

그녀로서는 당연한 요구다. 그리 오래는 아니었지만 나는 아직 로위나에게 손댄 바가 없으니까. 매일 찾아와 함께 자긴 했지만 그녀를 안을 수는 없었다. 나는 그녀가 사랑하는 카인이 아닌 그의 껍질을 쓰고 있는 박장수니까. 아무리 내가 그녀를 사랑한다고 해도 그녀가 보는 것은 내가 아니라 이미 죽어 저승으로 가버린 카인이다. 내가 아니다. 나는 남의 마음을 기만할 수 없었다. 더욱이 내가 마음을 두고 있는 사랑하는 여자에게는 더 더욱.

'좀 가슴이 아프군. 저 여자가 보고 있는 사람이 내가 아니라는 사실이. 하지만 아이… 아이라……. 만약에 생긴다면 로위나를 닮았으면 좋겠어. 카인을 닮았다면 난 아마 미쳐 버릴지도 몰라. 아아, 그런데 내가 지금 무슨 생각을 하는 거지. 아직 일도 치르지 않고 김칫국부터 마시다니. 확실히 제정신이 아니야.'

나는 픽 웃었다. 지금 무슨 망상을 하는 건지 모르겠다. 하긴 곧 있으면 황제에게 후계자가 필요하긴 할 것이다. 카인의 아이. 물론 내가 사랑해 줄 수는 있을 거다. 그녀의 아이니까. 무엇과도 바꿀 수 없는 귀한 여인의 자식이니 사랑해 줄 수 있을 것이다. 하지만 누구에게도 말하지 못할 내 마음은 그저 마음속으로 삭여야 할 테지. 마음만 먹는다면 나는 그녀를 안을 수 있다. 하지만 지금은 안 된다. 조금 더 시간이 흐르고 내 감정을 추스를 수 있을 때가 된다면 가능할 것이다. 그녀에 대한 이 감정이 모두 사라지고 모든 것에 담담해질 때. 그때가 과연 올 것인지 나로서는 무척이나 의심스럽지만 말이다.

"그것 말고는 다른 건 없어?"

로위나의 표정이 굳어진다.

"다른 건 필요없어요. 저는 카인의 아내잖아요. 왜… 안 되나요? 날 사랑하지 않는 건가요?"

그녀의 애절한 눈빛을 마주 볼 수 없어 나는 고개를 돌려 버렸다. 로위나는 슬픈 듯 나를 잠시 응시하더니 뭔가 결심한 듯 아랫입술을 잘 끈 깨물며 나를 잡아끈다. 그녀의 손을 뿌리쳐야 했겠지만 그럴 수는 없었다. 나는 그럴 자격이 없으니까.

"황후마마, 폐하를 어디로 데려가시는지. 마마!"

분위기가 이상하게 돌아가자 네이시아가 황급히 그녀를 불렀지만 아무런 답변도 하지 않고 나를 끌고 나갈 뿐이었다. 정원에서 당황해하며 그녀와 나를 소리 높여 부르는 네이시아를 뒤로한 채로 그녀는 단단히 결심한 표정을 지으며 빠른 걸음으로 나를 끌고 갔다. 뿌리칠 수도 있었지만 마음 한구석에 그녀에게 가진 일말의 죄책감이 그마저도 하지 못하게 했다.

'어느 정도 예상은 했지만…….'

그리고 그렇게 한참을 끌려간 나는 그녀가 멈춰 선 곳에 도착하고는 저도 모르게 쓴웃음을 지어버렸다. 그녀가 나를 데려간 곳은 바로 로위나의 처소였던 것이다. 로위나가 지금 뭘 원하는 것인지 나는 알고 있었지만 들어줄 수는 없었다. 그저 기분 전환하러 온 건데 암만 봐도 잘못 생각한 듯싶다. 아마도 한 며칠 동안은 찾아오는 것을 고려해 봐야겠다고 생각하며 나는 고개를 저었다.

"로위나, 아직은… 안 돼."

내 말에 로위나의 눈빛은 크게 흔들렸고 그녀는 울 것 같은 표정을 지으며 외쳤다.

"나는 다른 건 필요없어요. 당신이 주는 드레스나 보석 같은 건 필요없어. 그냥… 내가 사랑받는다는 증거만, 그 증거만 내게 보여달라구요."

필사적으로 사랑하는 이의 사랑을 확인하고 싶어하는 여인. 하지만 그녀가 찾는 건 '카인'이지 내가 아니야. 나는 당신을 기만할 수 없어. 내가 자신을 바라보기만 하고 별 다른 행동을 취하지 않자 그녀가 아랫입술을 잘끈 깨물곤 내 목을 휘어 감으며 갑작스럽게 포옹을 해온다.

"제발요, 카인."

안 된다고 얘기를 했음에도 전혀 변함이 없는 로위나의 모습에 당연하게도 내 마음은 무거워질 수밖에 없었다. 증거라… 그녀가 바라는 궁극적인 것을 해줄 수는 없지만 그 정도라면 되겠지.

나는 씁쓸한 미소를 지으며 로위나의 얼굴 쪽으로 고개를 숙였다. 잔잔한 수면에 파문이 일듯 크게 흔들리는 로위나의 눈동자와 표정에 순간 알 수 없는 질투와 슬픔에 내가 하려고 하는 행동을 잠시 멈추게 했지만 순식간에 불안과 기대로 둘러싸여 바싹 다가서는 그녀의 모습을 보니 멈출 수가 없었다. 나는 천천히 로위나의 붉은 입술에 나의 입술을 겹쳤다. 그리고 말랑말랑한 입술이 와 닿자 나는 그녀의 허리를 힘있게 감싸 안았다. 첫 키스지만 로위나에게 해주는 것도 괜찮겠지.

"음."

그 순간 그녀는 잠깐 몸을 떨었지만 곧 눈을 감고 내가 하려는 대로 가만히 있었다.

"마마, 마마! 대체 어디에… 헉!"

쿡. 그녀와 내가 키스를 하고 있으려니 방금 전 정원에서 황후와 나의 모습에 뭔가 불안했던 듯 뒤따라온 네이시아가 그 자리에서 뻣뻣하게 굳어 있었다. 그녀와 내가 키스를 하고 있는 장면을 그녀가 본 모양이다.

"이… 이런. 죄, 죄송합니다. 폐하, 황후마마! 그… 그럼."

얼굴이 확확 타 들어가듯 벌게져서 처소를 다급히 뛰어나가는 네이시아. 거처 밖에서 희미하게 들려오는 소리로 봐서는 아마도 그녀를 뒤따라왔던 시녀들을 내쫓는 모양이다. 나는 그녀의 입술에서 떨어지며 쿡쿡 웃었다. 티끌 하나 없어 하얗던 그녀의 뺨이 홍조를 띠니 상당히 귀여웠다. 물론 본인은 내 그런 시선이 부끄러운 듯 고개를 옆으로 돌렸지만.

"이 정도라면 되겠지, 로위나?"

짧지만 깊은 키스에 약간 아쉬운 표정으로 나를 다시 올려다보는 그녀.

그 눈빛이 뭘 요구하는지 너무나도 잘 아는 나는 부드럽지만 단호하게 말했다.

"더 이상은 안 돼. 이 이상은 나도 못한다고."

"왜죠?"

"왜죠고 뭐고 이 이상은 안 된다면 안 돼."

그래, 비참해지니까. 당신이 바라는 게 내가 아니라는 사실을 더 잘 알게 되는 게 싫으니까 좀 더 이대로 있고 싶다고.

"그냥이라고 말하면 대답이 되려나."

"되냐고 묻는다면 절대로 안 돼요."

"그럼, 안 되는 대로 살자구."

"카인."

"쿡쿡."

나는 눈을 치켜뜬 채로 쏘아보는 그녀를 보며 소리 죽여 웃었다. 로위나는 내가 자신을 놀리는 줄로 알았던지 볼을 부풀렸고 그 모습이 나이에 안 맞게 너무도 천진해 보여 웃음을 멈추려 했지만 멈추어지지 않았다. 약간 부루퉁해진 얼굴로 나를 쏘아보던 그녀가 다시 내 옆구리에 철저한 응징을 해왔다. 굉장히 아팠지만 내색하기에는 좀 그랬다.

"이제 와서 말하는 거지만 한동안 로위나의 처소에 오지 못할 거야. 그러니 몸조심하고."

"왜 못 오는데요? 설마… 카인!"

내 말에 로위나는 조금 의심스러운 눈길로 나를 보는데 그 눈빛은 정말 다른 여자를 찾는 건 아니겠죠! 하는 의미가 한가득 담겨 있었다. 당연하게도 나는 고개를 저으며 단호하게 아니라고 말했다.

"그럼, 어째서 못 온다는 거예요?"

"좀 급하게 해결해야 할 게 있거든. 정사 문젠데, 내가 하려는 일이 귀족들의 반대가 심할 것 같아서. 그들을 충분히 설득시키려면 좀 시간이 걸려. 한동안은 한가했지만 내일부터는 바빠질 것 같아."

"그걸 이제야 말하다니… 방금 그 일로 안 찾아온다는 건 아니죠?"

"내 이름을 걸고 성왕 '비욤'과 암왕 '카이람'의 이름을 걸고 절대 아니야."

"카인이 그렇게까지 말한다면 믿을게요."

약간 불안한 표정을 짓던 그녀가 내가 내 이름과 신의 이름을 걸고 말하니까 금세 표정이 밝아진다. 정말 다행이다. 그녀가 그런 쪽으로 머리가 한번 가동되면 나로서는 막을 능력이 없다. 아직 본격적으로 모터가 돌아간 상태가 아니라 쉽게 브레이크가 가능했지만 다음부터 조심해야겠다는 생각이 절로 든다.

"당신이나 조심해요. 저번처럼 밤새워가면서 정사를 보지 말고요. 내가 모른다고 생각하지 말아요. 당신 옆에 아버님도 계실 테고 곧 알렌도 석 달 뒤면 황궁에 입궐할 거예요."

"알렌? 아아, 행정부를 책임진다는 당신 오라비의 아들?"

열네 살 때 황궁의 과거 시험에 합격했다던 그 천재 소년. 그러고 보니 본 적이 없다. 조용히 혼자 공부하고 싶다며 휴가 냈다고 들었는데. 그 천재 소년이 온다 이건가? 오옷, 기대가 되는걸?

"그렇게 말하는 걸 보니 동생에게 내 일거수일투족을 알려달라고 할 셈인가 보군."

"당연하죠. 절 우습게 보지 마세요. 게다가 알렌은 시키지 않아도 내게 말해 줄걸요."

"난 황젠데. 말하지 말라고 하면 되지."

"그런 짓을 하면 다시는 황후궁에 못 들어오게 할 거예요."

"그럼 난 어디서 자라고?"

"당신의 애인 중에 아무나 찾아가서 자면 되잖아요. 아니면 당신이 능력껏 다른 여자를 만들면 되죠."

오옷? 로위나의 입에서 저런 말이. 이건 그냥 못 넘어가지.

"정말로? 내가 그러길 바라는 거야, 로위나아?"

"그, 그래요."

그녀는 자신의 말이 헛 나온 것을 알았던지 약간 더듬거리며 애써 소리쳐 말했지만 로위나를 놀릴 절호를 내가 놓칠 수는 없지. 우키키키.

"아아, 그럼. 난 다른 여인을 찾아야 하나. 밤이면 밤마다 독수공방하기에는 밤이 너무도 길고. 흠. 지난번에 봤던 그레노비 백작의 여식이 상당한 미모를 가졌던데… 오늘 밤에 찾아갈까나. 황후가 나와의 잠자리를 거부하니 할 수 없지. 어디, 기별부터 해볼까?"

"카… 카인."

"음… 아니야. 그녀는 좀 어렸어. 최소한 나와 비슷한 나이는 돼야……."

진지하게 턱을 매만지며 새로운 여자를 찾는 내 모습에 로위나가 상당히 놀랐는지(내 연기력이 뛰어나다는 증거다. 우키키키!) 눈을 동그랗게 뜨며 나를 올려다보는 게 보인다. 아마도 아직은 내가 장난을 하는 것으로 여겼던지 그렇게 불안해하는 것 같지는 않다. 그녀에게는 좀 미안하지만 내가 여기서 끝내기에는 좀 기분이 꼬여 있다.

"그래, 이사벨라가 딱 좋겠어. 나이도 알맞고 후작의 장녀이니 상대로도 더없이 알맞고, 암."

"카… 카인. 저… 절 놀리는 거죠, 카인?"

"상대가 정해졌으면 얼른 기별을, 아니, 내가 직접 찾아가는 게 낫겠는데. 아무리 내가 황제라고 해도 밤을 함께 지샐 여인에게 시종을 통해 연락을 한다는 것은 좀 무리겠어."

나는 내가 생각해도 정말 훌륭한 결단이라고 여기며 당장에 황후궁을 뛰쳐나갈 준비 자세를 취했다.

"로워나, 나중에 상대가 결정되면 당신에게 소개시켜 줄 테니 편히 쉬라고. 그럼."

그리고 마지막으로 그렇게 한마디 던지고 발걸음을 한 걸음을 뗐는데.

"카인!"

뒤에서 내 망토 자락을 붙잡고 비명을 지르듯 로워나가 나를 불렀다.

"왜 부르지, 로워나?"

내가 생각해도 조금 냉랭한 눈빛으로 그녀를 응시하며 왜 잡느냐는 표정을 짓자 로워나는 내가 장난이 아님을(장난이지만) 느꼈거나 나를 잡아야겠다고 생각했는지 급히 나를 껴안는다. 바른 진행 방향이야. 암, 그래야지. 흐뭇흐뭇.

"미안해요. 화내지 마세요, 카인. 진심이 아니라는 걸 당신도 잘 알잖아요. 용서해 줘요. 정말, 다시는 그런 말 안 할게요."

"방금 전에는 날더러 그러라고 했잖아? 그런데 갑자기 왜 태도가 바뀐 거지?"

"그… 그건 당신이 내 말을 안 들으려고 해서 그렇게 말하면 들을 줄 알고……."

"호오, 황제인 나를 한마디로 협박하려고 했다? 로워나, 그건 분명히 불경죄야."

"너무해요. 내가 진심이 아니라는 걸 잘 알면서……."

나의 음흉하고도 장난기 가득한(아마도) 시선에 그녀는 욱 하는 소리와 함께 내 가슴을 꽉 쥔 주먹으로 힘주어 쳤다.

"너무해요, 카인."

장난이 좀 심했던 모양이다. 그녀의 눈가에 글썽글썽 맺힌 물기를 보며 나는 잠깐 동안 어찌할 바를 몰랐지만 그냥 말없이 안아주었다. 이럴 때 한마디 정도는 해줘도 되지 않을까. 한마디만… 이 한마디만 해도 되겠지.

"로위나."

"왜요."

"$%@%@!"

"……?"

"지금 뭐라고 한 거죠?"

나는 픽 웃었다.

"뭐라고 말했어요? 예? 카인. 마법을 배우신다더니 룬어예요?"

로위나는 알아듣지 못한 모양이다. 하긴 방금 그 말은 이 세계 사람이라면 못 알아들을 것이다. 내가 한 말은 한국어니까.

"아니."

"그럼, 뭐예요."

"그냥 헛소리야."

"카인, 방금 날 놀린 거죠? 그러니까 말 못하는 거야. 그렇죠?"

로위나가 얼굴을 붉히며 쥐어진 주먹으로 가슴을 친다.

그런 건 아니지만 말하긴 쑥스럽다.

"어쨌든 로위나, 다음에 찾아올 때까지 몸조심하고 있어."

"알았어요, 카인. 그렇지만 아까 무슨 말했는지 그땐 꼭 얘기해 줘야해요."

로위나는 내가 한 말이 궁금한지 끝까지 포기 못한 모양이다. 그녀는 나중을 특히 강조하며 나를 보내주었다.

"숲의 여신 필레아님의 평온과 안식이 당신에게 깃들길 바라겠어요."

확실히 이 세계에서 신의 권한이 크긴 큰 모양이다. 그 수도 헤아리기 힘든 다신(多神)을 믿는다. 이 세계에서는 당연한 결과겠지만 그녀는 내게 숲의 여신의 편안한 휴식을 빌어주었다.

"그렇다면 나는 내가 없는 사이에 질투의 여신이 당신이 찾지 않길 빌며 창공의 여신 엘론의 자상한 보살핌이 그대에게 내려지길 바라겠어."

답례로 나는 그녀의 볼과 이마에 번갈아가며 입을 맞춰주며 있을지 없을지도 모를 모호한 신의 축복을 그녀에게 내려주었다.

"고마워요."

잠시 나를 쳐다보던 로위나는 또 나를 껴안았고 나는 마지막으로 그녀를 안아준 뒤 희미하게 웃으며 밖으로 나왔다. 그리고 나는 어느새 멀어져 버린 황후궁 정문을 바라보며 이렇게 중얼거리며 픗 웃어버렸다.

"사랑… 사랑이라. 홋, 별로 유쾌하지 않은 감정이야."

로위나의 미소가 내 뇌리 속에 스치듯이 지나간다. 사랑스럽기 그지없는 미소를 머금고 있지만 내게는 바늘이 심장을 찌르는 것처럼 아프다. 그녀의 미소가 날 향해 있는 것이 아니라 '카인'에게 가 있는 것을 너무 잘 알기 때문에 지금 나의 기분이 무척 더러웠다. 이래서 짝사랑이란 게 괴로운가 보다. 보답받지 못할 사랑을 품고 있다는 것이 이렇게 가슴을 아프게 할 줄이야.

예전에 친구들이 짝사랑이니 상사병이니 하는 말에 콧방귀만 뀌던 나였는데. 정말 전생에 내가 무슨 업보가 그리도 많아서 이런 마음 고생을… 하아, 싫다. 그런데 왠지 기분이 꿀꿀해서 그런가. 뭔가 중요한 걸 잊고 있다는 느낌이 든다. 잊어선 곤란한 것 같은.

"별것 아니겠지. 그곳에 뭘 두고 온 것도 아닌데. 이제 슬슬 돌아가서 준비나 해야……."

하지만 내 말은 갑자기 들려온 괴성에 의하여 단호하게 잘려 버렸다.

"폐에하아! 살려주십시옷!!"

"…사람 살류!"

아주 불길하게 울리는 저 소리의 출처는 짐작이 가는 곳이 있었다. 키몬, 아니, 시져가 내가 치료하라고 맡긴 것을 아주 확실하게 치료하는 것 같으니 흐뭇한걸. 나는 발걸음을 재촉했다.

"어어어어~!"

부처님의 자비가 현세의 고통에 싸인 속세의 가련한 중생에게 닿기를…….

"폐하!"

귓가를 쟁쟁거리며 울리는 비명음을 들으며 마지막으로 합창을 하는 목소리를 들은 뒤 내 거처 쪽으로 발걸음을 옮겼다.

'언제까지고 함께… 로와나.'

그리고 결국은 밝히지 못한 마음은 가슴 깊숙한 곳에 묻은 채로…….

"뜨아아아아아!"

…나무아미타불.

사랑은 때로는 기다리는 일이다.
뻔히 오지 않을 줄 알면서도 마냥 그대를 기다리는 일이다.
그대가 오기 전까지는 결코 한 발자국도 뗄 수 없네.
남들이 미쳤다고 하지만 그것은 지극히 당연한 말.
미치지 않고서 어떻게 사랑을 하는가.

『출처 불명─사랑은 미쳐야 할 수 있다.』

*　　　　*　　　　*

그는 기다리고 있었다. 정말 지루할 정도로 오랜 기다림이었다. 짙은 어둠 속에서 고독과 외로움에 젖은 보랏빛 눈동자는 무심해 보였다.

"또 그날인가."

굳게 닫혀 결코 열릴 것 같지 않던 그의 붉은 입술이 열린다. 그리고 자신도 모르게 중얼거린 그 말에 뭔가 떠오르려는 듯 아련한 표정을 짓다가 곧 빙수처럼 차가운 눈빛이 번뜩인다.

"…이번에도 네가 아니라면 그곳을 모두 부숴 버릴 거다. 천 년 동안이나 기다렸어. 네놈이 약조한 천 년 동안 기다렸다. 하지만 더 이상은 없어. 네놈이 세운 나라건 뭐건 다 날려 버리고 말겠어!"

아무도 듣지 않음에도 그의 입에서 터져 나온 음성은 농도가 짙은 증오와 분노가 깔려 있다. 또한 그렇게 번뜩이는 보랏빛 눈동자는 분노한 가운데도 허무함과 말로 형용하기 힘든 그리움이 깔려 있었다.

"보고 싶어. 넌 언제 다시 올 거야. 이젠… 나도 지쳤어."

호소하듯 중얼거리는 그의 얼굴에는 어느새 두 개의 물줄기가 볼을 타고 흘러내리고 있었다. 간간이 흘러나오는 흐느낌이 어둠 속에 묻혀 간다. 그렇게 또다시 그는 어둠 속에서 홀로 남겨졌다.

〈2권으로 이어집니다〉

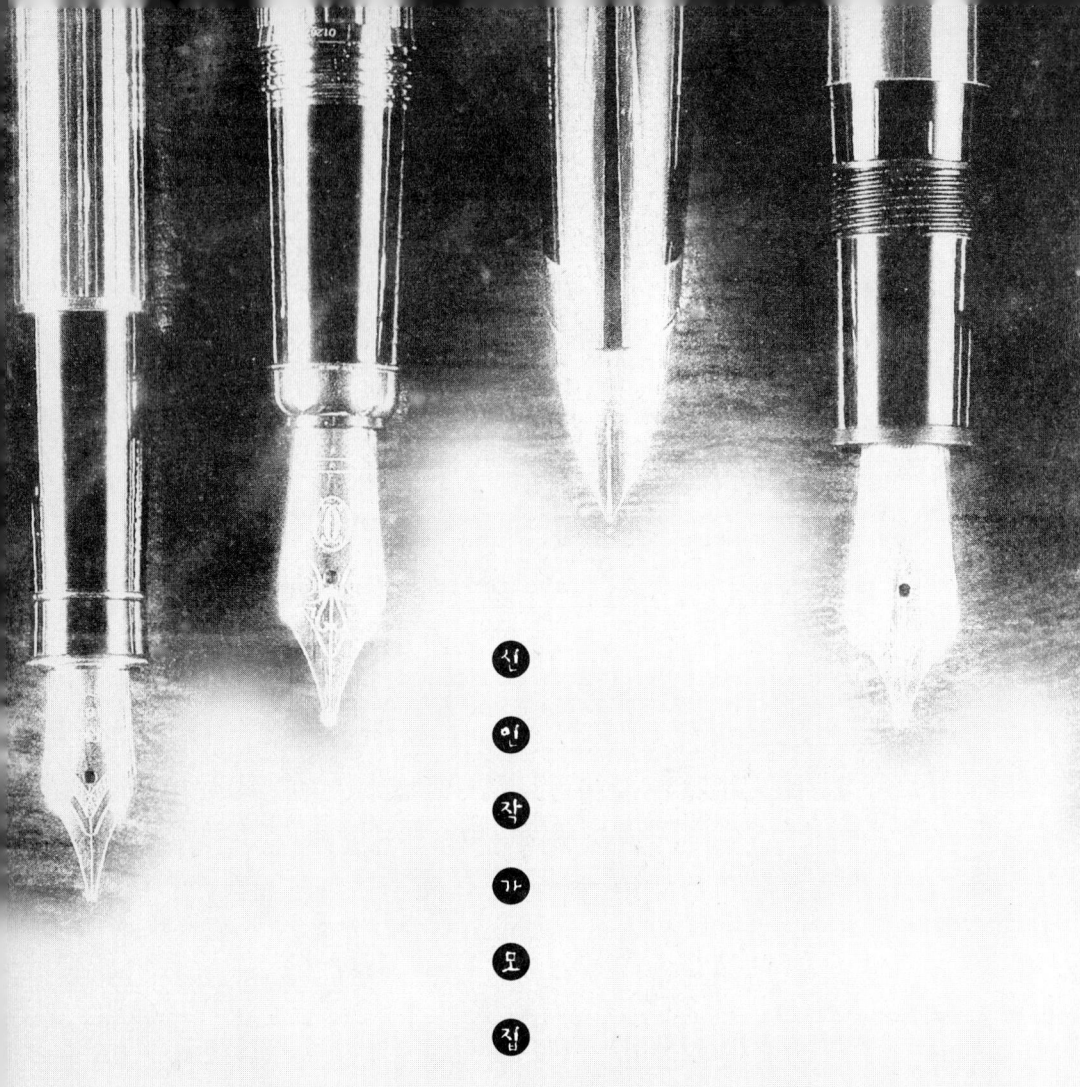